ゴーストハント5
鮮血の迷宮

小野不由美

角川文庫
22594

目次

プロローグ

東京、渋谷、道玄坂。

オフィスの窓際で、あたしは雑巾《ぞうきん》を持った手を止めた。磨いていた窓ガラスの下、敷地に沿った並木は桜だ。白い花がちらほら花をつけ始めている。

「そっか。早いなあ……」

思わず口の中で呟《つぶや》くと、後ろから問いが飛んできた。

「何が？」

耳聡《みみざと》く独り言を聞きつけて声をかけてきたのは職場の同僚だ。いかにも春らしく、パウダーピンクのブラウスに白いカーディガンの彼女は、愛想のないエプロンを掛け、腕まくりして床をモップで磨いている。

「——一年。あたしがここでバイトするようになって、もうすぐ一年なんだよね」

「へええ」

身を起こしてそう言った同僚の名前は高橋優子《たかはしゆうこ》。略してタカ。某女子高校の最上級生になったばかりだ。対するあたしは谷山麻衣《たにやままい》。めでたくこの春、都内某私立高校の二年生になった。でもってここは「渋谷《しぶや》サイキックリサーチ」、そのオフィス。幽霊だの祟《たた》りだの、そんな不可思議な（胡散臭《うさんくさ》い？）現象を調査する事務所だ。

「我ながら、よく一年も続けたよなあ。こんな変なバイト」

　いまさらながら自分で感心してしまう。お仕事の内容が内容なので、幽霊の人に会ってしまったりもするわけで。バイトに来る前には、人魂《ひとだま》すら見たことのなかったあたしとしては格段の進歩（？）。なんたって最近じゃ、怪談ぐらいじゃビビリもしない。ホラー映画を観ても、幽霊がリアルじゃないとか、蘊蓄《うんちく》を垂れる始末だもんな。――そうやって職場に馴染めば馴染むほど、世間一般の常識と乖離《かいり》していくあたりがなんとも。世にも感心な勤労学生のはずなのに、どう見たって単に怪しげなバイトにハマった危ない人だよな、というところが「変なバイト」の「変」たる所以《ゆえん》だ。

「しかも上司がアレだもんなー。我ながら偉いわ。あたしってば人間できてる」

　所長は渋谷一也《かずや》。現在、弱冠十七歳。こーんな一等地のお洒落《しゃれ》なビルに高級そうな事務所なんか構えてくれちゃう未成年男子。心霊現象の調査だとか言って、幽霊やら超能力相手にややこしい機械やら小難しい理屈を振り廻してくれちゃって。秘密主義で性格が悪くて、悔しいことに才能があって顔が良くて。お釈迦様も裸足《はだし》で逃げ出すナルシスト。人呼んで「秘密のナルちゃん」。

　タカは悪戯《いたずら》っぽく笑う。

「所長がアレだから、続いたんでしょ？」

……あう。

「そっか。一年なのかあ。一年の間にちょっとは進んだ？」

「何が」

「二人の仲」

あたしは軽く溜息をついてみせたり。

「おタカさん、そいつは言わない約束でしょ」

「そうだったかねえ。あたしゃ最近、とんと物覚えが悪くて」

「ふっ。もう呆《ぼ》けたか」

まだお若いのに、気の毒な。

「……言ったな」

「言ったとも」

あたしが肩をそびやかすと、タカは片手でモップを突き、もう一方の手を腰に当てて強気のポーズ。

「年長者を馬鹿にすると痛い目を見るぞ」

そう宣言するなり、あたしのそばに駆け寄ってきた。ガラスを磨くため開いていた窓から身を乗り出して、

「麻衣はー、ナルが好きなんだってーっ」

窓の下の坂道に向かって宣《のたま》ったから堪《たま》らない。通行人が何人か、きょとんとした顔でこちらを振り仰いだ。

「ここ、こら！　なんちゅーことをするだ」

「ふははは。参ったか」

「参りましてござりまする。いやあ、お殿様には敵《かな》いませんや」

「レディーに向かって失礼な。女王様とお呼び」

「モップ担いだ女王様かあ？」

「神々《こうごう》しかろ？」

えっへん、と胸を張られちゃ負けを認めざるを得まい。

「――んで、どう？　進展あった？」

「どーも、こーも……」

一年前、あたしとナルは赤の他人だったが、今では雇用者と被雇用者の関係である。バイトに来てからはお茶汲みばっかりしていたが、先月めでたく「調査員」の肩書きをもらい、お給料も良くなった。

「そんだけ」

きっぱりそう言うと、タカが頭を抱えた。

「何してたんだ、あんたは一年間も」

「バイト」

タカはぐぐ、と拳を握った。

「この……甲斐性《かいしょう》なしっ」

「労働は尊いんだぞ。ビジネスとプライベートを混同しちゃいかん」

「まあ、なんて立派な心掛け。——そのうち誰かに盗られるぞ」

「……う」

「今までフリーでいるほうが不思議なんだからね」

「ふん。大丈夫さっ。ナルは性格、悪いもん」

「ふんぞり返って言うと、ちょっと悲しくない、それ？」

ううう……。まーな。

まあ、その。進展というのは、あたしとしても望むところではあるわけよ。だがしかし、あの坊ちゃんにそんなもん期待しても無駄だという気がひしひしとするんだな。齢《よわい》十七にして、すでにワーカホリックだし。すなわち仕事中毒。別の言い方をするなら、心霊現象にのみ興味が集中している心霊おたくと言うか——霊フェチ。とびきり美人で性格も二重丸の女の子より、凶悪な老婆の幽霊のほうを選ぶに違いない。

あたしときたら、見た目も中身も限りなく凡庸だし、そのうえまだ生きてるし。さらにだな、いまだ彼の自宅の住所も電話番号も知らされていないあたしに、状況の進展を期待する資格があるものだろーか。

そう言うと、タカはいかにも同情に堪えないという眼であたしを見た。

「確かにねえ。住所ぐらい教えてくれてもいいよねえ。せめてどのへんか、とか」

「でしょ？」

あたしはかつてナルに言ってみたことがある。「緊急の用件があるときのために、連絡先を教えてください」と。——ナルは所長であたしはアルバイトなんだから、これは変なお願いではないはず。実際、急を要することだってあるわけで。

ところが、ナルの返答ときたら。「用があれば、こちらから連絡する」。

だーれーがーっ、お前の用件の話をしてんだよっ。あたしがナルに緊急の用があるときは、どうすればいいんだ、と言ってるんじゃないかあ！

秘密にされれば詮索《せんさく》してみたくなるのが人の常だ。かくなるうえはカマをかけてやれ、と思ったりして。それで、「でも、家は三鷹のほうなんでしょ？　駅で見かけたことがあるし」などと言ってみた。ひょっとしたら、「人違いだろう、僕は××のほうに住んでいるから」なんて口を滑らせてくれるかなーなんて、甘い期待をしたわけだが。

ま、当然のことながら誘導尋問なんかに引っかかるよーな甘い御仁ではなかった。

あっさり一言。——「眼が悪いのか？」

さらに、一言。——「僕に似た人間が、そんなにいるとは思えないが」

どーせあんたは尋常でなく顔いいよ、なんてあたしが怒っても当然だと思う。

「人間、諦《あきら》めちゃおしまいだからね」

タカに頭を撫《な》でてもらって。

「うん。あたし、負けない」

泣き真似なんかしてたら、オフィスのドアが開いた。

おっと、いけねえ。遊んでる場合じゃなかったわ。お仕事、お仕事。

ドアを開けてオフィスの中に入ってきたのは、二十代半ばくらいの女の人だった。

「はい？」

慌てて雑巾を置いてあたしが声をかけると、彼女はにっこりと笑う。なんだかとても笑顔が印象的な人だった。

「所長にお目にかかりたいんですけど」

「申し訳ありません。ただいま旅行中なんですが……」

ナルは現在、北陸方面に出掛けている。と言っても仕事ではない。単なる趣味なんだろう――たぶん。

「じゃ、リン。います？」

あたしはちょっと、ぱちくりした。――「リン」というのは、やっぱリンさんのことだよなあ？

リンさんはナルの助手だ。本名も分からなきゃ年齢も分からないという、ナル以上に謎の人。

「はい。……あの、失礼ですが？」

あたしが訊《き》くと、その人はまたも、にっこりと笑う。

「私、森《もり》と言います。森まどか。そう言っていただければ、分かります」

これはびっくり。まさかリンさんの知り合いだろうか。

あたしはとりあえずソファを勧めて、資料室のリンさんを呼びに行った。

所長室の隣にある資料室は、ビデオとモニターとコンピュータが並んだ防音の良い狭い部屋だ。何をしているのかは知らないが、リンさんはオフィスにいる時間の大部分をここにお籠《こ》もりして過ごす。すでに終了した事件の録画やデータを見ながらコンピュータを弄《いじ》っていることが多いのだけど、今日のように超能力少女にスプーン曲げを教えることもある。

軽くノックしてドアを開けると、リンさんと超能力少女が顔を上げた。

超能力少女は名前を笠井《かさい》千《ち》秋《あき》という。この春、都内の大学に無事進学。部屋の隅にある机に向かってスプーンと睨《にら》めっこしていた千秋先輩は、あたしの顔を見るとちょっと笑った。

対するに、リンさんは全くの無表情だ。

「リンさん？」

あたしが声をかけても、返事もしなけりゃ、ニコリともしない。

「あの、お客様なんですけど。森さんと仰《おっしゃ》って」

リンさんは、ちょっと怪訝《けげん》そうな顔をした。

「——森、まどかさんと」

パッとリンさんが立ち上がった。無表情な顔に、明らかに驚いた気配が見える。ドアの脇に控えたあたしを無視して、リンさんは資料室から出て行った。

森さんはソファに腰を降ろして、なんだか楽しそうに周囲を見渡していた。

「まどか」

リンさんに呼ばれ、にっこりとしか形容のしようのない笑みを浮かべ、

「リン」

そう、嬉しそうに言って立ち上がった。

なんと、親しげな。こ、これはもしかして、リンさんの……？

「ごめんね、急に。元気だった？」

「ええ。——どうぞ、坐って。どうしたんですか、急に？」

彼女は屈託なく笑う。

「驚かせてみようかなー、なんて思って。びっくりした？」

「しました。まさか、それだけでいらしたわけではないのでしょう？」

うむ。これは不気味な。リンさんが微《かす》かに笑いを浮かべている。

「まあね。ナルはいないの？」

「旅行中です」

リンさんが低く答えると、森さんもちょっと複雑な感じの笑みを浮かべる。

「……そう。では」

森さんはきっぱり宣言した。

「呼び戻してちょうだい。仕事です」


これは結構、意外な展開だった。

「……何者？」

ひそひそと千秋先輩が訊く。

「……知らない。リンさんの恋人だったりして」

ぼそぼそとタカが言う。

「のわりには、なんか命令っぽい口調じゃなかった？」

こそこそとあたし。

あたしたちは給湯室で額をくっつけるようにして、お茶の用意をしながら密談をした。

「わりと強気の態度じゃない？　あのリンさんに向かって」

「だよね」

「少なくとも、付き合いの深い知人だと見たね」

こんな話をしていたところで結論の出るはずもなく。しかし、お茶を持って行ったあたしの内心が、好奇心に満ち溢《あふ》れていても責める人はいないと思う。

お茶をテーブルに置くと、森さんは例のにっこり笑顔で会釈してきた。なんか妙に和むんだよな、この人の笑顔。つられるというか。

リンさんは電話中だった。なにやら難しい表情をしていたけど、軽く息を吐いて受話器を森さんに差し出した。

「——どうぞ。ナルです」

険しい口調から察するに、ナルは戻るのを拒絶したとみたね。森さんは立ち上がり、受話器を受け取る。前置きもなく、いきなり言った。

「ナル、戻ってきて」

ナルはノーと言ったら断固としてノーの人間だ。おそらく電話の向こうでは、ふざけるな、とか悪口雑言の限りを尽くしているんだろう。しかし、森さんの笑顔は崩れない。にこにこと耳を傾け、そうして、

「戻ってきてくれる、でしょ？」

念を押すように、にっこり。わずかの時間の沈黙ののち、森さんは聞いているほうが舞い上がりそうな声で、

「ありがとう」

そう、言った。

「帰ってくるんですか？」

受話器を置いてソファに戻ってきた森さんに思わず訊くと、彼女は事もなげに頷《うなず》いた。

「ええ。今夜には着くって」

ひえええ。信じらんない。

ナルの旅行というのは短くても一週間、長いと十日以上に及ぶ。それが、二日で帰ってくるってか？

リンさんは多少、途方に暮れたような表情で資料室に引っ込んだ。あたしは改めて森さんにお茶を勧めた。

「すごいですねぇ」

あたしが溜息まじりに言うと、森さんも溜息をつく。

「本当にねえ。抜群のタイミングだったわ。たまたま宿を出るぎりぎりのところを捕まえられたから」

「ええと、タイミングの問題じゃなく」

「うん？」

「たった二言でナルに言うことを聞かせるのが、すごいなあ、と」

森さんは、きょとんとしてから、ちょっと笑った。

「……そうかなあ。あなた、ここの人？」

「はい。アルバイトです。谷山といいます」

「ふうん？　私にしたら、あなたのほうがすごいと思うけど」

……へ？

「ナルもリンも人当たり悪いでしょ？　すごく人見知りするし。その二人が人を雇うだけでも意外なのに、谷山さん、結構馴染んでるみたいじゃない？」

はー。それは、まあ。おかげさまで最近、めっきり口が悪くなっちゃって。

そう答える代わりに照れ笑いを一つして、それから森さんの顔を覗《のぞ》き込んだ。

「あのう……どんな関係なんですかー、なんてお訊きしてもいいですか？」

「気になる？」

なるとも。あのナルとリンさんが頭上がらないんだぞ。

「平たい言い方をするなら、師匠かな？」

「ししょう？」

森さんは悪戯っぽく笑った。

「ナルにゴーストハントを伝授したのは、私なの」

「えええっ」

……って、冷静に考えればそれもアリか。そうよね、ナルだって生まれたときからゴーストハンターのはずはないもんね。誰かに習ったに決まってるよなあ。

「じゃあ、森さんもゴーストハンター？」

「以前はね。もっとも、すぐにナルにバトンタッチしちゃったけど」

「やめたんですか?」

「そう。今は隠居ってとこかしらねー。私、今一つ適性がなかったの」

「はあ?」

「機械、駄目なの。機械ってすぐに壊れるんだもん」

森さんは子供みたいに頰を膨らませる。

「すぐに……壊れます?」

「壊れない? ちょっと弄ったら、すぐに動かなくなるじゃない?」

「はあ」

「ナルやリンの言うことは聞くくせに。私を嫌ってるとしか思えないっ」

そ……それは御愁傷様で。つまり、機械と相性の悪い人なんだな。確かに、ゴーストハンターには向かない性質だなあ。

でも、森さんって、取っつきやすくて好《い》い人みたい。ひょっとして、この人に訊けばいいんでないの? ナルはどこに住んでるんですか、リンさんの本名は何といって何歳ですか。ナルは学校、どうしてるんですか、家族構成は、リンさんのプロフィールは。しめしめ。――そう思って質問を連射しようとしたとき、薄いコートを羽織ったリンさんが資料室から出てきた。

「まどか、とりあえず出ましょう。――谷山さん」

「は、はい」

「私はこれで帰ります。笠井さんにそう言っておいてください」

「はあ。……どうも、お疲れさまでした」

ええい、先手を打たれてしまった。

かくて疑問だけを残して、その女性はリンさんとオフィスを出て行った。あとには首を傾げまくるあたしと、タカと千秋先輩が残されたのだった。

第一章

1

翌日、高校の始業式を終えてオフィスに駆けつけると、そこは人で溢《あふ》れ返っていた。

「どーなってんの、これ」

オフィスに入るなり、思わず眼を丸くしたあたしに、隅っこで小さくなっていたタカが首を振る。

「知らないよお」

「ナル、戻ってきた？」

「みたいよ。あたしが来たときには所長室で打ち合わせ中で、まだ顔は見てないけど」

「んで、なんでみんなが揃ってるわけ？」

「あたしに訊《き》かないように」

来客用のソファに、客ではない四人の人間。すなわち、ぼーさん、綾子《あやこ》、真砂子《まさこ》、ジョン。うちの所員でもないのに、非常にしばしば協力態勢を取っている四人の霊能者だ。

あたしが軽く挨拶すると、

「よう」

例によって暢気《のんき》そうに手を挙げて応《こた》えたのが、ぼーさんだった。滝川法生《たきがわほうしょう》。もと高野山のお坊さん。

「どーしたの、これ」

「俺に訊くな。呼ばれたんだよ、ナルちゃんに」

「まじ？」

「他の予定をキャンセルしても来い、とさ。大仕事だって言ってたぜ、ゆうべの電話じゃ。そんだけ言って電話を切って、指定された時間に来てみりゃ、本人は所長室に籠《こ》もりきり」

「んじゃ、ぜんぜん事情、分かんないんだ」

「んだ」

あたしは、ぼーさんの隣に坐っているジョンの背中をつついた。ジョン・ブラウン。童顔、怪しい関西弁がチャームポイントのエクソシスト。

「ジョンは？　何も聞いてない？」

ジョンはふわふわした金髪を横に振る。

「僕のとこも、そういう感じで。なんも言わはらへんかったです」

「でも、全員を集めるくらいだし、相当の大事件なんじゃないの？」

そう口を挟んだのは綾子だ。派手な恰好《かっこう》に騙《だま》されて、この人をキャバクラのおねーさんか何かと勘違いしてはいけない。松崎《まつざき》綾子。自称、巫女《みこ》。

そだね、と首を傾げていると、真砂子が小さく笑いを漏らした。原《はら》真砂子。いっつも和服の十六歳、メジャー霊媒師。

「何よ」

綾子が棘《とげ》を含んだ声で問い返す。真砂子は桜色の袖で口許《くちもと》を押さえた。

「……じゃあ、みなさんのところには連絡がございませんでしたのね」

「連絡？　何の」

「この件の依頼者からの連絡に決まってますでしょ。ずいぶん大勢の霊能者を集めてらっしゃるようでしたのに」

「依頼者って誰よ」

「あたくしには、大橋《おおはし》と仰《おっしゃ》る方から連絡がありましたけど」

そう言って、お人形さんみたいな顔に笑みを浮かべる。

――つまり、その大橋さんとやらは綾子たちには用がなかった、と指摘したいわけだ。

綾子が露骨にムッとした顔をする。不服そうに口を開こうとしたときに、所長室のドアが開いたので口喧嘩《くちげんか》は勃発《ぼっぱつ》以前に終息してしまった。

所長室から出てきたのは黒ずくめのナルだ。

……本当に帰ってきてるし。

そして、リンさんの長身と森さんのふんわりした姿。でもって。

「……え？」

ジョンと綾子がハモり、

「少年？」

ぼーさんが腰を浮かし、

「安原《やすはら》さん！」

あたしが声を上げた。

所長室から出てきた四人目の人物は、前回の依頼者——この春めでたく都内某一流国立大学に御入学あそばされた安原もと生徒会長だった。

ぽかんと突っ立ったあたしたちに、ナルは煩《うるさ》そうに手を振ってソファに腰を降ろすよう言った。気を呑まれて指示されるまま腰を降ろしたあたしたちが、我に返って口々に質問を始めると、めいっぱい不機嫌そうな表情でもう一度、邪険に手を振る。

「事情は順を追って説明します。少し静かにしてもらえませんか」

せーぜつなほど綺麗《きれい》な顔をしかめられると、どうにも取り付く島がない。しょうがなく全員が口を閉じると、ナルはあたしたちを見渡した。

「調査の依頼があった。引き受けることにする。そこで全員に協力を頼みたい」

真砂子が口を挟んだ。

「それは、大橋さんと仰る代理人さんからの依頼ではございません？」

ナルは頷《うなず》く。

「原さんのところにも？」

「ええ。先週、依頼がございましたわ」

「では、原さんは別行動になりますね」

「もちろん協力はさせていただきますわ」

お人形さんは思い入れを込めた口調でそう言って微笑《ほほえ》む。綾子が顔をしかめた。

ナルはただ頷き、それからもう一度、あたしたちを見渡した。

「調査は五日後から。場所は諏訪。——この中で参加できない者は？」

応えた人間はいなかった。それを確認してから、

「今回、もう一つ協力を頼みたい」

ナルは安原さんを振り返る。安原修《おさむ》。前回の事件で、怪現象に悩む生徒を代表して調査の依頼に来た。

軽く会釈する安原さんを見守ってから、ナルは爆弾発言を投下した。

「安原さんに、僕の身替わりを頼む」

——場内騒然。

「おい、そりゃあ、いったい」

「どういうこと？」

「つまり、安原くんがあんたに成り済ます、ってわけ？」

素《す》っ頓狂《とんきょう》な綾子の声に、ナルは冷たい一瞥《いちべつ》を向けた。

「そう聞こえませんでしたか？」

「聞こえたわよ。でも、どうして」

「事情なら説明します。そのくらいの時間も待てませんか」

冷たい言葉を喰らって綾子が黙り込む。そこで突然、口を挟んだのは森さんだった。

「どうして、そういう物の言い方をするわけ？」

森さんはナルを呆《あき》れたようにねめつける。それからあたしたちを見廻して、

「ごめんなさいねー。この子、礼儀を知らなくって」

こっ……「この子」！

「性格異常者の一種だと思って我慢してやってくださいねー」

あたしたちにどう反応しろと言うのだろう。全員が唖《あ》然《ぜん》としていると、苦虫を嚙《か》み潰《つぶ》したような顔で、ナルが軽く咳払《せきばら》いした。

「……結構大きな仕事になる。派手な仕事と言ってもいい。依頼主は内密に処理したいようだが、どの程度秘密が守られるかは分からない。万一マスコミが嗅《か》ぎつければ大騒ぎになることは目に見えてる。本来なら断りたいところだ。しかしながら、多少事情があってやむを得ない。それで、安原さんに身替わりをお願いすることにした」

前回の事件も派手な仕事だった。マスコミに注目されていた異常現象だったので、事件解決にあたったこのオフィスまで注目されちゃったりして。新聞記者だの雑誌記者だ

のに押しかけられて、すっかりウンザリしてしまった。マスコミ嫌いのナルに至っては、事件の翌日からほとぼりが冷めるまで雲隠れを決め込んでいたほど。

「しかし、影武者を立てるようなことなのか？」

ぼーさんの質問に対して、ナルは素っ気なく答える。

「そうでなければ、わざわざ安原さんに来てもらったりしない」

ナルは軽く膝の上に指を組んだ。

「依頼主はかなりの数の霊能者を集めたようだ。そのほとんどが、マスコミで持て囃《はや》されてはいるが胡散臭《うさんくさ》い連中。僕はああいった人間と関わり合いになりたくない」

ぼーさんが、にんまり笑った。

「自分が嫌なことを他人に押しつけるわけか？」

「僕はべつに強制しているわけじゃない。気が進まないのだったら、帰ってもらって構わないが？」

ナルが冷たく言い放ったとき、またしても森さんが会話に割り込んできた。

「どうしてちゃんとお願いしないの！　一緒に来てほしいわけでしょ？　だから今日、わざわざ呼び出したんじゃないの？」

……そりゃそーだ。

「人にものをお願いするときには、それなりの口調ってものがあるんじゃないの？　いつもそう言ってるのに、ほんと、学習効果のない子ね」

……いまだかつて、ここまでナルに対して強い人間がいただろうか。

森さんは、そっぽを向いたナルを軽くねめつけてから、困ったように笑んであたしたちを見渡した。

「本当に礼儀を知らない子でごめんなさい。気を悪くしないでね」

「まどか！」

おっと、ナルはめいっぱい不愉快そうですっ。

「少し黙ってもらえますか。これでは話が進まない」

「あら、そうね」

言ってから、森さんはにっこり笑う。

「だったら、口の利き方に気をつけてね？」

……っ、強い。この人は途方もなく強いぞ。

苦り切った表情でナルが言葉に詰まった。森さんは改めて、あたしたちに、

「ナルは派手な舞台を嫌うのね。今回の事件も断るつもりだったらしいんだけど、私の事情で引き受けてもらったの。皆さんには御迷惑だと思うけど、協力してください」

正面からお願いされると、ノーとは言いにくいわけよね。全員が森さんの笑顔につられたように頷いてしまった。

ナルは不快そうに机を指で叩く。

「とにかく、僕は前回みたいな馬鹿騒ぎは御免こうむる。馬鹿なマスコミにちやほやさ

れて喜んでいるような大馬鹿な連中とは馴れ合う気にもなれない」

……うーむ。そこまで言わんでも。

「それで？　ナルちゃんは現場には行かないわけか？」

ぼーさんが訊くと、ナルは顔をしかめた。

「そうしたいところだが、同行しないわけにはいかないだろう」

「質問」あたしはお行儀よく手を挙げた。「んじゃ、ナルはどういう扱いになるわけ？」

「僕は単なる調査員ということになるな」

……ほう。調査員といえば、あたしと同格ではないか。

「で？　どんな大層な依頼者なのよ」

綾子が訊くと、ナルは険しい表情で名前を挙げた。全員がぽかんとした。

あたしだって名前を知ってる超有名人。そりゃ、事件がマスコミにバレたら大騒ぎになるのは確実だわ。

――なにしろ我が日本国の、もと首相の名前だもの。

2

調査の対象となるのは一軒の古い洋館らしい。幽霊が出没するという噂があって、ために長い間放置されているそうな。……ま、ありがちな話だけどさ。

あたしたちは高速に乗って長野県へと向かった。高い山々に囲まれた盆地に入る。澄んだ空に浮かぶ稜線《りょうせん》は、まだ白く残雪を戴《いただ》いていた。盆地の底には湖が広がっている。その手前から山の斜面へと分け入っていった。

日本有数の高山地帯にありながら、とりあえず周囲の景色は、ごく普通の緑深い山と変わりがなかった。谷川に沿った山道を三十分ほどもひたすら登り、やがて林道としか思えない寂れた脇道へと逸《そ》れる。周囲はどことなく荒《すさ》んだ感じの針葉樹の森だった。道はかろうじてアスファルトで舗装されているものの、センターラインもなく、長いこと補修もされていないのか路肩は罅割《ひびわ》れ、枯れ草に埋もれ、轍《わだち》がすっかり窪《くぼ》んでいた。それを幾らも走らないうちに、さらに脇道へと折れる。いかにも暗い森の間に、車一台通るのがやっとの細い砂利道が通っていた。

道の両側に広がる森はいっそう荒れ果てた様子だった。深い樹影に覆われた斜面を蛇行しながら登ると、下草に埋もれた砂利道の途中に半ば朽ちかけたような門が現れた。

門柱は煉瓦《れんが》造りのようだった。苔《こけ》に覆われ、しかも大量の蔓《つる》が網をかけたように覆い被《かぶ》さって巻きついている。開いたままの門扉は無愛想な鉄格子で、赤く錆《さび》が浮いていた。門柱の左右に塀は見えない。単にここから先は私有地だという目印の役割しかないのかもしれなかった。

砂利道の間近まで打ち棄てられた様子の森が迫っていた。世話をされてないせいか、それともそういう種類なのだろうか、ひねこびた印象の木ばかりで、その下には笹が胸の高さまで生い茂っている。みっしりと生えた下草も、そこから立ち上がった樹々も、あちこちで褐色に枯れ込んでいた。どうやら付近に住む人はいないらしい。通う人もほとんどないらしく、道は両脇から藪《やぶ》に侵蝕《しんしょく》され、今にも消えてしまいそうだ。陰気な森の中、道は大きく曲がりながら門の向こう、さらに深い木立の間に消えている。

開いたままの門から、先を走るバンが中へと入っていく。これはリンさんの運転で、ナルが同乗。あたしはぼーさんの車だ。助手席には綾子、後部座席にはあたしの他に、ジョンと安原さん。

鬱陶《うっとう》しげな森の中を少し走ると、突然、視界が開け、広々とした空き地の向こうに大きな建物が見えた。

——大きい。本当に大きかった。

「……すご……」

建物を見上げて思わず呟《つぶや》いたあたしに、安原さんが相槌《あいづち》を打った。

「これは本当にすごいなあ。ホテルか博物館の規模ですね」

確かにその洋館は古いホテルか博物館のように見えた。「洋館」と言えそうな建物に前にも行ったことがあるけれど——でもって、そこだって大きな洋館だったわけだけど、それはあくまでも個人の住宅としての範囲内だ。眼の前に現れた洋館は、それとは規模が違っていた。お屋敷というより、まるでお城だ。古い寂れたお城。建物の手前は広々とした前庭で、丈高い雑草が見渡す限り立ち枯れている。

「さすがに政治家ともなると物持ちよねえ」綾子は訳の分からない感動の仕方をしている。「でも、手入れが悪すぎ。これじゃ幽霊屋敷だわ」

　ぼーさんが失笑を漏らした。

「もちろん、幽霊屋敷なんだろうが」

「あ、そっか」

　綾子の妙な言い方も分からないではない。幽霊が出る廃屋と言われれば、朽ちかけた建物をイメージしてしまう。傾いた壁、波打った屋根——そういうの。ところがこの建物は、一見したところ廃屋には見えなかった。まったく歪《ゆが》みも隙間もなく、しっかりと建っている。荒んだ感じはするけれど、建物として使用に堪えない感じはない。

　窓を数えると、建物は基本的に二階建てのようだった。ところどころに三階がある。大きな急勾配《きゅうこうばい》の屋根はくすんだ青緑で、そこに屋根裏部屋のものらしい窓が見えた。棟のあちこちには煉瓦色の煙突がいくつも突き出している。

　よくよく見ればあちこち傷んではいるようだ。並んだ窓のガラスは何割かが割れていた。鎧戸《よろいど》が付いていたけれど、一階の鎧戸のうち、無傷で残っているのは半分程度だろうか。複雑に凹凸を繰り返す壁は、くすんだ灰色の石でできていて風雨に曝《さら》されすっかり汚れている。そこに縦横無尽に蔦《つた》が絡まって、季節柄剝《む》き出しになった枝が、まるで亀裂《きれつ》のように見えた。

　幽霊屋敷として、これ以上にそれらしい建物はないのかもしれない。荒廃の色漂う見捨てられた巨大な洋館。外国のホラー映画に出てくる幽霊屋敷そのままだ。

雑草に侵蝕された砂利道は真っ直ぐ建物に向かっていた。建物の脇にこぢんまりとした石造りの別棟がある。平屋のその建物の前にリンさんの運転するバンが停まって、ぼーさんがその隣に車を滑り込ませた。

もっと玄関に近い場所――アプローチの石段脇に、車が何台も停まっていた。それを見ながら車を降りると、脛《すね》のあたりまでが枯れ草の間に埋まってしまう。風が冷たい。このあたりはまだ冬の名残《なごり》を引きずっているようだ。

「麻衣、第一印象は」

建物を見上げながら、ぼーさんが訊く。

「それっぽい……でも、意外に普通、かも」

見た目はすごく幽霊屋敷っぽいんだけど。でもって建物が大きいぶん、威圧感はあるんだけど。なのになぜだろう、あまり気味の悪い感じはしない。凄み、みたいなものを感じないのだ。

「別の意味で、なんか気持ち悪い感じはするけど」

「別の意味？」

「うん。気味が悪いというより、奇妙な感じ、というか」

窓枠を飾る複雑な彫り込みや、凝った棟飾り。いかにも贅沢《ぜいたく》な造りだ。なのに、そこかしこに荒廃の色が見える、その落差のせいだろうか。

けれど、それだけなら古い家には付き物だし……。

なんて言えばいいのだろう。どことなくチグハグな感じ。べつにどこかが傾いているわけでも、ひずんでいるわけでもないのに、どういうわけか歪《いびつ》な感じがする。綺麗なものが荒れ果てて異様な雰囲気を漂わせてるんじゃない、もともとどこかが異様だ、という感じがするんだな。

あたしがそう言うと、ぼーさんは首を傾げた。

「……確かにな。なんでだろう？」

綾子が口を挟んだ。

「美的じゃないからでしょ」

うみ？

あたしが綾子を振り返ると、綾子は正面の壁を示した。

「こういう洋館って、シンメトリーだったりするじゃない？　なのに、左右非対称」

あたしは建物を仰ぎ見た。

「あ、ほんとだ」

「統一性がないのよね。素材やデザインはいちおう統一してるつもりみたいだけど、よく見れば微妙に色や質感が違うし、窓の大きさとか形とか、ところによってバラバラだもの。普通、正面入口の左右の窓は、同じ大きさで同じ位置よ。それがズレてる」

言われてみれば。玄関右の窓は細長いのに、左は横に幅広い。なのにその上の窓は真四角だ。位置も揃ってないし。

「なんだかまるで、素人が造ったみたい」

「素人が図面を引いたか」

ぼーさんが言う。まあ、建物自体はとても素人が造ったとは思えないもんな。

「変なの……」

車を降りたままぽかんと屋敷を見上げていると、玄関ポーチに昇ったナルが厳しい声を飛ばしてきた。

「そこ。何を呆《ほう》けてる」

思わず全員で首を竦《すく》める。

「……調査対象の外観を観察してたんじゃん」

そういうのだって重要だと思うぞ、あたしは。ぶつぶつ言いながらポーチに向かうあたしに、ぼーさんが小さな声で耳打ちしてきた。

「……あの態度で、単なる調査員に見えると思うか？」

「だよね」

大嘘がバレる日も近いと見たね。


テラス状の石段を昇ったところが玄関だった。大きな扉の向こうは、馬鹿みたいに広いホールになっていた。冷え冷えとした二階までの吹き抜けで、正面には御伽噺《おとぎばなし》に出てきそうな豪華で大きな階段がある。床は大理石だろうか、つやつやした石が綺麗な模様を描いていた。立ち並んだ丸い柱も石、柱の上のほうにも四方の壁にも細かな彫刻や細工があって、いかにも贅沢だ。電気は通じているらしく、広大な空間にぶら下がったキラキラした大きなシャンデリアには明かりが灯《とも》っている。その下には男の人が二人立っていた。五十くらいのおじさんと、それよりさらに年上のお爺さんだ。

あたしたちが開いたままになっていた玄関を入ると、おじさんが前に進んできた。

「大橋と申します」

そう言って深々と頭を下げる。あたしたちを見渡して、

「所長さんは……」

訊かれて、安原さんが一歩出た。

「僕です」

……ああ、あたしって正直者だから、こういうのって嫌なんだよな。申し訳ないことに大橋さんは疑う様子もなく、改めて安原さんに一礼した。

「この件につきましては全権を一任されております。私を依頼主だと思っていただいて結構です」

安原さんも軽く頭を下げる。

「よろしくお願いします。所長の渋谷一也です」

良心の呵責《かしゃく》なんか、まるでなさそうな涼しい顔だ。

「なるほど、お聞きしていた通り、ずいぶんとお若くていらっしゃる」

そう言ってから、大橋さんがあたしたちのほうを見た。

「御同行の方ですね。——そちらさまは？」

大橋さんの視線を受け、ぼーさんが軽く頭を下げる。

「滝川と申しますが」

「滝川……何と」

「法生です」

大橋さんは、滝川法生さま、と小声で繰り返してから、問いかけるように綾子を見た。

「松崎綾子です」

「ジョン・ブラウン、と、いいます」

安原さんが、

「親しくさせていただいている霊能者の方々です。今回は特別に協力していただきます」

「左様ですか。——他のお三方は？」

安原さんが軽く答える。

「僕のアシスタントです」

「お名前は」

大橋さんに訊かれて、あたしは一瞬、ナルとリンさんを見てしまった。あたしは訊かれても困らないけど、ナルとリンさんはどうするんだろう。

ナルが真っ先に口を開いた。

「鳴海《なるみ》一夫《かずお》といいます」

……この大嘘つき。

大橋さんがあたしを見る。——はっきり言って珍しい。調査の場で自己紹介を求められることは稀《まれ》だ。いっつも十把《じっぱ》一絡《ひとから》げに「助手」で終わりだもんな。

「あの……谷山麻衣です」

大橋さんの視線はリンさんのほうへ向かった。ついでにあたしたちの視線もリンさんのほうに移動する。ついに名前を言うだろうか、それともいつも通り突っぱねるんだろうか。その場に期待が盛り上がったとしても、これはもう致し方ないことだと思う。全員がまじまじとリンさんを注視してしまう。

リンさんは極めて無表情に会釈をした。

「林興徐《りんこうじょ》と申しますが」

……へ？

訊いた大橋さんよりも、あたしたちのほうで驚いた声が上がった。

「失礼ですが、御出身は」

「もともとは香港です」

な……なんとリンさんは中国の人だったのか！　しかも出身が香港？　日本生まれの日本育ちとかではなく？　だったらなんで、こんなに日本語が上手《うま》いのさ。……って、いや、待て。「林興徐」ってのが、ナルのようにこの場限りの偽名だって可能性もあるか。

……うーむ。奥が深い。

大橋さんはあたしたちを見廻し、それから左に延びる廊下を掌《てのひら》で示した。

「どうぞ。皆様、お揃いです」

3

先に立つ大橋さんに続いて、広い廊下を右に左に折れて家の奥のほうへ向かう。両側に部屋が並ぶ廊下には窓がなく、まったく陽光は入らない。天井から下がったシャンデリアには明かりが灯っていたけれども、照明としてはなんだか頼りなかった。しかも廊下は何度も右折左折を繰り返す。妙に入り組んだ建物だった。豪邸ってのはこんなものなんだろうか。あたし、庶民だから分からないけど。

やたら曲がり角があるせいで、方々に暗がりが残っている。空気は重く澱《よど》み、そのせいか、豪華な地下道でも歩いている気分だった。何度目かに角を曲がり、大橋さんは両開きの扉の前で足を止めた。ドアを開いて、どうぞ、と促す。畏《おそ》れ入りながら足を踏み入れた部屋は、広々とした窓のある、むかっと来るぐらい大きな部屋だった。体育館とは言わないけれど、お遊戯ぐらいなら確実にできる。あたしの部屋なんて六畳間なのに。

大きくて広くて豪華な部屋は、心地よく暖房されていた。どうやら表に面しているようで、窓からは前庭の原っぱ越しに森が覗いている。窓際にはいくつかソファのセットが並び、中央には広々と長いテーブルがあって、そこにずらりと男女が坐って待っていた。

……おっと、真砂子もいるぜ。

真砂子はすでに到着していて、いつも通り着物姿でそこに坐っている。あたしたちを見て（たぶん、ナルを見てと言うほうが正確だろーが）軽く笑みを浮かべた。深窓の令嬢みたいで、妙に舞台装置にマッチしているところが悔しい。

あたしたちが最後の到着らしかった。最後尾のナルが部屋に入ると、行列の後ろからついてきてドアのところに控えていたお爺さんがドアを閉めた。

大橋さんはあたしたちを椅子に坐らせる。

「全員お揃いになったようなので、始めさせていただきます」

そう言ってから、

「まず、今回御助力をお願いした皆様を御紹介させていただきます」

最初に一番上座に坐っている和服姿のお爺さんを示した。

「三魂《さんこん》会の三橋芳命《みつはしほうめい》さま」

お爺さんは厳《いか》めしい顔つきで会釈をする。

「澄明《ちょうめい》教会の聖忍《ひじりしのぶ》さま、その助手をなさっている上原《うえはら》美紀《みき》さま、厚木《あつぎ》秀雄《ひでお》さま」

三十過ぎの男の人と、おねーさん、おにーさんの三人組。

「防衛大学名誉教授の五十嵐《いがらし》智絵《ちえ》博士とそのアシスタント、鈴木《すずき》直子《なおこ》さま」

上品なお婆さんと、若いおねーさん。

「法専《ほうせん》寺御住持、井村賢照《いむらけんしょう》さま」

住持というのは、坊さんの一種だとぼーさんが言ってた（おお。洒落《しゃれ》みたい）。文字通り坊主頭のお爺さんだ。

「霊能者の原真砂子さま」

真砂子は説明不要だろう。

「南《みなみ》心霊調査会の会長、南麗明《れいめい》さま。会員の中原清明《なかはらせいめい》さま、白石幸恵《しらいしゆきえ》さま、福田《ふくだ》三輪《みわ》さま」

老けたおじさん、若いおじさんとおばさんとおねーさん。

ああっ！　もー、誰が誰やら。仕事が済むまでに、全員の名前を覚えきれるだろーか？

紹介されていないのはあたしたち、そしてもう一人、温厚そうな紳士然とした外人さんだけになった。

「そのオブザーバーで、英国心霊調査協会のオリヴァー・デイヴィス博士」

サッと全員の視線がその人に集まった。

デイヴィス博士。

あたしでも知っている、この業界の有名人。英国心霊調査協会、通称ＳＰＲの研究者。ＥＳＰとＰＫ両方の能力を持つ超能力者でもある。

　皆様の視線は尊敬とライバル意識が交ざり合った、それでもビックリしたのだけは確かな色をしている。

　大橋さんは、秘《ひそ》かなざわめきを無視して紹介を続けた。

「渋谷サイキックリサーチの所長、渋谷一也さまとその助手の皆様」

　おっと、全員助手にされちまったい。

「滝川法生さま、ジョン・ブラウンさま、松崎綾子さま、鳴海一夫さま、谷山麻衣さま、林興徐さま」

　一人ずつ掌で示しながら、名前を間違いなく言ってのけたからすごい。テーブルを囲む人々の間で、ここでも軽くざわめきが起こった。ただし、デイヴィス博士に対するときとはニュアンスが違う。胡散臭そうというか、忌々しそうというか。やっぱ平均年齢が低すぎるんだよな、たぶん。

　大橋さんは雑音に気づかない顔で、

「以上の二十方です」

　言ってから、いつの間にか部屋に入ってきていた五人の男性を紹介した。さっきのお爺さんたちだ。彼らがあたしたちのお世話をしてくれるのだとか。いわば職員ってとこか。

　大橋さんはさらに続ける。

「先生の御意向で、皆様には調査の間、ここに泊まり込んでいただきます」

　先生、というのは当然大橋さんの御主人様のことなんだろう。……にしても、政治家というのは公務員のはずだ。しかし誰も市役所のおじさんを先生とは呼ばない。なぜであろうか。考えてみると不思議だな。

　つまんないことを考えてるあたしをよそに、大橋さんは生真面目に続ける。

「その間は、申し訳ございませんが、出入りをなさらないようお願いいたします」

　人目につかないよう、ということなんだろうが、出入り禁止というのは結構厳しい条件だ。夜中にお腹が空いたりしたら、どうしたらいいんだろう。もっとも、コンビニまで相当ありそうだけど。

　情報収集にも不便だ。わが「渋谷サイキックリサーチ」の場合、近所での聞き込みとか、役所での調べものなんかが結構重要なポイントになるので。それで今回は森さんが諏訪市内のホテルに待機している。

「買い物など、必要がおありの場合は私どもにお申しつけください。どうしても市街地に出なければならない緊急の御用の場合には、仰っていただければ私どもがお連れいたします。建物を出て周辺を散策なさることはおやめください。周囲の森は獣道すらございませんし、季節柄、残雪もあってたいへん危険でございます」

　……てことは、ほぼ軟禁かあ。

「電話は用意してございます。御用の節《せつ》は仰ってください。ただし、申し訳ございませんが、ダイヤルは職員にお任せくださいますよう。失礼ながら、通話中は職員がおそばに付かせていただきます」

これにはテーブルの周囲から不満そうな声が上がった。大橋さんはそれに構わず、

「依頼の際にも申しましたように、ここで見聞きしたことは一切、外部に漏らさないようお願いいたします。調査期間中はもちろん、終了、あるいはリタイアされて以後も同様でございます。契約書にもありましたように、守秘義務が破られた場合には法的措置に訴えることもありますので、重々御了解くださいますよう」

……さすがに厳しい。

「期間は最大二週間を考えておりますが、さらに時間が必要な場合は御相談ください。二週間に満たない場合でも、解決できた、あるいは調査が完了したと思われましたら、その時点で私のほうまでお申し出くだされば結構です。ただし、実際に完了したと看做《みな》すかどうかは、御相談のうえで決定させていただきます。途中で調査を打ち切ってリタイアされるのは御随意に。その場合にも、そのようにお申し出くださいませ」

よろしいでしょうか、と大橋さんは一同を見渡し、どこからも異論が出ないのを確認して頷いた。

「――それでは、これからお泊まりいただくお部屋に案内させていただきます。そのあとは御自由にどうぞ。食事や飲み物はこちらでお出しいたします。いつでも対応させていただきますので、それぞれ御都合のよろしい時間にいらしてくださいませ。二十四時間、必ず職員が控えておりますから、他にも私どもでお役に立つことがあれば、なんなりとお申しつけください」

4

一人、二人と職員に案内されて出て行って、最後に残ったのがあたしたちと、プラス真砂子の八人だった。誰がなんと言って通告したものか、どうやら我々と真砂子は一括《ひとくく》りになっているらしい。

少々待つと、最初にお爺さんを連れて出て行った大橋さんが戻ってきて、あたしたちを促す。

「皆様のお部屋は二階に用意してございます。他にも調査のための別室が必要だということでしたので、この先のお部屋を用意させていただきました」

言って示したのは、広間を出た広い廊下のさらに奥だ。まずはベースとなるその部屋に向かう。これまた、かなりの広さの部屋だった。家具は八人掛けの大きなテーブルに、同じく大きめのソファセットが一組。デスクと袖机、椅子のセットが一組。それでも床がずいぶんと余っている。

なんて贅沢なベースなんだ。——中に入って確認し、感動していたら全員が一枚の紙を渡された。どうやら建物の略図になっているらしい。

「これが、この付近の略図になっております。エントランスホールを挟んだ左右の一、二階でございます。建物はこれ以外にも続いておりますが、あいにく掃除も手入れも行き届いておりません。照明も準備できておりませんので、立ち入られる場合はそのように御了解くださいませ」

渡された略図だけでも、広い、というインパクトがあった。玄関ホールを挟んだ左右の区画が、一階、二階と上下に並べて記されている。見たところ、やたら入り組んだ建物だ、という印象は間違っていなかったらしい。基本的には、左右を貫く廊下の両側に部屋が並ぶ構造のようだけど、その廊下が真っ直ぐでなく、しかも枝道が多い。周辺にある部屋数も多かった。大きさも形も不揃いで、それが入り組んだ恰好で続いている。

さっきまでいた広間には「食堂」という文字が入っていた。それ以外にも、「職員控室」だの「大橋」だのという文字が見える。厨房《ちゅうぼう》だのトイレだのの必要な部屋の記載とともに、「寝室」「一号室」だのという文字があったけど、具体的な部屋割りまで書き込まれているわけではない。ただ、今いる「三号室」が赤く囲ってあり、さらに、二階の「寝室」の一つには手書きであたしと綾子、真砂子の名前が書き入れられていた。御丁寧に、そこから玄関まで「避難路」として赤い線が入っている。

……なるほどなあ。この「避難路」は必要かも（そしてトイレの位置も）。略図を見るだに、ややこしくて迷いそう。この紙がないと急場の間に合わない。

略図の中には斜線で消されている部屋も多かった。使えない、という意味だろうか。特に一階の半分方が消えている。そういえば、一階の窓は割れているところが多かったもんな。概《おおむ》ね、使われているのは廊下の片側——表に面している部屋だけのようだった。

それぞれが略図に見入っていると、大橋さんが「どうぞ」と促す。そこからあたしたちが案内されたのは、略図にあった通り食堂の真上あたりの部屋だった。学校の教室ほどはありそうな広い部屋で、そこに分厚いマットレスが三つ並んでいる。

ちなみにナルとぼーさん、ジョンは隣の部屋だ。さらに隣がリンさんと安原さん。どうせナルと安原さんはトレードするんだろう。

大橋さんが一礼して出て行って、そのとたん、浮かれた声を上げたのは綾子だ。

「結構、いいじゃない？」

部屋はこれまた豪華な内装で、しかもきちんと掃除されていた。確かに部屋だけを見ると、贅沢な感じだ。……でもなあ。

壁が若干くすんでいるのは仕方あるまい。窓ガラスは割れてないし、鎧戸も無事だ。なのにカーテンみたいなものはない。カーテンレールはあるから、外してしまったんだろう。何点かある据え置きの家具は傷みのないやつで、磨かれてはいたけれど、ベッドはなかった。いかにも新品って感じの分厚いマットレスだけが、取って付けたように直接床に据えてベッド代わりにしてあり、そこに同じく新品の寝具が載せられている。

部屋には出入口の他にもう一つドアがあって、開けると中は六畳はあろうかという広い浴室だった。古風な感じのバスタブやトイレ、洗面台などは趣があると言って言えなくもないけど、さすがにタイルは罅割れ、目地も真っ黒になっている。そのタイルの上に白いチェストが据え置かれているのも庶民感覚からすると違和感があるけど、白いペンキが剝げて煤《すす》けているのは、なお侘《わ》びしい。洗面台の正面にある鏡も剝げて曇ってしまっているし。シャワーカーテンだけが、場違いな感じに真新しかった。

豪華な部屋で、とりあえずきちんと整えられているけど、長い間使っていなかった廃屋の気配が残っている。そして、廃屋の匂い。埃《ほこり》くさいというか、黴《かび》くさいというか。

「思ったよりもいいけど。……いかにも急になんとかしましたって感じ」

部屋を見廻しながらあたしが言うと、綾子はうきうきと荷物を解きながら、

「事実、そうなんでしょ？　だったら上等よ。てっきり埃まみれのベッドに寝かされるもんだと思ってたわ」

「寝る暇があればいいけどねー」

笑い含みに言ったらば、綾子は思いっきり顔をしかめた。

「嫌なことを言わないでよ。あたしは寝るわよ。睡眠不足は美容の大敵」

「お肌の曲がり角を過ぎると大変だねえ」

綾子は顔を突き出した。

「ま、だ！　まだ超えてないからねっ！」

ふふん、とあたしは鼻先で笑ってやる。

「知ってる？　歳より上に見られて喜べなくなったときが、年寄りの始まりなんだって」

綾子はあたしの顔を覗き込む。

「麻衣ぃ」

「はあい？」

「あんた、本っ当にいい性格になったわね」

「そりゃもう。仮にも『渋谷サイキックリサーチ』の調査員ですから」

これで綾子が納得するあたり、やはり悲しいものがあるな。

そんなあたしたちを、真砂子が軽蔑《けいべつ》しきった眼で見ていた。

「くだらないことを言ってるわね、とか思ってるんでしょ」

あたしが真砂子を指差すと、お人形さんはやんわり笑う。

「あら、分かりまして？」

ほんと、嫌味なんだから。あんた、友達いないだろ。

「分からいでか。……ね、この家、何か感じる？」

あたしが訊くと、真砂子はふっと表情を引き締めた。

「まだ霊の姿は見えませんけど……でも、とても嫌な気配がしますわ」

「嫌な気配かあ……」なんだか漠然としてて分かりづらい。「霊は見えないんだ？」

真砂子は思い悩むように小首を傾げ、やがて頷いた。

「具体的な霊は見えませんわ。ただ、このあたりにはいない、というだけなのかもしれません。いそうな気配はします。家の奥から威圧感のようなものが漂ってくる……」

ふうん？

荷物を広げていた綾子が、音を立ててトランクを閉じた。

「そうかなあ。意外に何でもない感じがするんだけど」

綾子の勘は下駄の天気予報並みだからなあ。思ったのが通じたのか、綾子はあたしをねめつける。

「今、心の中でなんか思ったでしょ」

「御想像にお任せしまーす」

あたしが言うと、綾子は再び顔を突き出す。

「殴るよ」

そうやって綾子とおちゃらけていると、真砂子がぽつりと言った。

「血の……」

え？

「血の臭いがする気がしますわ」

真砂子はマットレスにきちんと腰掛けて、視線を遠くへさまよわせていた。ひどく緊張した表情をしていた。

5

荷物をしまって綾子たちと三人で食堂に戻ると、なぜか全員が揃っていた。つまり、総勢二十人。それがあっちに固まり、こっちに固まりしてお茶なんか飲んでる。

あたしたちが窓際に並んだソファの一つに坐ると、お爺さんが「お茶はいかがですか」と訊いてくれた。こりゃ、本当にホテルに来たみたい。ありがたくコーヒーをお願いする。中央のテーブルでは、つやつやした顔のおじさんが、なにやら得意そうにまわりの人と喋《しゃべ》っていた。

「任せてください。なんら問題はありません。我々にはディヴィス博士の助言がありますし、最悪の場合でも高名な霊能者や超能力者の助言や協力をいただけることになっていますから。ウォーレン夫妻や、ユリ・ゲラー氏や――」

ウォーレン夫妻。ユリ・ゲラー。共に超が付く有名人だ。あたしだって門前の何とやらで、名前をよく知ってるぞ。ウォーレン夫妻は、著名な大事件には必ずその姿あり、と言われている人物で、映画の元ネタになった幽霊屋敷の事件が特に有名。そしてゲラーは、かつて全世界で一世を風靡《ふうび》した超能力者だ。

「……あれ、誰だっけ」

あたしが小声で訊くと、隣にいたジョンが、

「南さん、違いますやろか」

そっか、南心霊調査会の南さんか。

南氏は得々と交友関係の広さを自慢している。あたしでもよく名前を聞くような能力者や研究者が彼のお友達らしい。

「……知らなかったけど、南さんって、すごいんだねえ」

「さいですね。けど、ディヴィス博士と知り合いなんですから」

あ、そうか。それもそうだよな。博士は知る人ぞ知る有名人だし。博士コネクションはとんでもなく強力そう。

その博士は南さんの隣に坐って、おっとりと微笑みながら周囲の人が片言の英語で話しかけるのに耳を傾けている。偉そうな感じは欠片《かけら》もなくて、控え目で品がいい。そして理知的で鷹揚《おうよう》な感じだ。

「博士ってどこの国の人だっけ」

「イギリスのお人です」

「なるほどお。いかにも英国紳士って感じ」

そこいらのおっちゃんとは一味違うぞ。なんだか素敵。

「ですね。……けど」

ジョンはちょっと首を傾げた。

「けど？」

「いえ。思ったよりお歳を取ってはるんで。……てっきりもっと若いお方やと」

博士は四十代後半から五十歳ぐらいというところだろうか。あたしには充分若く見えるけど。なんか「博士」って言うと、お爺さんみたいな印象があるもんな。

「ね、ジョンって英語、喋れる？」

うっかりそう訊くと、ジョンの真っ青な眼がパチクリした。

「僕……英語の国の人やねんですけど」

……はい、そうですね。知ってます。身近で英語に堪能な人間が稀なもんで、つい。

「愚問でした。ジョンがあんまし日本語上手いからさー」

「おおきにさんです。それが、どないかしましたか?」

「あとでちょっと、通訳とかしてもらえるかなー、なんて」

言うと、ジョンがくすりと笑った。

「博士ですか?」

「うん。やっぱ有名人だし、ちょっとお話なんかしてみたかったり」ジョンの笑みを見て頭を掻《か》く。「……ミーハーかなあ」

「いえ。滝川さんと同じことを言わはるから」

なんだー、ぼーさんもかー? 見ると、ぼーさんは心なしか顔を赤らめ、ちらちらと博士のほうを窺《うかが》っている。

「ぼーさんも有名人には弱かったか」

「滝川さんは博士に……なんて言うんでしたか、傾向?」

「傾倒?」

「そです。傾倒してはりますから」

つまり、博士のファンか。なるほどね。――憧《あこが》れの人が眼の前にいたんじゃ、しょうがないか。とはいえ、なんだか思春期のお子様みたいで笑っちゃうぞ。

「ぼーさんの意外な一面」

あたしが忍び笑いすると、

「僕かて、ちょっとどきどきしますです。会うことがあるやなんて、夢にも思ってませんでしたし」

「そんな有名人なんだ」

あたしでも名前をよく知ってるぐらいだから、有名なのは確かだろうけど。

「有名ゆうより——立派な学者さんですよって」

「……へえ？」

そんなことをひそひそ話していたら、ナルが安原さんに声をかけた。

「それじゃあ、所長。そろそろ始めましょうか」

……うーん。どうも違和感あるなあ。

「はい」

安原さんが「渋谷サイキックリサーチ」の所長とも思えぬ、素直なお返事をして、あたしたちは肉体労働をすべく立ち上がった。

第二章

1

あたしたちは大橋さんに断って建物を出、駐車した車に向かって、調査拠点になる部屋に機材を運び込んだ。あてがわれた部屋が一階だったのは幸いだ。理想を言えば、もう少し玄関に近ければ良かったのだが。

荷物を抱え、玄関先まで往復する一方で、ラックを組み立てたり、そこに機材を押し込んだり、配線をしたり。ぼーさんとジョンが扱《こ》き使われるのは毎度のことだ。二人ともすっかり手慣れてきたのが悲しい。珍しく初《しょ》っ端《ぱな》から参加の綾子と真砂子は、この重労働に際し、高みの見物を決め込んでいる。

いつも、あんだけナルのあとを追い廻しているんだから、セッティングにも参加してほしいもんだ、と心の中でぶつぶつ言っていると、大橋さんが顔を出した。

「部屋はこちらで事足りますでしょうか」

安原さんが会釈する。

「はい。ありがとうございました」

「大変な機材ですね」

大橋さんは少し驚いたように周囲を見廻した。どうも、と安原さんは微笑《ほほえ》んで、

「お手《て》空《す》きでしたら、少し質問をさせていただきたいのですが、よろしいですか？」

……むむ。安原さんが質問をするんだろうか？

「ええ。なんでもお訊《き》きになってください」

「じゃあ……」そう言って、安原さんはナルを振り返った。「鳴海くん、頼むね」

おっとー。その手があったか。

安原さんは白々しく笑う。

「僕は車に残った機材の調整をしておくから。——大橋さん、すみません。よろしくお願いします」

そう言って、安原さんは出て行った。ナルは大橋さんに椅子を勧め、自分も正面に陣取る。テーブルにファイルを広げた。

「まず、最初に依頼の内容をもう一度確認させてください」

うん。さすがにナルがビジネスを始めると、その場の雰囲気が引き締まる。機材の準備をしていたあたしたちの空気までが緊張する。

「この建物における異常の有無を確認して、異常があるなら解消して欲しい、ということでしたが」

「左様でございます」

「――失踪《しっそう》者が出た、とか？」

ナルの言葉に、大橋さんはごく真面目に頷《うなず》いた。

「もともとこの建物は、先生の奥さまの御実家の所有でございました。とはいえ、奥さまはまったくここにいらしたことがありませんし、奥さまのお父さま……つまり先代も、ここにお住まいになったことはありません。先代のとき、生活の拠点は東京に移されていましたから。それで放置されたまま、忘れ去られた状態だったのですが、先々月、この家で少年が一人、行方不明になりまして」

大橋さんは躊躇《ためら》うように、ほんの少し言葉を切った。

「ここが空き家なのをいいことに、近郊の若者たちが出入りしていたらしいのです。どうやらこの建物は、近郊の若者の間では幽霊屋敷として有名になっておりますようで、肝試しと申しましょうか、物見高い若者が複数でやってきて、探険気分で建物の中に入り込むことが時折あったようなのです。それが、先々月になって、中の一人がいなくなったと、警察に届け出がありました。空き家とはいえ私有地でございますから、捜索をさせてもらいたいと警察のほうから連絡がございまして、許可を差し上げましたのです。この屋敷はたいへん複雑な構造になっております。迷ったあげく、どこかで具合でも悪くして倒れているのではないかと、そう思われましたので。それで警察が人手を集めて捜索したのですが、一日がかりで捜しても発見できませんでした。そればかりでなく」

大橋さんは困ったように苦笑した。

「捜索をしていた消防団の青年が姿を消したのです」

　うわー……。

「翌日半日、二人を捜しましたが、ついに発見できませんでした。これは建物を出て山に迷い込んだのに違いない、ということになりまして、付近の山を捜索したようですが、いまだ発見されておりません」

「連続して失踪者が出たのに、たった半日で打ち切りですか？」

　ナルが訊くと、大橋さんは少し言葉に詰まった。

「ええ……はい。ざっと内部は検《あらた》めたし、呼びかけにも応答がないから、建物を出たのだろう、という結論だったと聞いております。もちろん、屋敷の全てを確認したわけではないでしょうが、長い間放置されておりますから、人の出入りがあったかどうかは埃《ほこり》の具合などで分かります。とりあえず人の立ち入った形跡のある範囲内では、姿が見つからなかった、ということなのかもしれません」言って、大橋さんはさらに言い訳をするように、「屋敷も御覧の通り、大きなものでございますが、周囲の山もこちらの地所でございまして……これが建物同様、長年、手入れもせずに放置されております。踏み分け道すらないような有様で、私道から逸《そ》れて山の中に踏み込めば、迷っても不思議はございません。今回の件で手入れをするまで、私道自体もかろうじて轍《わだち》が残っているだけの状態でございましたし……」

　ナルは無言で大橋さんを見つめている。大橋さんは少し視線を逸らして、

「……しかも、その……捜索の際に中の幾人かが、屋敷の中で人魂《ひとだま》を見たとか、妙な足音を聞いたとか。……いえ、はっきりとした話ではございません。問い質《ただ》してみると、気がする、という程度のことで、雰囲気に呑まれたか、あるいは何かの見間違い、聞き間違いかと思われるのですが、ただ、そんな事情もございまして、早々に打ち切りたかったということではございませんでしょうか」

「……なるほど」

ナルの声は、どこか何かを含むふうだ。それを感じ取ったのか、大橋さんは何かに踏ん切りをつけるかのように少し息を吐いた。困ったように笑む。

「実を申しますと……、ずいぶんと以前、ここで増築の工事をいたしましたとき、作業員が消えたことがある、という話もございまして。詳しいことは存じませんが、もともとこの屋敷には、幽霊が出るという噂があったようなのでございます。いえ、最近の話ではございません。ずいぶんと前、――先代の頃にそういう噂があって、当時は地元でも有名だったようなのです。ですから先代も、こちらを放置しておられたわけでして……」

大橋さん自身は半信半疑なのか、苦笑を浮かべたままだった。

「心霊スポットとして有名だったのでは？」

「それは近年の話でございます。古い噂とは無関係かと。近年の噂は、たぶん屋敷の雰囲気がそれらしいというところから出た根拠のない話なのではないでしょうか。事件のあと調べた限りでは、具体的に何が起こる、という噂があったわけではないようですから。おそらく、古い噂はもう忘れられておりますのでしょう。そもそもここに建物があること自体、忘れられているようですので」

大橋さんは言って、溜息をついた。

「――ですが、ここで二人も行方不明になったとなると、悪い噂も立ちますし、古い噂まで再燃しかねません。二人の姿も消えたままで、このまま放置しておくわけにもまいりませんでしょう。かと言って、下手に捜索などして、これ以上の被害が出ても……。それで霊能者の方にお願いしてみようと、そういうことになりましたのです」

ナルは考え込むように指先でテーブルを叩きながら部屋を見廻した。この部屋も広い豪華な部屋だった。いかにも外国の映画に出てくる豪邸のような。傷んではいるけど眼を覆うほどではなく、掃除だってきちんとされている。

「古い建物のようですが……いつ頃の建築ですか？」

「最初の建築は明治三十三年頃と聞いております」

「明治三十三年というと……」

「今から百年近く前になりましょうか。ただ、その後、増築や改築を繰り返しておりまして、その当時の建物はほとんど残っていないというお話でした」

「増改築が行なわれたのはいつ頃ですか？」

「それはあいにくと……。聞くところによると、先代が毎年のようにどこかしら手を入れておられた、ということですが」

ナルがメモを取っていた手を止めて顔を上げた。

「毎年のように？　なのにここには住まなかったんですか？」

「はい。そのように伺っております」

……変なの。じゃあ、何のためにお金をかけて工事をしたんだろな？

「先代はどういった方だったのですか？」

「美《み》山《やま》宏幸《ひろゆき》さまと仰《おっしゃ》いまして、諏訪一帯に広く土地をお持ちになる一方、手広く事業をなさっておいででした。十四年ほど前に亡くなられましたが」

ナルは少し考え込むようにしてから、

「大橋さんは、二人の失踪を異常事だとお考えですか」

「判断がつきかねております。神隠しだ、と言う者もいるようですが、私には納得しづらい意見でございますし……。ただ、御実家がずっとこの建物を忌避してこられたことを考えますと、単なる事故だと言い切ることも難しい気がいたします」

「御自身は、ここで何か異常なものを見たというようなことは」

「準備のために一週間ほどおりますが、そのようなことはございません」

「他の方も？」

「はい。少なくとも、そのような訴えは聞いておりません」

ナルは考え込む様子を見せてから、

「行方不明者と同行していた人たちに話を伺えますか？」

大橋さんは困ったように微笑《わら》った。

「申し訳ありませんが。できるだけ内密に調査をしていただきたいので……」

ナルは軽く眉をひそめる。それでも、その件に関してはそれ以上は言わなかった。

「最後に。……怪談の原因について、何かお心当たりは？」

「なにぶん奥さまの御実家のことですので、私には分かりかねます」

「ありがとうございました」

ナルは軽く頭を下げてから、

「ああ――この家の平面図を御用意いただけましたか？」

「申し訳ありません。そのようなものはないそうでございます。なにしろ気《き》紛《まぐ》れに増改築を重ねておりますもので……」

「……そうですか。どうも」

「いかにも幽霊屋敷って感じになってきたじゃない？」

大橋さんが出て行くなり、綾子がなんだか弾んだ声を上げた。

ぼーさんもニンマリして、

「だよな。古い洋館。いわくありげな由緒。――ナルちゃん、どうした」

ナルはすごく難しい顔をしている。

「気に入らないんだ」

「何が」

「長いこと無人だった幽霊屋敷。建物は複雑で平面図もない。そこに泊まり込むんだぞ」

そうか。ナルはそういう場合、安全を確認するまで泊まり込みはしない主義だもんね。

「おっと、いきなり弱気な発言」

「慎重と言ってくれないか。——麻衣」

「はあい」

「とりあえずこのあたり一帯に温度計を置いてみる。まずは略図の範囲内。そこから調査範囲を広げていこう。ぼーさんと行ってくれ。陽が暮れたらやめていい。日没後は必ず誰かと一緒にいるんだ。いいな？」

「……うん」

なんか、念を押されるとビビっちゃうなー。

「他の者も。しばらく、日没後は一人で行動しないほうがいい」そう言ってから、今度は綾子を見る。「護符を書けますか」

「書けるに決まってるでしょ。あたし、巫女《みこ》よ？」

「とてもそうとは思えねーけどな」

ぼーさんが茶々を入れると、綾子が睨《にら》む。

「あんたに言われる筋合いないわよっ」

……そら、そーだ。ぼーさんが坊主に見える奴がいたら、誉《ほ》めてつかわす。

バシ、とナルが机を叩く。

「護符を。人数分。各部屋の分と」

ぼーさんが首を傾げた。

「用心のしすぎじゃねえの？」

「無思慮な人間が、怠惰の言い訳にする台詞《せりふ》だな」

ぼーさんは一瞬、むっとした顔をしてから、邪気を込めて笑った。

「――そう。確かに用心はしといたほうがいいわなあ」

ナルを楽しそうに見る。

「……なんだ？」

「その態度、用心して常日頃から改めておかねーと、バレるぜ。調査員の鳴海くん」

綾子が手を叩いた。

「あ、言えてる。絶対、調査員にしては偉そうだもんねー」

うんうん。

「あたしたちは歴《れっき》とした霊能者で、所長から『特別に協力をお願い』されて来てるわけだし、やっぱゲストよね。それなりの態度で接してもらわないとー」

ナルはちょっと顔をしかめる。

「……心掛けましょう。ずいぶん年上でいらっしゃることでもあるし」

こいつ、明らかに「ずいぶん年上」を強調したな。

ナルが立ち上がった。作り笑い見え見えの笑顔を浮かべる。

「では、作業にかかりたいのですが、手を貸していただけますか。松崎さま、滝川さま？」

これは寒い。はっきり言って背筋が寒いぞ。こちらを見ていたジョンが、こっそり頭を抱えた。

「ま……麻衣。行こーか」

「はい、行きませう」

すたこらその場を逃げ出した、あたしとぼーさんだった。

2

車に行って温度計と記録用紙を取ってきて、ついでに所在なげにしていた安原代理所長を拾って、あたしたち三人は各部屋の気温を測りに行った。

大橋さんから聞いた話を代理所長に伝えながら歩いていると、

「大丈夫なのかなあ」

安原さんがそのへんの戸棚を開けながら呟《つぶや》いた。

「何が？」

「だから……ここで人が行方不明になったのって、二カ月前なんだよね？　もしその人が家の中で迷子になったんだとしたら、まず死んでるよね」

「……まあねえ」

「うろうろしてて死体なんか発見したら、やだなあ」

……う。不吉なことを言うなあ。

「こういう家だし、鼠《ねずみ》とか絶対いると思うし。鼠やゴキブリに喰われてボロボロになった死体なんか見たくないよねえ」

「やめてよお」

あたしが情けなく声を上げると、ぼーさんが豪快に笑った。

「俺たちがそのへんを歩いて見つけられるはずねえって。警察が調べたあとだぜ」

「ああ、そうか」安原さんは言って、首を傾げる。「するとやっぱり、建物を出たのかな？　最初に消えた少年はそれでいいとして——でも、捜索してた消防団の人が消えたのは解せないなあ」

そうだよな。消防団の人は、行方不明者の捜索をしていたわけで、その途中で抜け出すなんてことは考えにくい。

ふうむ、とぼーさんは呻《うな》る。

「自分から姿を消した可能性はなさそうだよなあ。しかも、その捜索が半日で打ち切られたってのが気になる。一人目ならともかく、続けざまに二人目が消えたわけだろ。警察や消防団が神隠しを想定するとも思えんし、人魂らしきものを見たとか、足音らしきものを聞いたとか、その程度で捜索を諦《あきら》めて逃げ出すもんかねえ」

……だよな。

「あまりに建物が広いんで、キリがないと判断した、とか」そう安原さんは言って、苦笑した。「……しないか、そんなこと」

しないだろうねえ。警察だもんね。

「まあ、当然のことながら、依頼主は何らかの超常現象で消えた場合を想定してるから、これだけの拝み屋を集めたんだろうが……」

超常現象だって確証もないんだよな。かと言って、単なる事故だと考えるには釈然としないことが多い気が。……ただ、捜してもキリがない、というのはありそうだけど。

あたしは周囲を見渡した。この屋敷は確かに、複雑怪奇な構造をしていた。廊下は意味もなく曲がったり折れたりしているし、幅だって気ままに狭くなったり広くなったり。好き勝手なところに短い階段があって、ちょこちょこと昇ったり降りたり。それで、あっと言う間に方角を見失ってしまう。しかも、どの部屋も歪《いびつ》な形で、妙な具合に続いているし。おまけに家具はないし、窓は少ないし、すでに通った部屋なのかどうかすら判別しにくい。大橋さんに貰った略図を見てなきゃ、迷子になりそう。

「略図の範囲でさえこうだもん。建物はもっと広いわけでしょ？　大勢で右往左往してたら、どこが捜索済みなのか分からなくなりそう」

あたしが言うと、安原さんも頷いて、

「おまけに灯りもなかったろうし。今は電灯が点いてるけど、当時はきっと電気も通じてなかったんじゃないかな。すると懐中電灯の明かりだけが頼りだし、それで人一人捜すのは、想像以上に難しいかもなあ」

「だよね。どこかで見切りをつけないと仕方ないかも」

あたしは言いながら、ドアを開く。略図では斜線の入っている部屋だ。

「こーれは、すごいなあ」

安原さんは、あっちこっち出たり引っ込んだりして十字形になった部屋を見廻して、感心したような声を出した。

「ダンジョンでも攻略している気分ですねえ」

うん、と頷いたのはぼーさんだ。

「それも古い３Ｄダンジョンな。ノスタルジーを感じるのう」

言いながら、壁の真ん中にあった窓から外に向かって首を突き出した。

「面白え。この窓、隣の部屋に開いてるわ」

……へ？

なんと言うこともない、普通の窓だった。その窓の向こうが庭ではなく、隣の部屋だという点を除いては。

「鎧戸《よろいど》までであるのに……」安原さんも窓を覗《のぞ》き込んで、「改築だか増築だかをしたときにこうなったんでしょうねえ。無計画と言うか、本当に思いつきで適当に建てたんだな。だから外見も、あんなにチグハグなんだ」

「の、わりに手間はかかってら。単に建物の外に部屋を足したって感じじゃない」

「そうですか？」

「見てみ。あっちの壁の継ぎ目の部分。手前は外壁の造作のままだが、切れ目がないだろが。ちゃんと見切り縁を切ってそっから先は内装と同じ仕上げになってる」

　窓から仲良く頭を突き出して訳の分かんないことを言い合ってる二人を横目で見ながら、あたしは温度計を据える。——摂氏九度。ずいぶん低いけど、このあたりの部屋はどこも似たり寄ったりだ。そもそも高地で内陸部にあるうえ、その中でもここは山の上だ。おまけに家は長いこと無人で冷え切ってる。使ってない部屋は暖房が入っている様子もないし、真冬並みの気温なのもむべなるかな。

　測った気温を用紙に書き込む。何という部屋なのか分からないので、略図に番号を振っておいた。

「オッケー。次、行こう」

　そう声をかけ、部屋を出ようとして、あたしは出るべきドアを見失ってしまった。十字形の部屋は四方の同じ位置にドアがあって、そのどれから入ってきたのか分からなくなってしまったのだ。略図にはドアや窓の位置までは書き込まれてないし。……やれやれ、コンパスがいるな、これは。

「ねえ、どっから来たんだっけ？」

あたしが訊くと、安原さんとぼーさんは互いに違う方向を指差した。

……当てにならん奴ら。

仕方なくいちいちドアを開けて確認したけど、驚いたことにドアの一つは開けてみたらば壁だった。別の一つは奥行き二十センチ程度の物入れだ。にしては、物入れの奥は外壁みたいな石壁で、さらに小さな窓があって隣の部屋に通じている。

なんだ、これ？　呆《あき》れているとぼーさんが、

「ウィンチェスター館だな」

安原さんが訊き返す。

「ウィンチェスターって、ウィンチェスター銃の？」

「なに、それ？」

上着を引っ張ると、安原さんは「渋谷サイキックリサーチ」の所長とは思えぬ親切さで教えてくれた。

「古い銃に、そういうのがあったんだよね。それとも、今でもあるのかな。……それですよね？」

ぼーさんは頷く。

「そ。そのウィンチェスター銃を作っていたウィンチェスター家さ。アメリカの開拓時

代に大活躍したライフル銃。当時は、ライフルと言えばウィンチェスター、拳銃と言えばコルトと決まってたんだってさ」

ほほう。

「開拓時代と言えば、無人の荒野を切り拓いていったみたいで聞こえはいいが、実際のところは先住民を駆逐してテリトリーを広げていった時代なわけだろ。それで大活躍したってことは、つまりそれだけ、流血に関わってきた銃とも言えるわけ」

「……ああ、そうか」

安原さんが嘆息した。

「その頃のウィンチェスター銃は単発式だったんだが、それがのちにレバーアクションに改良されて連射が可能になった。連射可能なウィンチェスター銃はたちまち全米で大ヒット、ってえ寸法だ。ウィンチェスター家はこれで瞬く間に巨万の富を築いたが、当主のウィリアムは原因不明の死を遂げた。その前にも娘が生後間もなく奇病に冒されて亡くなっていて、残された夫人はひどく落ち込む。そこで友人が親切ごかしに霊能者に相談するよう勧めたわけさ。霊能者はこれを、ウィンチェスター銃で殺された何百万という犠牲者の祟《たた》りだ、と言った」

「……説得力あるなあ」

「だろ？　伝説によれば、霊能者は夫人に西へ旅立つよう告げた。辿《たど》り着いた土地で、犠牲者を慰めるための家を建てろ、ってな。家を建てる金槌《かなづち》の音が悪霊を慰めるだろう、それが続く限り夫人は安全だ、と言った。つまり、死ぬまで家を建て続けろって話さ」

「建て続けたの？」

あたしが訊くと、ぼーさんは頷く。

「そう。本当に夫人はそれを実行したんだ。辿り着いたカリフォルニアに土地を求めて屋敷を建てる。完成しそうになると増築して工事を続け、それが完成しそうになるとまた増築する。二十四時間年中無休で金槌の音を響かせたってわけだ。結果として巨大で歪な建物が残った。今や有名な観光名所だ。ここみたいに複雑怪奇な家らしいぜ。開かない窓、昇れない階段、通れないドア」

「ホントだ。似てる」

「だろ？」

安原さんが小首を傾げた。

「じゃあ、この家も何か訳ありなんでしょうか」

「訳がなかったら二笑亭《にしょうてい》だよ。——ああ、ここだ。まだ入ってない部屋」

そう言って、ぼーさんがやたら細長いドアを開けた。

3

その部屋番号八番の部屋は、もっと奇妙な部屋だった。

だだっ広い歪な部屋の真ん中に、三畳くらいの小さい部屋があって、しかもそこだけ床の高さが違ってたりするから迷惑な話だ。ドアを開けると三段ほどのステップがあって、何もない床が広がっている（狭いけど）。ステップのぶん天井は低くて、小さな採光窓が上のほうに一つだけ。しかもこの窓は、当然のことながら周囲を取り巻いた部屋に向かって開いているわけで。とはいえ、窓がある以上は、クローゼットというわけでもないのだろう。まったくの用途不明だ。

その小部屋（八・五号室）で温度を測る。

「ダンジョンならこういう部屋には何かあるんだがなあ」

「そうそう。宝箱があるとか、イベントが始まるとか」

……なに言ってんだか。

のんきな話を嬉しそうにしている安原さんとぼーさんを置いて小部屋の外に出ると、広い部屋の隅に三人の男女が集まっていた。

おや。有名霊能者とお友達の南さん。

南さんはあたしを見てニヤッと笑った。

「おやおや。お嬢さんも、もうお仕事ですかな」

「はあ」

南さんはあたしが抱えたクリップボードに眼を留めて、

「気温の計測ですか？」

そう言って、一人で納得したように何度も首を頷かせた。

「いいですねえ。気温の計測は心霊調査の基本ですよ。お宅の所長さんはお若いのに、なかなかものを知ってらっしゃる」

ニヤニヤして言う南さんは、右手にアルコール温度計を持っていた。

「……どうも。南さんもですか？」

「そうです。我々の方法はデイヴィス博士直伝ですからな。英国心霊調査協会直伝と言いますかね。御存じですか、英国心霊調査協会。心霊研究の先駆けとなった英国の、最高権威の団体です。末席ながら、うちもそこに所属しておりましてね。日本で正式承認されておる研究機関は稀《まれ》ですから、ずいぶんと重宝されているんですよ。おかげで優先的に便宜を図ってもらったり、部外秘のテクニックも教えてもらえましてね。ええ、企業秘密なんてことは言いません。これも心霊研究の発展のためですから、盗めるテクニックはどんどん盗んでいってください。人間、勉強ですよ」

「はあ……」

よく喋《しゃべ》るおじさんだなあ。

南さんはあたしにもう一度笑いかけながら、温度計を何度か軽く振って、それを埃にまみれた家具の上に置いた。

……あのう。アルコール温度計は振っても下がらないんですけどー……。

南さんの両脇には、おばさんとおねーさんがいて、二人して眼を閉じ合掌していた。

そのおばさんが眼を開けて、

「会長、向こう側の部屋に何かを感じます」

「ああ、そう」

南さんはニコニコして、温度計を取り上げるとメモ用紙に温度を書き込む。それから会釈して、

「まあ、お互いに頑張りましょう。――と言っても、抜け駆けはなしですよ。あくまでもフェアに。除霊に成功したチームには賞金が出るようですからな」

言いながら軽やかに手を振り、おばさんたちと部屋を出て行った。

……うーむ。これはどうしたもんだろうか。

あたしは南さんの出て行ったほうを眺めて考え込んでしまった。人を理由もなく疑うのは良くないと、重々承知なんですが。でも、なーんか胡散臭《うさんくさ》い感じがしてならんのですが。

ゴーストハントはレースじゃないと思うわけ。少なくともレースよりはボランティアに近いと思うぞ(うちの場合は、だけど)。

それに第一、アルコール温度計でもってあんな気温の測り方があるかい。地面に対して垂直に設置して、少なくとも数分から十分は置いとかないと。目盛りを読むときには視線を目盛りの高さまで持って行って、アルコールの上端と完全に水平になるよう気をつける。――うちの所長はお若いけど、そういうことには喧《やかま》しいんだ。

そのうえ、うちでは正確を期してアルコール温度計は使わない（いざというときのために、いちおうあるけど）。ちゃんと小数点以下二桁まで出るデジタル温度計を使うんだい。ある程度の時間内で気温がどう変化するか計測する場合は、ロガーという部品を接続して気温変動の推移を記録することもある。

本当に、かのディヴィス博士の指導なんだろうか？　それとも博士って意外に大雑把《おおざっぱ》な人なのかしらん。博士って言うくらいだから、うちの所長よりも厳格で喧しい人種なんだろうと思ってたけど、事実は逆なのかもしれないな。専門家ほど大らかだ、と。

あたしは南さんが温度計を置いた棚に、うちの温度計を置いて気温の測定をやった。腕時計を見ながら計測時間を確認する。いちおう機械が勝手に測って、終わればお知らせしてくれるんだけど、稀に機械の調子が悪いことだってある。いつもは確認なんて省略するんだけど、今はなんとなく所長の命令通り、丁寧にやっておきたい気分。やっぱいい加減にやるよりは、正確にやるほうがいいはずだ。うんうん。

4

そのあたり一帯、十部屋ほどの室温を一通り計測してベースに戻る。広い部屋の中は機材で埋まっていた。すでにリンさんがコンピュータの前に坐っている。

「どうだった」

ビデオカメラの調整をしていたナルに訊かれ、あたしはクリップボードを差し出す。

「特に低い場所はないけど。でも、平面図作成班を作らなきゃ、絶対迷子が出るね」

「僕には必要ないが、必要な人間がいそうだな」

誰のことですかな、もうし？

「八号室で南さんに会ったよ。いい加減なやり方で気温の測定してた」

「南氏に会ったって？　いつさ？」

勢い込んで訊いてきたのは、ぼーさんだ。

「ぼーさんと安原さんが小部屋で遊んでるとき」

「博士は？」

「いなかったよ」

「……なんだ」

どことなくがっかりした様子だ。

「えらく拘《こだわ》るじゃない」

綾子がニヤニヤ笑う。隣のジョンや真砂子までもが何やら楽しげだ。

「滝川さん、博士を尊敬してはりますから」

ぼーさんはなんだか照れた表情で、オイとかコラとか言ってる。ふ。愛《う》い奴め。

「そんなにすごい人なんだー」

にまにま笑ってぼーさんを見ると、ぼーさんは決まり悪げに頭を掻《か》いた。

「少なくとも、あれだけ厳密な研究者はあんましいねえよなあ……」

「そうなの？」

「そ。すっげー真面目な人なんだよ。まるで普通の科学論文みたいな、きちんとした論文書くしさ」

「それって、珍しいの？　論文は論文でしょ？」

「超心理学界隈《かいわい》じゃ、そうもいかねえわけ。外国の研究者はマシだけどな。日本の研究者なんか、引用文献の出典も書かない奴がいるし」

……よく分かんない。けどまあ、ぼーさんの口調から察するに、大したことなのね。

「著作が一つあってな、『超自然のシステム』っつー。それの序文に、こういうのがあって。いわゆる超自然現象研究に関して、科学かそうじゃないかって議論があるが、博士はまだ科学じゃない、って断言するわけさ。『過去の研究は、あるという直観をアプリオリに信じることを前提として進んできた。だが、そういう態度が科学的思考法の第一段階で躓《つまず》いているものであることは確かだろう。地上に接点を持たない梯子《はしご》は、どれほど高くともどこにも辿り着くことはできない。科学か否かではない、まず、科学の俎《そ》上《じょう》に載せるための手続きが必要であり、それを行なう研究者が必要である』——っての」

「へえ……なんか、潔い」

「だろ？　超自然現象を信じる奴は、頭っからこれは科学だって言い張るんだよな。反対派は、こんなのペテンだって決めつけるし。それがさ、思い切ったこと言うよな。博士本人はサイ能力者なんだから、超自然現象があるって知ってるわけだぜ？」

ジョンが頷いた。

「だろ？」

「さいですね。事実その本かて、すごくきちんとした研究書でしたし」

ナルホド。それですっかり傾倒してる、と。それも本文を暗唱するほど（あまりにディープだという気がするが）。うーん、けっこー可愛い性格。

「……でもさ」あたしは首を傾げた。「そのわりに、博士直伝だっつって、南さんはいい加減な気温計測してたよ」

「そりゃ、南氏がいい加減な性格なんだよ」

綾子が口を挟んだ。

「でもさあ？　あの南っての、なーんか胡散臭くない？」

「あ、綾子もそう思う？」

あたしは身を乗り出した。

「思う、思う。あの人もこの人も知り合いだなんて自慢たらたらだけど、そういうのってかえって卑屈な感じがして好きになれないのよね」

「だよねえ。あたしもああいう、自慢ばっかする人って好きじゃない」

「自慢もしたくなるだろ。実際、すげえ人脈だし」

ぼーさんは、あくまでも庇《かば》う姿勢だ。綾子が鼻先で嗤《わら》った。

「どの程度、信用のできる人脈かしらね」

「南氏はともかく、博士がいるんだから。博士のネームバリューからすれば、その程度の人脈は当然だって」

「……そうかしら」

ジョンがふいに小首を傾げた。

「僕は博士に会うたことあれへんのですけど、たしか若いお人やと聞いたことがあったと思うんですけど……」

ぼーさんは若干ムキになった気配だ。

「なんだよ、疑ってんのかあ？　『博士』にしちゃ、充分若かったじゃねえか」

「さいですか？」

綾子がちょっと宙を睨んだ。

「日本の文系博士号だと、年寄りでないと取れない印象があるけど。でも、最近はそうでもないし、海外の博士号とか理系博士号なら二十代半ばで可能でしょ？　それを考えると若いとは言えないんじゃない」

「いや、しかし」

ジョンも頷いた。

「しかも博士はロンデンバーグ財団から博士号をもろうたんですよね。欧米には心霊研究を援助する財団がたくさんおます。ロンデンバーグ財団はその中でも最近特に力を入れてるとこなんです。博士号を作って優秀な研究者に与えたり、大学に講座を作って、その教授にしたりしてます。ディヴィス博士はその博士号をもろたんで、いわゆる普通の、大学が出す博士号をもろたんとはちょっと違いますし……」

ふうん。ややこしいのね。

「それに、ディヴィス博士が来日したら、もっと大騒ぎになってるのと違いますか。来日したなんて噂は聞いてませんし」

ぼーさんも眉をひそめた。

「そういや、そうだな……」

そうよね、と綾子も頷く。

「研究者の名前なんて一般人には興味ないだろうけど。でも、大袈裟《おおげさ》にしてないとはいえ、一部では有名な超能力者だもんねえ」

「あのー」

あたしは及び腰で言ってみる。

「不勉強なんで、よく分からないんだけど、そんなすごい能力者なの」

訊いたらば、当然のように軽蔑《けいべつ》の視線が返ってきた。ううう。

「すごいわよぉ。本人はあくまでも研究者で、あんまし超能力のほうでは活躍を喧伝《けんでん》していないけど」

ぼーさんが天井を仰いだ。

「何年か前に一度だけPKの公開実験をやったことがあるんだよ。それがビデオになってる。もっとも、ちゃんとした研究所じゃなきゃ手に入らないんで見てないけどな。どでかいアルミの塊を壁に叩きつけた、ってやつ」

ああ、前にも聞いたことがあるような気がする。

「それに、以前富豪の息子が誘拐されたとき、その子を救出したんで有名なんだよな」

ジョンが頷く。

「そですね。アメリカの大企業の息子はんでしたか。土の中に生き埋めになってたのを見つけたんです。それでその富豪が大きな研究所をSPRに寄付したゆう話です」

ほええ。すごい。人命救助か。恰好《かっこう》いいではないか。

てなことを話していると、いきなり背後から声をかけられた。

「みなさん、楽しそうですね」

思いっきり冷たい声が、背筋をぞわっと。

振り向くとナルが皮肉っぽい笑顔で立っていた。見れば床に並べてあったカメラが減っている。

「あれ？　お前、どっか行ってた？　ちっと姿が消えてたような」

ぼーさんが引きつった顔で笑うと、

「むろん、カメラを設置に行ったんですが。僕はここに仕事に来ているもので」

……皆まで言うな。サボってないで働けってことですな。

「設置、やります」

あたしが言うと、ナルはさらに冷たい声で言う。

「おや、いいんですよ、谷山さん。女性には重労働ですから」

……寒い。凍え死にしそーだ。

「いえ。やります。やらせてくださいっ！」

5

「どこにカメラを置くの？」

設置する機材を台車に纏《まと》めながら訊く。今回も電源ケーブルを引き廻すわけにはいかないので、個々の場所で録画からデータの収集までやらなくてはならない。

「とりあえず全員が宿泊するあたりを中心に。寝室前の廊下に二台設置したから、あとは食堂周辺に二台、ベース周辺を監視するのに一台」

あと三台か。スポットを作るとケーブルの処理は楽なんだけど、記録メディアやらバッテリーの交換やらが面倒なんだよな。設置する機械の数だって増えるしさ。んでも、いつの間に命じられたのか、高みの見物を決め込んでいたはずの綾子と真砂子が、せっせとバッテリーの準備をしているのが絵的に似合わなくて、妙に微笑《ほほえ》ましい。

「マイクは？」

「マイクだけを置いても仕方ないだろう。これだけの数の霊能者が、好き勝手に右往左往しているんだから」

……それもそうか。

「まずは日常的に使う場所を一通り観察して、安全圏を確認しながら徐々に半径を広げていく」

ぼーさんがゲンナリした声を上げた。

「おいおい、そんなでこの家全部調べ終わるの、いつになると思ってるんだよ」

「仕方ないでしょう。それとも逃げてお帰りになりますか、滝川さま？」

ナルに慇懃《いんぎん》な笑みを喰らってぼーさんは頭を抱える。

「……悪かった。俺が悪かったから、いつも通りに喋ってくれるか？」

ナルは皮肉っぽく笑み、

「長丁場になるかもしれないが、やむをえないだろうな」

やれやれ、とぼーさんは小声で言って、それからあたしを振り向いた。

「そういや、麻衣。常々訊きたいと思ってたんだが、そんなに長く家を空けて親はなんにも言わねえのか？」

……なに言ってんだ、いまさら。

「学校だってサボってるんだろうが？　先生にどやされても知らんぞー」

「あのねえ、今になって訊く？ 会ってもう一年だよ？」

「いや、いつも訊こうとは思ってたんだが」

「何か言う人なんていないもん」

「おや、結構な家庭環境」

「うん。だってあたし、みなしごなの」

しぃん。

その場が凍りついた。全員の視線が集中する。——おや？

ぼーさんが、おそるおそる、というふうに訊いてきた。

「孤児？」

「うん。そだよ」

「叔父さんとか、叔母さんとか」

「ぜんぜんいないの。天涯孤独の薄幸の少女なのさ。畏《おそ》れ入った？」

「……いった」


父は天涯孤独だった。母も天涯孤独だった。

呆れちゃうよなー、まったく。二人とも迂闊《うかつ》なんだから。ともに天涯孤独ということは、ともに早死にの家系ってことなのでは。そんなことにも気がつかなかったのかねえ。

論より証拠、お父さんはあたしが物心つく前に死んだし、お母さんも中学んときに死んでしまった。面倒見のいい先生がお家に下宿させてくれなかったら、あたしゃ中学生にして路頭に迷ってたんだぞ。

「……それで？」

　ぼーさんが訊く。

「何が？」

「今、どうやって生活してんだ？」

「ああ。今は自活よ、偉いだろ？」

「偉い……」

「学費は免除なの。うちの学校は貧乏人に親切だからさ。下宿代の援助があったり、制服代とか教科書代とか割引あるし。生活費は奨学金とバイト代。最近バイト代がいいから、生活、潤っちゃってー」

　へっへっへ。この冬なんかストーブ買ったもんねー。炬《こ》燵《たつ》はすでにあるのにさー。

　いきなり、ぱふっとぼーさんがあたしの頭を抱き寄せた。

「こらこらこらーっ！」

「おじさんの胸でお泣き」

　なに考えてんだ、この坊さんは。

「いらん。放さんかい」

「生活に疲れたらいつでも言うんだぞ。おじさんが嫁にもらってやるからな」

「それは定職についてから言う台詞でない？」

それとも、スタジオミュージシャンというのは定職なのだろーか。ま、有休とか退職金とか聞いたことがないから、やっぱ違うんだろうな。ましてや霊能者を定職と呼べるはずもなし。

「可愛くない」

ポコンと頭を小突かれた。

「ごめんなさい。あたし、苦労のしすぎで性格綻《ほころ》びてんの。ああ、世間が憎い……」

よよ、と泣きマネをしたら、もう一回頭を小突かれてしまった。

苦笑するようにしてから綾子が、

「それでバイトが許可されてんのね」

「うん。もともとうちはバイト可だけどね。あたしの場合、生活のためですっつーと、休み放題なのさっ」

へっへっへ。

なるほど、と安原さんが頷く。

「眠くて起きられないときもバイトだと言えば……」

「そうそう。好きなだけ休めるしー」

言ってからしまった、と思ったね。周囲の冷たい視線（ジョンを除く）。

「なるほど、そうやって学校をサボってるわけだ。……馬鹿になるはずだな」

そう言ったのはナルではなくぼーさんで、口調までナルに似てたので、思わずあたしたちは大笑いしてしまった。ナルは呆れた顔をしてたけど（そしてリンさんはまったくの無表情だったけど）。

ナルの指示に従って、さらに三台の暗視カメラとサーモグラフィーを据えた。ぼーさんとジョン、安原さんの三人で構成された平面図作成班が、建物外周の寸法を採りに行ったあとで、あたしたちは機材の調整をする。ケーブルを接続し、角度を決めてチェックをしているとそれだけで夕暮れが近づいてきた。

その日、他の霊能者の方々が何をしていたのかは知らない。あたしたちは夕食のあとベースでミーティングをして、各寝室を一つずつお祓《はら》いしたあとで早々にベッドに入って寝てしまった。ナルが断固として夜間の調査をやめさせたからだけれど、他の人たちは夜遅くまで邸内を調べていたようだった。

第三章

1

翌朝は、七時には跳び起きた。まだ寝ている綾子と真砂子を恨めしく横目で見つつ（いちおうはゲストだもんなー）、手っ取り早く顔を洗って食堂に行き、掻《か》き込むように朝御飯を食べると、ベースに駆けつけた。

気温測定と同時に、各スポットから記録メディアを回収。その傍らでリンさんが、例によって録画の再生にかかり、とりあえず一通り、早送りしながらチェックしていく（あとからリンさんが細かく確認するのだが）。一見したところ、特に妙なものが映っている映像はないようだった。時折、通り過ぎる霊能者たちが珍しそうにカメラを覗《のぞ》き込んでいるのが映っていて、それが妙に可笑《おか》しかったくらい。サーモグラフィーの映像にも異常はなし。その他の、あたしにはいまだよく理解できない測定器も正常値の範囲内。ゲスト霊能者様たちが起き出してきたころに、ようやく記録メディアとバッテリーの交換を終えて一息。同時に、データのチェックも一通り終了。

「動きなし、ですか？」

安原さんが訊《き》くと、ナルは頷《うなず》く。

「初日はこんなものでしょう。昨日機材を置いた周辺は、さほど危険ではないだろうな」

ナルはあくまで慎重派だ。

綾子はちょっくら不満そうだった。

「いいの？　そんなに暢気《のんき》に構えてると、他の連中に手柄を横取りされるわよ」

「べつに手柄を立てたいとは思っていませんが」

「んじゃ、なんでこんなことしてるわけ？」

「依頼されたからです。――安原さん、ぼーさん、ジョン。麻衣と四人で平面図作成の続きをやってくれ」

まったく綾子を相手にしとらんな、こいつ。

綾子と一緒に起き出してきた真砂子が、

「あたくしにも何かお手伝いできることがあれば……」

「松崎さんと不審な場所がないかチェックしてください。臭いがする、と言ってましたね？　その臭いがどのあたりで一番強いかも。充分注意して、不審な場所を発見しても勝手に踏み込まないでください。まず報告を」

「分かりましたわ」

「昼には全員必ずここに戻るように。そうだな、十一時半。時計を合わせて、絶対に遅れないこと」

へいへい。生活指導の先生より口煩《くちうるさ》いな、こいつは。

　昨日ぼーさんと安原さん、ジョンの三人が努力したにもかかわらず、平面図のほうは白紙に近い状態だった。ようやく食堂とベース、宿泊所のある一郭が書き込んであるだけ。

「どこからにする？」

　あたしが訊くと、ぼーさんが、

「とりあえず、昨日中断してた廊下の続きからかかるか」

「続き、どこ？」

「この先でどうよ」

　ベースの先ね。了解。

「とにかく早いとこ全体像を摑《つか》まんことにはなあ」

「外周は測ったんでしょ？」

「いちおうな」

　ぼーさんとジョン、安原さんによれば、建物自体は広大な長方形をしているらしい。

「てゆうても、あちこちに相当凹凸がありましたけど。大雑把《おおざっぱ》に言うて長方形、ゆう感じですやろか」

ジョンが言うと、安原さんも、

「表側が一番フラットなんですよね。装飾のためか、多少の凹凸はありますけど、たぶん部屋はほぼ一列に並んでる。なんですけど、他の三方は建物の一部が引っ込んだり出っ張ったり」

……へええ。

「その所々で二階建てだったり三階建てだったり。外から見るだに、うんざりするぐらい複雑な構造になってるみたいですよ」

そう言いながら、安原さんはちょっぴり楽しそうだ。

「しかも、俺の推測するところによれば、建物の中は穴だらけのはずだ」

ぼーさんが断言するので、あたしは首を傾げた。

「——穴？」

「そ。中庭。だってこんだけ巨大な建物なんだぜ？　長方形の中にびっしり部屋が詰まってたら、奥のほうの部屋には窓の取りようがないじゃん」

……あ、そうか。だから中庭か。奥——と言うか、内側と言うか。中央部は中庭に面して窓を取って、採光を確保してある構造になっているはずだ。

「てことは、採寸もそれだけ厄介？」

「多分な」

ぼーさんは情けなさそうに頷く。……ほんと、難儀な建物だなあ。

とにかくベースを通り過ぎた先の曲がり角から廊下を計測する。その角から次の角まで、ざっと長さと幅、方向を測ってグラフ用紙に書き込んだ。次いで、廊下の両側にある各部屋のサイズを測る。大小六部屋を測ると、再び廊下へ。廊下はそこから右折しているけど、ほんの五メートル程度で左折している。この部分の廊下に面してはドアがない。廊下を測ってさらに左折。そこから真っ直ぐに延びた廊下は十メートルほど先で二方に分岐し、さらに右折し右折し左折して分岐しつつ奥へと続いている。――とまあ、廊下一つをとってもいったいどこへ向かっているやら。

袖廊下を二つほど探ると、そこから先は大橋さんに貰った略図にも書き込まれていない未探査エリアだ。掃除もされた様子がなくて、廊下も壁も埃《ほこり》だらけだ。その埃が乱れているのは、行方不明者を捜索したせいだろうか、それとも昨日、霊能者たちがうろうろしたせいだろうか。

近郊で有名な幽霊屋敷だったにしてはゴミや落書きが見られない。なので、あまり荒《すさ》んだ感じはしなかったけど、灯りが点《つ》かない。ぼーさんの予言通り申し訳程度の中庭があって、そこに向かって窓があるから暗闇ではないものの、かろうじて入ってくる陽の光では陰気な感が拭《ぬぐ》えなかった。

しかもあいかわらず間取りは複雑で、部屋の形は歪《いびつ》だし。壁にぶち当たって消えるだけの階段やら、身体を横にして蟹《かに》歩きしないと通れない袖廊下やら。窓を開けたら壁だったり、ドアを開けたら頭上を二階で塞《ふさ》がれた一メートル四方程度の地面だったり。

「わけ分かんない……」

あたしがぼやくと、メジャーをぶら下げたぼーさんが、

「だから図面を作ってるんでしょーが」

「じゃなくて。こんな改築をした意図が見えない、って話」

ほんまですね、とジョンが周囲を見廻す。

「少なくとも、本人が住むために改築したんやないことは確実ですけど」

ですよね、と安原さんも頷く。

「思うところがあって改築したんだけど、結果として住むことがなかった、って感じではないですよね。きっと頭から住む気なんてなかったんだろうな」

「だったら、なんでお金と手間をかけたの？」

あたしが訊くと、安原さんは「うーん」と呻《うな》って、

「道楽？」

「何が楽しくて？」

「人の趣味はいろいろだから」

……そうかなあ。

「確かに趣味は様々だろうけど。でも、何か楽しみがあって改築なり増築なりしたんなら、それが拘《こだわ》りになって表れてそうなもんじゃない？　なのにここって、とにかく建てた、って以外の拘りが見えないんだよね……」

あたしが言うと、「そうですねえ」と安原さんは頷き、

「やっぱり祟《たた》り封じとか？」

「ウィンチェスター館みたいに？」

「じゃないのかなあ。でなきゃ、失業対策、とか」

はい？

「つまり、職人さんに仕事を与えたかった」

なるほど。

ぼーさんは苦笑して、

「自分ちで建設会社を持ってりゃ、そういう想像も成り立つけどな」

「そんな話、あったっけ？」

「なかったんじゃないか？　手広く事業をしてたとは聞いた気がするが」

……だねえ。

じゃあ、と安原さんは手を叩く。

「お化け屋敷を造りたかった」

なんだ、そりゃ。思わず噴き出したけど、

「……でも、こんなお化け屋敷があったら流行《はや》るかもね」

「単なる廃墟《はいきょ》探険のアトラクションでも、ウケるかもしれないですよ」

ぼーさんも、

「今からでも遅くないぞ。大橋さんに提案してみろ。参加者には懐中電灯だけ与えてさ。そのへんにそれっぽい古道具とか並べて」

うわあ。わくわくするぅ。

そんな馬鹿話をしながら片端から計測していって、ある部屋に入ったときだった。

「あれえ？」

あたしはサイズを書き込みながら思わず首を傾げてしまった。

「どうした？」

ぼーさんが手《て》許《もと》を覗き込んでくる。

「どっかで測量、間違ってるよ」

この部屋は教室ぐらいの広さの部屋だった。部屋の三方を廊下に囲まれていて、廊下と隣の部屋の測量はすでに済んでいるから部屋の外側の大きさは分かっている。外側のサイズからすると、この部屋は長方形になるはず。ところが、実際に部屋の中を測ってみると、ほぼ正方形なんだよな。

そう言うと、ぼーさんが舌打ちをした。

「またかよ……。おい、測り直しだ」

ぼーさんと安原さん、ジョンの三人が外側のサイズを測りに部屋を出る。少しして戻ってきた三人は不思議そうに首を傾げていた。

「……どしたの？」

「外のサイズはそれで合ってるぜ」

「そんなはずはないって。この部屋、測るまでもなく正方形じゃない。実際、測った結果もほぼ正方形だし」

「ところが外も合ってるんだ、これが。二度測ったから間違いない」

　ええー？

　部屋の三方にはドアがある。ドアを開けてみると壁の厚さがだいたい分かる。壁はひどく厚いわけではなさそうだし、……すると。

　あたしは一方だけ開口部のない壁を見た。

「この壁、まさか厚さが三メートルもあるの？」

「そうでなきゃ、ずっと最初のほうで間違って、そのままズレてきてるんだ」

　釦《ボタン》を掛け違えたみたいに、とぼーさんは忌々しそうに言う。

「こういう可能性もあるんじゃないですか？」安原さんが人差指を立てる。「隠し部屋」

　……まさか。勘弁してよぉ。

「ますますダンジョンみたいですねえ」

　安原さんは、なんだか満足気だ。

「壁に穴ァ開けてみりゃ、はっきりするんだがな」

　ぼーさんが恨めしそうに壁を睨《にら》む。ジョンが二人を宥《なだ》めた。

「……まあまあ。とにかく、ここは措《お》いといて、先に進みまへんか。他の部分を測ってるうちに、どこで間違うたのか分かるかもしれませんし」

んだんだ。

そうして作業を再開したわけだが、計測ミスがはっきりするどころか、測れば測るほど辻褄《つじつま》の合わない箇所が出てくる始末。何度も測り直して駆け廻って、最後にはすっかりウンザリしてしまった。

本当に、なんだってこんなややこしい家を建てたのかなあ。お金持ちの考えることは、さっぱりわけが分からないや。

2

四苦八苦しながら一階部分の測量を行なっているうちに約束の十一時半になった。ベースに戻って出来上がったぶんをナルに渡すと、リンさんがそれをコンピュータに入力する（ナルはその間、いったい何を？）。それからあたしたちは情報交換をしつつ大慌てで御飯を食べて、三時のお茶にもう一度集まる約束をして、再び邸内探索の旅に出掛けた。

朝あたしたちが調査を始めたときには全員寝ている様子だった他の霊能者たちも、さすがに一人二人と起きて活動を始めたようだった。白鬚《しらひげ》を胸まで垂らした和服姿のお爺さんが、拳ほどもある珠を繋《つな》いだ巨大なお数珠《じゅず》を持ってうろうろしていた。

「あれ、誰だっけ」

廊下を辿《たど》りながらぼーさんに訊くと、

「俺に訊くな」

さよーで。

「なんとか会の三橋とかいう人じゃなかったかな」

「おお、さすがは最高学府の新入生。少年は賢いなあ」

答えたのは安原さんだ。

「よく言いますよ。滝川さんだって大卒でしょ」

大卒……ってことは……。

「ぼーさん、大学を卒業してんの⁉」

ぼーさんが苦々しい表情をする。

「俺が大学出の学士様じゃ、なんか可怪《おか》しいか、え？」

「いや……はは。お坊さんでも大学、行くのね」

「あのな。日本には坊主の行く大学ってのがあるんだよ」

「へええ」

それはびっくり。

「そこで何するの？　やっぱお経を読む練習とかしちゃうわけ？」

「……ま、そういうこともするけどな」

「袈裟《けさ》着ないと、登校できないとか」

あのな、とぼーさんはあたしに指を突きつける。

「お嬢ちゃん。坊主の大学ったって、女の子もいるの。英語もやるし、ドイツ語もやるし、数学も体育もやるんだよ。分かったか？」

「ほえええ」

不思議な感じ。どんな大学なのかしらん。行ってみたい気がするぞぉ。

安原さんも不思議そうに、

「でも、朝のお勤めとかあるんじゃないんですか？　ほら、キリスト教系の学校で朝のミサとかやるところ、あるじゃないですか」

「あるか、今時。大して宗教色はないんだよ。花祭りの日に学食のお茶が甘茶になるくらいで」

「なに、それーっ」

「い、異様……っ」

思わずウケちゃったわ。甘茶で御飯を食べるの？　合わないと思うけどなー。

「余計なお世話。――？」

ぼーさんが、廊下を曲がったところで足を止めた。

袖廊下の一つだった。廊下は狭い。おかげであたしたちはぼーさんの背中に玉突き衝突。

「てて。どうしたの？」

ぼーさんは黙って目線を廊下の先にやった。そこに四つの人影が見える。二人が床に蹲《うずくま》って、額を床に付けたままグルグル廻っている。それを立って見下ろしているのは、三十過ぎのおじさんだ。

「……誰？」

　こっそり安原さんに訊くと、

「なんとか教会の聖さんじゃないかな」

今度も即答。やっぱ安原さんって賢いわ。

蹲った二人が廊下の幅いっぱいにグルグルしてて、とてもじゃないけど通行できない。

困惑して見守っていると、聖さんが顔を上げてあたしたちのほうを見た。

「ここは通れませんよ」口髭の下に皮肉っぽい笑みがひらめいた。「御覧の通り、重要なお告げが降りるところですからね」

……はあ。

曖昧《あいまい》に頷いたとき、後ろから背中をつつかれた。振り返ると安原さんが、戻ろう、と指で示している。頷いて、もと来た廊下を戻ったわけだけど。

　霊能者にもイロイロあるんだなあ。うちのメンバーに、あんな恥ずかしいことをする奴がいなくてよかった……。

3

四人がかりでメジャーを持って、順番に部屋を計測していった。二時も廻った頃になってようやく一階の測量を終え、二階へ。それで分かったことは、どうやらこの家は内側に行くほど変な部屋が多いってことだ。

ぼーさんは中庭があるはずだ、と言ったけれども、実際に中庭があったのは表側に近い一郭だけ。それも申し訳程度の中庭というか縦穴というか——が、ほとんどだった。建物の内側に行けば行くほど、それさえ消え、部屋には窓というものがなくなってしまう。あっても隣の部屋に向かって開いていたり、開けたところが壁だったり。内側の部屋はまったく灯りが点かなかったので、それぞれが持ったハンドライトが頼りだ。

「増築をした先代ってのは、何を考えてこんな工事をしたんだかなあ」

ぼーさんはハンドライトの光を部屋の中にさまよわせた。四畳半くらいの部屋だった。一瞬、物置かとも思ったのだけど、どうやら作りつけのクローゼットらしい折り戸が見える。てことは物置ではないんだろうな。家具はなかったけれども、とにかく狭い。

安原さんは部屋を見廻した。

「本当に全くの意味不明、ですよね。他人を住まわせようにも、こんな部屋、住みたい人間がいるとは思えないし」

確かに、窓も明かりもない狭い部屋は真っ暗ですごく息苦しい。あたしだったらこんな部屋、一日だって住みたくない。……もっとも、家賃が只《ただ》だったら考えるけど。

三時のお茶までに二階部分を半分がた調べ終わって、あたしたちはベースに集まった。新たに調べ終わったぶんをリンさんが入力する間に、食堂に行ってお茶などいただく。ケーキとかサンドイッチとかが出て、あたしたちはすっかり感動してしまった。

「何か分かった？」

あたしは綾子と真砂子を見る。昼にも投げかけた質問だ。でもって答えも昼と同じ。嫌な気配はするけれども、霊の姿も見えないし、明らかな異常も感じられない。

「……てことは、何かいるわけじゃないのかな」

「いないとは思えませんわ。何かがあることは確かです」

真砂子が言う。……と断言されても、肝心のそれが正体不明ではなあ。

「まだ臭い、する？」

真砂子は頭《かぶり》を振った。

「今日は感じられません。ひょっとしたら、大勢があちこちを歩き廻っているせいですかしら。一時的に鳴りをひそめたのかもしれませんわ」

……うーむ。

「しかし、広い家よねえ」綾子はあたしたちだけが残った食堂を見廻しながら、「二十人からの人間が右往左往しててよ？　ほとんど人に会わないんですもんねえ」

「三橋さんと聖さんを見かけたよ」

「聖には会ったわ、あたしたちも。真砂子が鼻先で嗤《わら》ったんで、危うく喧嘩《けんか》になるところよ」

……さもありなん。

「あと、なんとかいう先生には会ったな。もっともらしい機械を背負ってたわよ」

「へえ」

お茶を終えて再び平面図作成に出掛ける。苦心惨憺《さんたん》して二階を終え（とはいえ、一階で建物の全体像がイメージできたので、わりと手際が良くなった）、三階に昇って部屋の測量をしていると、屋根裏部屋に上がる階段部屋の入口で坊主頭のお爺さんに会った。井村というお坊さんだろう、と安原さんが教えてくれた。

「渋谷サイキックリサーチの連中か」

「はあ、そうです」

安原さんが右代表で頭を下げる。井村さんは、ふん、と鼻を鳴らした。

「子供がぞろぞろ集まって、本当に役に立つんか」

ずいぶんとぞんざいな口調だった。あからさまにいかがわしいものを見る眼で、あたしたちを見渡す。ちょっぴりムッときたあたしだったが、安原さんは他人事のように首を傾げて笑い、

「さあ、どうでしょう？　努力はしますが」

「霊能者は経験だ。ガキやチンピラが集まって何ができる」

　吐き捨てるように言われ、カチンとくる。なんですか、その言いぐさは。けれども安原さんは、教師に注意された優等生のような顔で頷いた。

「何ができるか、とりあえず頑張ります」

　井村さんは鼻白んだように安原さんを見て、

「お前、幾つだ」

「僕ですか？」安原さんはハキハキとお返事をした。「今年で二百と三十六歳になりました」

　……ぶ。

　井村さんは一瞬、ぽかんとした。それから怒りでだろう、顔を真っ赤にする。

「なんだお前は。人を馬鹿にしとるのか！」

「とんでもない。僕のうち、代々長寿の家系なんです」

　安原さんは、あくまでも優等生の笑顔だ。

「何年生まれだ、言ってみろ」

「宝暦八年の生まれですけど？　ちなみに、戊寅《つちのえとら》です」

　あらー、賢いわ。

「出《で》鱈目《たらめ》をベラベラと」

　井村さんは安原さんを睨みつけたが、睨まれた当人は意に介した様子がない。

「嫌だなあ。年寄りの言葉を疑うものじゃないですよ。僕らの若い頃なんて、年長者にそんな口の利き方したら殴られてましたけどね。いやあ、近頃の若い人はいいなあ」

……ぶぶ。

「苦労を知らないから物怖《ものお》じしないんですかねえ。僕の若い頃に、天明の大飢饉《だいききん》ってのがありましてね。あれは大変だったなあ。今の若い人は飢饉なんて知らないでしょうねえ」

……ぶぶぶ。

歯ぎしりしそうな勢いで睨みつける井村さんをよそに、安原さんは一人で頷きながら喋りまくっている。

「なんて話をすると、両親に叱られましてね。ヒヨコのくせに利いたふうな口を利くなって。なんせ、うちの両親は建武の中興のあたりの生まれでして。二言目には応仁《おうにん》の乱は大変だった、近頃の若い者は苦労を知らないって、こうですからね。それも母方の祖父《じい》さんに言わせると、源平合戦に比べりゃ大したことはないらしいですけど。父方の曾《ひい》祖母《ばあ》さんなんか、壬申《じんしん》の乱は大変だったって——もしもし、聞いてます？」

井村さんは怒鳴るタイミングを逸して肩を震わせるのみ。

「母方の曾曾祖母さんは邪馬台国《やまたいこく》が滅亡したときに焼け出されたそうで、死ぬまでずっと若い頃は大変だったってそればっかりだったそうです。——あれ？　井村さん、どこ行くんですか？　それでですね、父方の曾曾曾祖父さんがですね」

呆《あき》れかえった顔つきで井村さんは廊下をドスドス戻って行ってしまった。

井村さんの姿が見えなくなってから、あたしたちが廊下に伏して大笑いしたことは言うまでもない。

4

夕方、日没ぎりぎりで三階と屋根裏部屋の計測を終えると、あたしたちはベースに戻った。図面をリンさんに任せてやっと一息。くたくたになった足をさすりながら夕食を摂《と》りに食堂に向かう。食堂に入るなり、

「あら、遅かったじゃない」

太平楽な声をかけてきたのは綾子だ。綾子と真砂子の二人は、すでにゆったりとテーブルに着いている。食事もあらかた済んだようだ。他の霊能者たちも同様らしく、テーブルには先ほどまで誰かが食事をしていた痕跡が残され、職員のお爺さんたちが後片付けをしていた。綾子たちの他に残っているのは二人ほどか。

「……こっちはノルマがあるもんで」

全部の部屋の寸法を測らないと終わりにできないんだもんな。

「綾子みたいに、好きなときに切り上げるわけにはいかないの。——そっち、どう？」

綾子は肩を竦《すく》め、憂鬱《ゆううつ》そうにコーヒーカップを掻き回している真砂子を見た。

「やっぱ見えない？」

あたしが訊くと真砂子は、

「気配は感じると申してますでしょ」

やや尖《とが》った声だ。真砂子は霊能者として一流という評価だけど、あたしらが一緒に調査に出掛けて目撃した限りでは、どうやらその能力にはかなりの波がある。と言っても、真砂子の能力が上がったり下がったりしているわけではないらしい。一般に「霊能者」とか「霊媒」と呼ばれている真砂子だけど、どうやら彼女の能力は対象を選ぶみたいなんだな。霊なら何でも見える、というわけにはいかないようなのだ。その場所や関係者に深い因縁を持つ霊には強い。それが見えないということは……。

「消えた人は、やっぱ家の外で道に迷ったってことなのかな。この家になんか原因があって異常な方法で消えたんだったら、真砂子に見えて当然だもんね」

あたしが言うと、真砂子はむっつりと、

「消えた方が亡くなったとは限りませんし……だとしたら、姿が見えるわけありませんもの」

「それもそうだ」

でも、ならば消えた二人の男性は、なぜ今に至るも見つかっていないのだろう。

「そもそも、消えた、だけじゃ解釈に困るんだよな」ぼーさんがボヤいた。「生死も分からなきゃ、何があったのかも分からない。家の中で消えたのか、外で消えたのかも分からんし。おまけに心霊的なことじゃなく、純粋に事故や失踪《しっそう》の可能性だってあるわけだろ」

……だよねえ。

「神隠しですよ」

唐突に声がして、声のほうを見ると、テーブルに残ったひょろりとした男の人がこちらを見ていた。

「ここは諏訪大社のお膝元ですからね。諏訪大社っていうのは、元来、得体の知れない神を祀《まつ》った場所なんです。神社の顔はしてるけど、本当はぜんぜん神道なんかじゃない。もっと古い神を祀ってるんだ。しかもその神は生贄《いけにえ》を求める」

……生贄。

「古い神っていうのは、邪神だからね。失踪した連中は生贄に取られたんですよ」

得々と言って、その男の人はコーヒーカップを置いて立ち上がった。

「我々も気をつけないとね」

そう、笑って食堂を出て行く。あたしはそれをぽかんと見送り、

「……誰だっけ」

小声で訊くと、例によって教えてくれたのは安原さんだ。

「厚木さんじゃなかったかな。聖さんのところの」

ああ、あのグルグルする霊能者さんかあ。

「……大胆な意見だよね」

あたしがこそこそ言うと、安原さんも、

「だよね。諏訪大社の人とか氏子さんが聞いたら怒らないかな」

……まったくだ。

ひそひそ話をしてたら、唐突に、

「馬鹿馬鹿しい」

いかにも軽蔑《けいべつ》したふうな声がした。見ると、窓際のソファに若い女の人が坐っている。

あたしが秘《ひそ》かに首を傾げると、安原さんが小声で、南さんちの福田さん、と教えてくれた。ああ、有名霊能者とお友達の。あの南さんの助手さんかあ。

「邪神が生贄に取っただなんて、今時、本気で言ってるのかしら」福田さんは言って、さも馬鹿にしたように顔をしかめた。返答に困る我々を見て、「どこかのサイキックリサーチの人よね？　あと、有名な霊媒の原さん」

はあ、と右代表で安原さんが答える。

「あなたたち、知り合いなんだ？」

「ええ、まあ。原さんには何度も調査に協力していただいているので」

「ふうん？　廊下にある派手な機材、お宅のでしょ？　どう？　何か分かった？」

「今のところは何も。福田さんはいかがです？」

福田さんはソファを立ってテーブルにやってきて、

「うちもまだ確実なところは出てないかな。でも、この家の下には大きなエネルギーの塊があるわよ」

……はあ。

「当然と言えば当然よね。地図で調べてみたんだけど、ここはレイラインの真上だもの」

はい？

あたしらがいっせいにぽかんとしたのを見て取ったのか、福田さんは呆れたように、

「そんなことも知らないの？　古代遺跡はレイラインの上に配置されてるものなの。そしてレイラインは地磁気の異常と関係が深い。しかも地磁気の異常はね、断層の近くでも確認できるの。——と、言えば分かるでしょ？」

福田さんは言ったが、どうやらうちのメンバーに「分かる」人はいなかったようだ。

全員が無言なのを見渡して、福田さんは驚いたようにする。

「ここは中央構造線と糸魚《いとい》川静岡構造線の交わる場所じゃない」

……はあ。

「実際、断層に沿って古代遺跡や心霊スポットが並んでいることも多いのよ。地磁気が影響を与えるのね。そう考えると日本最大の断層の真上ですもの、莫大《ばくだい》なエネルギー溜まりがあって当然だわ。異常現象はそれに由来してる」

福田さんは言って、あたしたちがいまだ一様にぽかんとしているのを見て取り、呆れ

果てたように溜息をついた。

「機材は派手だし若いし、もっと話せる人たちかと思ったんだけど、誤解だったようね」

……はあ。申し訳ございません。

福田さんは軽蔑したような視線を投げて食堂を出て行く。かくて食堂には、我々だけが残された。

「ねえ、レイラインって何？」

あたしが訊くと、ジョンが、

「たぶんアルフレッド・ワトキンスの提唱したレイラインのことやと思うんですけど……」

だろうな、とぼーさんも頷いた。

「巨石遺跡なんかの古い遺跡は直線上に連なってる、って話だろ。日本でもあるよな。関係のある神社とか山が一直線に並んでるとか——そういうの」

……へええ。

「——けど、ランダムな点には必ず直線が引けるもんだって話じゃなかったっけ」

ぼーさんが言うと、安原さんも、

「引けるでしょうねえ。ていうか、地図上のことなら、どの縮尺の地図を選ぶかとか、神社の位置を点に置き換えるのに境内のどこをポイントするかとかで、わりとどうにでもなるんじゃあ……」

「なるだろうなあ」

「で――？　地磁気と心霊スポット？　関係あるんですか？」

「強い磁気は人間の脳に働きかけて幻聴や幻覚を見せるって説は聞いたことがあるが。それが心霊体験の実体なんじゃないか、って」

へえ、と安原さんは言って、

「だとしたら地下に強い磁気を発するエネルギー溜まりってやつがあれば、ここが心霊スポットだとされることに破綻《はたん》はないですけど。……でも、それと人間の失踪がどう関係するんです？」

さあ、とぼーさんは首を傾げる。真砂子が嫌そうに顔をしかめた。

「適当にもっともらしい言葉を並べただけじゃありませんの。レイラインはニューエイジ系でもっともらしく取り上げられますけど、南さんのところのもう一人の助手さん――」

「中原さんですか？　それとも白石さん」

安原さんが訊くと、

「中年の女性のほうですわ。白石さんでしたかしら。あの方、以前は一人でやっておられた霊媒ですわよ。口寄せが専門の」

「へええ？」

「以前はもっと、それらしい名前を名乗ってらっしゃったと思いますけど。わりと古いタイプの口寄せ霊媒で、先祖の祟りだとか水子の祟りだとかをやたら濫発してらっしゃいましたわ」

「怪しげって話？」

あたしが訊くと、

「真偽のほどは存じません。けれどもそういう古いタイプの霊媒と、福田さんはぜんぜん傾向が違う、ということです」

ほえ？

首を傾げると、綾子が笑った。

「ニューエイジとイタコじゃあねえ。心霊現象を説明するにしても、いろいろ思想的な背景があるわけよ。その背景となる思想が別次元にある、って話」

「だと、拙《まず》いの？」

「拙いってわけじゃないけど。でも福田さんも白石さんも南さんの助手をやってるわけでしょ？　じゃあ、水と油ほども違う思想をまとめられる南さんの思想的背景は何なのかしらねえ」

……よく分かんない。けど、なんか違和感のあることなんだな。

「生贄って話はどうなんです？」

安原さんが訊くと、

「諏訪大社が少し変わった神社であることは確かよね。主神は建御名方神《たけみなかたのかみ》だけど、本来はミシャグジ神とかソソウ神、チカト神、モレヤ神なんかを祀ってあるの」

「聞き慣れない神様ですね」

「なのよ。でもって、それらの神様の由来がよく分からないのも事実なの。たぶん土地に伝わる古い神様なんでしょうね。あまりに古くて、来歴が忘れられてる。神事に生贄が付き物なのも事実よ。現在は生贄を捧げるわけじゃないけど、古くは生贄を要求してた。御頭《おんとう》祭とか、蛙狩《かわずがり》神事とか」

「へええ……」

「だから、神様が生贄として取って行った、と言われるとそれなりに説得力はあるけど。でも、どうなのかしらねえ」

……ふうむ。

「問題は、実際のところ何が起こったのか、ってことなんだよな」ぼーさんが溜息をついた。「神隠しと言えるような状況だったのか。せめて事故でも失踪でもないって確証ぐらいないとなあ」

だよな。大橋さんから聞いたデータだけじゃ、本当に異常なことだったのかどうかが分からない。

「なーんか、手間取りそうな感じ……」

「だよな。おまけに家はこの有様だし」

ぼーさんが言って、あたしは思い出した。そうだ、このややこしい家だ。とりあえず、ざっと採寸はしたものの、これから全ての部屋に一通り機材を置いてみるとかいう話になったらどうしよう。——あたしが言うと、

「全ての部屋を一通り除霊するとか？」

安原さんが言う。ぼーさんがフォークを握りしめた。

「ナルなら言いかねん。とりあえずエネルギー補給だ」

……まったくだ。

5

しばらく無言で一心不乱に食事をしていると、突然声をかけられた。

「あのう、渋谷さん？」

いつの間に食堂にやってきたのだろう、なんとかいう大学の先生だった。

ナルはいない。今はベースだ。そう言おうとしたら、慌てたように安原さんが顔を上げた。

「……あ、はいっ！」

あ、そうか。んもー、ややこしいっ。

「ごめんなさいね、お食事中」

「いいえ、構いません」

彼女は職員からコーヒーをもらうと、カップを持って、安原代理所長の隣にきちんと坐った。

「廊下にある機材はお宅さまのものですよね？」

「はあ、そうですが」

「ずいぶん科学的でいらっしゃいますのね」

「まあ、いちおう」

先生はおっとりと上品な笑みを浮かべた。

「お宅さまは怪しげな霊能者ではないと見込んでお願いするのですが」

優しそうな物言いのわりに、きついことを言ってるかも。

「今夜、降霊会をやってみようと思いますの。できたら渋谷さんたちにも協力していただけないかと思いまして」

「協力……と言いますと」

「参加して証人になっていただきたいのですわ。いかがでしょう」

安原さんはちょっと考え込んだ。

「……分かりました。そのくらいのことでしたら」

「九時でよろしゅうございますか？」

「結構です。場所は？」

「ここでは騒がしゅうございますから、どこか、この近くの空き部屋で」

「かしこまりました」

……いいのかねえ、勝手にそんなこと決めちゃって。そう訊きたい気持ちは山々だけど、先生の眼がある。

「では、のちほど」

先生が丁寧に頭を下げて席を立とうとした、ちょうどそのとき、ナルとリンさんが入ってきてしまった。

安原さんはチラと先生に視線をやってから手を挙げる。

「鳴海くん」

「はい、何でしょう」

うう。ナルのこういう返事は気持ち悪いよぉ。

「五十嵐先生が、今夜降霊会をすると仰《おっしゃ》るんだ。僕は参加してみようと思うけど、君はどうする？」

……うーむ。ナイスな訊き方だ。

ナルはちょっと考えるようにして、

「僕も参加させていただきます。どうせ夜には大した作業はできませんから」

御飯のあと、降霊会が始まる時刻まで、全員でベースに集まることになった。

食堂から安原さんのあとをしずしず（？）と歩いていたナルは、ベースに入ってドアを閉めるなり態度豹変《ひょうへん》。例によって偉そうに平面図を出すようリンさんに命じた。

リンさんがキーボードを操作して、専用の画面に平面図を出す。あたしたちが苦心惨憺して数値を書き込み、作成した平面図が綺《き》麗《れい》に清書されて出てきた。

「部屋数は」

ナルの問いに、

「屋根裏部屋まで含めて百六室です」

ひゃくろく!? そんなにあったのか。道理で時間がかかったはずだよ……。

「これは？」

ナルは画面に指を置いた。描かれた平面図の周囲を青い線が取り巻いている。

「建物の外周ですが」

……てことは、この家の外側の大きさ？

「どうしてこんなにズレているんだ」

ナルが冷たい視線をあたしたちに向けた。

……そんな眼で見られても。

「知らないよお。あたしたち、ちゃんと測ったもん」

ねえ、とぼーさんたちを振り返って同意を得たけど、ナルがそれで納得してくれるはずもなく。

確かに、建物の外周と平面図の輪郭はぜんぜん合ってないと言ってよかった。酷《ひど》いところでは平面図と外周との間に、三部屋ぶんに相当する空白があったりする。もちろん、部屋と外壁の間にそんな空間があるはずもない。てことは、建物のどこかに空洞があるか、あるいは辻褄の合わない部分があって、それが積もり積もって最終的に空白になって表れているのだ。

「そのうえ、これは？」

部屋と部屋の間にも何ヵ所もの青い隙間ができている。計測したけど寸法が合わなくてそのままになっている部分だ。

「だから、あたしたちに言われても困るんだってば。ちゃんと測ったらそうなったの！」

基本的に、部屋の大きさは床面の形状とサイズで計測するしかない。しかしながら、部屋と部屋の間には壁があるわけで、正確な平面図を得ようとするなら壁の厚みを計算に入れる必要がある。ところが、壁厚自体は実際にメジャーを当てて計測することができない。ドアや窓など、開口部があれば実際に計測することができるけど、都合良く開口部のある壁面は全体の半分以下だ。あとは推測するしかないんだな。たまたま部屋の四方を廊下が取り囲んでいたりして、外側の大きさが分かるならば、室外と室内の大きさや形状の差から壁厚を論理的に推定できるものの、それができなければ、こういう場合はこれくらいだろう、という——ま、ぶっちゃけ、適当な値を放り込んでおくしかないわけだ。すると、こういう結果になる。

そのように懇切丁寧に説明すると、ナルはひどく険しい顔で考え込んだ。

ぼーさんが助け船を出してくれる。

「とにかく増築に次ぐ増築だからさ。どうやら、ところによって木造だったり石造だったりするみたいなんだよな。ひょっとしたら煉瓦《れんが》造りとか、別の工法なのかもしれないが。工法が違えば壁の厚みも変わるわけだろ。内装されちゃってるから工法の知りようがないし、分かったところで、この工法なら壁厚はこれだって一定の値があるわけでもない。おまけに部屋の形は歪だし、装飾のための付け柱やらモールドやら、アルコーヴがあったりしてさ、凹凸が激しくて正確に寸法を出しようがないんだよ」

んだんだ。メジャーでは測りにくい長大な寸法は、レーザー距離計等を使うわけだけど、ごたごたと壁に装飾があるせいで、何度測っても値が一定しないんですよ。

「厄介な話だな……」

ナルはそう呟《つぶや》いてから、

「明日、もう一度正確な計測をしてみよう」

計測をしてみよう、じゃないだろ。計測をしてみろ、だろ。実際に動くのは誰だと思ってるんだよ、もう……。

第四章

1

その夜、九時にはあたしたちの全員が食堂の近くにある小部屋に集まった。部屋には丸テーブルと椅子が何脚か運び込まれていて、そこに五十嵐先生と助手のおねーさん、それに南さんとディヴィス博士、助手のおばさん――昔は霊媒をやっていたという白石さんが、すでに集まっている。

「あっ……」

ぼーさんが、部屋に入るなり小声を漏らして、博士の顔を見たとたんにカチコチになる。うくく。かわいー奴。

南さんはもっともらしくビデオカメラをセットしていた。降霊会の様子をビデオに撮ろうということらしい。なのにそのカメラは、ごく一般的なハンディサイズの家庭用カメラだ。ファインダーを覗《のぞ》いて、

「ちょっと暗いな。もっと明るくなりませんかね」

なんて言っている。それを聞いて五十嵐先生が眼を丸くした。

「もっと明るく、って。降霊会の時には蠟燭《ろうそく》の明かりだけになりますのよ」

「ええ？　そうなんですか？」

「当たり前でしょう。霊は明かりを嫌いますからね。蠟燭を一本。それだけです」

「それは困りましたねえ……」

「暗視カメラはございませんの？　証拠になる記録ビデオを撮ってくださると仰《おっしゃ》るから、お招きしましたのに」

南さんは決まり悪そうに、

「いや、これでも夜間撮影モードがありますから。ええと、どうやるんだったかな……」

なんてことを口の中でボソボソ言った。

見かねたのか、ナルが、

「所長、うちのカメラを持って来ましょうか。使ってないやつがありますから」

そう安原さんに言った。安原代理所長は鷹揚《おうよう》に頷《うなず》く。

「ああ、そうするといいね。五十嵐先生さえお気になさらなければ……」

五十嵐先生はニッコリと笑う。

「ええ。そうしていただけますと、嬉しゅうございますわ」

「では、持って来ます。――麻衣」

……はあい。そうくると思ったのよね……。やれやれ。

大急ぎでまだ設置していなかった超高感度カメラと、自動追尾カメラを持ってくる。自動追尾カメラと呼んでいるのは、サーモグラフィーと連動してその時部屋の中で最も温度の低い場所を自動的に撮影するようになっている暗視カメラのこと。ちなみに、うちのカメラは基本的に業務用のショルダーカム――肩に担ぐタイプだ（調査では三脚を使うけど）。

「すばらしい機材でございますわね」

眼を輝かせて言う五十嵐先生に、安原さんはあくまでも鷹揚に、

「ありがとうございます」

それに対して南さんは、なんだか不満そうにしていた。

十時近くになって、ようやくセッティングを完了する。丸テーブルの上に蠟燭を灯《とも》し、電灯を消して、降霊会が始まることになった。

「ディヴィス博士、南さん、渋谷さんどうぞ、テーブルへ」

五十嵐先生に言われて、三人がテーブルに着く。ここで渋谷さんというのは安原さんのことだ。ああ、ややこしい。他には五十嵐先生と助手の鈴木さん、その五人が降霊術を行なうことになった。南さんちの白石さんとあたしたちは、周囲の壁に凭《もた》れてただの見物。

テーブルの上には蠟燭を立てた燭台《しょくだい》が一つ。そして白い紙の束。紙の前には鈴木さん

が坐り、目隠しをしてフェルトペンを握っている。揺らめく蠟燭の明かりに照らされ、宙を仰いだ鈴木さんの顔色は死人のように白い。表情の欠落した顔に目隠しをされているものだから、まるでこれから処刑される人か、さもなければ邪《よこしま》な儀式の生贄《いけにえ》のように見えた。なんだかとても不吉な感じだ。

「隣の人の手を握ってくださいまし」

鈴木さんを除く四人がテーブルの上で互いの手を取った。握り合った手でできた円が鈴木さんのところで切れる形だ。鈴木さんの左は五十嵐先生、右には安原さんが坐っている。五十嵐先生は空いたほうの手を紙の束の隅に載せた。

「深く息をして、霊に呼びかけてください。この家に住む霊に……」

　五十嵐先生の言葉が消え入るように絶えて、ピンが落ちても聞こえそうな沈黙が訪れた。焦点を決めかねた追尾カメラのアームが動く音、廻り続けるビデオのモーター音、聞こえるのはそんな微《かす》かな音だけだ。

「この家にお住まいの方、どうぞこの女性の手を借りて、お心を語ってください」

　五十嵐先生が虚空に向かって呼びかける。応《こた》えるのは深い沈黙。鈴木さんは宙を仰いだままピクリともしない。ペンを持った手が紙に載せられ、ペン先が紙の表面で微かに震えていた。

　五十嵐先生は、ごく静かな声で何度も呼びかけを行なう。長い時間が経《た》った。見守っているあたしたちにとっては、ウンザリするほどの時間が。

……こんなんで、本当に霊なんか来るのかなあ？

そう心の中で呟《つぶや》いたときだった。突然ギシッと音を立てるほど強く、フェルトペンが紙に押しつけられた。はっと誰もが息を呑む中、とんでもない勢いで鈴木さんの腕が動き出す。Ｂ４の紙をはみ出す勢いで黒い線を書きつけ始めた。

全員が身を乗り出した。五十嵐先生が横から次々に紙を取り除いていく。ペンは動き続ける。文字を描いているようにも見えるけど、なんて書いてあるかは判読できない。

そして、唐突にドンッという衝撃がした。部屋が外から殴打されたようだった。天井から細かい埃《ほこり》が降る。

「……な、なんですか」

南さんが腰を浮かせた。五十嵐先生は厳しい声で、

「動いてはいけません。動揺せず、お静かに」

そうは言っても動揺せずにはいられないのが人情だろう。テーブルを囲んだ人たちの中で身動きをしないのは、完全に没入したふうの鈴木さんと太っ腹の安原さんだけだった。動揺するなと言った当の五十嵐先生さえ、不安そうに周囲を窺《うかが》っている。

ギシッと家鳴りがした。パキ、という乾いた音。タンッと硬い音がしてテーブルの片方がわずかに持ち上がり、落ちて揺れた。同時に蠟燭が横倒しになって明かりが消える。狼狽《うろた》えた声や悲鳴と共に、誰かが激しい勢いで椅子を蹴倒したようだったけど、誰なのかは分からなかった。

「だ……大丈夫です！　お願いです、動かないで……！」

五十嵐先生の悲鳴じみた声がする。

その声を合図にしたように、部屋中で壁や床を叩く音が鳴り響いた。焦った誰かが叩いているのだろうか？

——そんなはずはない。一人や二人が叩いてる音じゃない。五人？　十人？　ひょっとしたらそれ以上。

突然、軽い衝撃があたしの肩に当たった。振り向いても真っ暗な部屋、何も見えるはずがない。誰かが肩を叩いたような感じだった。続いて次々に衝撃が当たる。誰か男の人の悲鳴を皮切りに、部屋の中は狼狽《ろうばい》した声でいっぱいになった。

「ナウマクサンマンダバザラダンカン！」

ぼーさんの鋭い声。それと同時にピタリと物音がやんだ。さっきまでの騒ぎが嘘のように静まり返る。次いでいきなり灯りが点った。

ナルが電灯を点《つ》けたのだった。

「……なに、今の……」

綾子が言う。南さんはテーブルの下、デイヴィス博士も壁に張りついている。さすがの安原さんも若干硬直した表情でテーブルの縁を握りしめていた。

「霊を呼べたようですね」

ナルが冷ややかに言った。

そうか。じゃあ、あの物音は一般にラップ音というやつだな——なんて、あたしってば、落ち着いてるなあ。すっかり慣れてしまってるんだな。

鈴木さんは目隠しをしたままボンヤリしていた。立ち上がっていた五十嵐先生が目隠しを取ってあげる。鈴木さんは、何がなんだか分からない、という表情をしていた。

結局、あの大騒ぎの間、席を立たなかったのは安原さん一人で、取り乱した悲鳴を上げなかったのは、わが「渋谷サイキックリサーチ」のメンバーだけだ。あたしらって肝が据わってるな。だてに修羅場を何度も潜《くぐ》ってきたわけじゃないぜ。

安原さんがテーブルの上の紙を取り上げた。それをナルに差し出す。ナルが受け取ったそれには、

——助けて

たった三文字。

床に散らばった紙を見ると、乱れた字でその三文字が散乱していた。

「助けて……？」

どういう意味？　霊が書いたのだろうか？　何から助けてほしいんだろう？

「おい」

ぼーさんが、足許《あしもと》から拾った紙をあたしたちに示した。そこには、

——死にたくない

しかもそれは赤い線で書かれていた。——まるで血のような。

全員の手を調べてみたけど、怪我をしている人は一人もいなかった。じゃあ、あの血文字は誰が書いたんだろう。

「所長、ビデオを再生してみましょう」

そうナルが安原さんに声をかけて、あたしたちはベースに戻る。五十嵐先生と鈴木さんがついて来た。南さんとデイヴィス博士、助手の白石さんも一緒に部屋を出たはずだけど、いつの間にか姿が消えていた。

ナルとリンさんが手際よく、ビデオテープと計測データの入ったメディアをセットする。すぐに棚に埋め込まれたモニターに降霊会の様子が再生された。妙に画面がのっぺりとしていて、映像の粒子が粗い気がするのは、超高感度カメラに特有の現象だ。

鈴木さんの手が動き出すまで、すごく長い時間が経った気がしてたけど、画面のクロックによればわずか六分ほどしか要してなかった。六分と少しして鈴木さんの手が動き始める。

「どんな感じだった？」

五十嵐先生が訊《き》くと、鈴木さんは青ざめたまま首を傾げる。

「腕をペンに引っ張られる感じでした。手を放したらペンだけどこかに行ってしまうんじゃないかと思ったくらいです」

激しい音がスピーカーから流れてきた。それと同時にサーモグラフィーの映像が、部屋の四隅と天井のほうからわずかに濃い青に変色していく。サーモグラフィーは温度を色分けして映像にする。黄色いところは高く、青いところは低い。画面の端のゲージと見比べると、三度ほど気温が下がったのだと分かる。

画面では、テーブルが持ち上がって揺れた。蠟燭の明かりが消えたけど、カメラの一つはドアの隙間から洩《も》れる廊下の明かり、機材の素子の明かりできちんと撮影を続けていた。星明かりでも映るという代物《しろもの》だから、映像の状態は悪くない。まがりなりにもカラーで録画されていた。

テーブルから紙が舞い落ちる。鈴木さんの手はそれでも動き続けている。ペンを動かした勢いで、弾《はじ》き飛ばされたように次々と紙がテーブルを滑り落ちた。ビデオを見ると、椅子を倒したのは南さんで、悲鳴を上げたのはディヴィス博士だとはっきり分かる。キョトンとしたように動かないのは安原さんだ。

「少年、結構落ち着いてるなあ」

ぼーさんが言って、安原さんが、

「ふっふっふ。僕は鈍感ですからね」

などと、わけの分からない自慢の仕方をして胸を張ったとき、

「ストップ！」

ナルがいきなり鋭い声を上げた。リンさんが再生を一時停止する。

「五十三秒まで巻き戻してコマ送りにしてくれ」

リンさんがコンピュータのキーを叩く。画面が再生状態のまま巻き戻されて、床に舞い落ちた紙がテーブルの上に躍り上がった。

「なに？」

「紙だ」

そして、コマ送り。紙が一枚、誰の手も触れていないのに、じりじりとテーブルから押し出されてゆっくりと舞い落ちていく。白い紙面が表へ裏へと反転を繰り返す。

「あ！」

あたしは思わず声を上げた。

十時十六分二秒。真っ白の紙は翻り、もう一度翻ったときにはそこに文字が現れていた。粗い粒子の映像でも文字の並んだ感じと色で、それが「死にたくない」という例の一枚だと分かった。

誰の身体にも怪我なんてなかったはずだ。あれはもちろん、あの部屋にいた人間が書いたものではなかったんだ。

2

降霊会に使った部屋に再度機材をセッティングして、あたしたちは引き揚げた。ナルは断固として夜間の調査はやらないと言う。五十嵐先生はしばらく機材を眺めて感心した声を上げていたけど、ナルに諭されて鈴木さんと寝室に戻って行った。ナルはひどく神経質になっているように見える……。

　真砂子も、降霊会のあとはむっつりと黙り込んだままだった。部屋に戻り、かろうじてお湯の出る付属の浴室でシャワーを浴びると、交代で浴室に消えた綾子を待つまでもなく、さっさと寝ようとする。

「真砂子、どうしたの？」

「なんでもありませんわ」

　真砂子はトンボ模様の寝間着で布団に滑り込む。

「気分悪い？」

「血の臭いがしますの」

「まだする？」

　真砂子は半身を起こしてあたしを睨《にら》んだ。

「するなんてものじゃありませんわ。身体にも髪にも染みつくみたいですのよ。どうしてみなさん、平気そうにしているの」

　悪かったね、霊感なくて。

「あの部屋……吐きそうなほど臭いがしてましたのに」

　部屋って――。

「降霊会の部屋？」

「もちろんですわ」

「ね、それってラップ音が起こる前から？」

あたしが訊くと、真砂子は、はたとしたように眼を見開いた。

「……あとからですわ」

「じゃ、それって霊の臭いなんじゃないの？」

「かもしれませんわ……」

霊の臭い、と言うと変だけど、霊の運んできた臭いと言うか。だとしたら、昨日から真砂子が臭うと言っていたのも、近くに霊がいたからじゃ……。

「ねえ、霊の姿、見える？」

真砂子は困ったように、

「見えたという気がすることもあるのですけど、チラチラと横切る感じでよく分からないんですの。いることは確かだと思うんですけど……」

ふーむ。

「たしか、真砂子ってその場に因縁のない霊は苦手だって言ってたよね？　ひょっとして、ここの霊も場所に因縁がないってことなのかな」

「かもしれませんわ」

「てことは、浮遊霊みたいなやつ？」

真砂子は首を傾げた。

「……そうですわね。ここは山の上ですし、山には無縁の霊が集う場所があったりします。ひょっとしたら、そういう場所が近いとか、あるいはそこへ向かって霊が移動する道筋に当たっていたりするのかも……」

「へええ」

真砂子は溜息をついた。

「もう少しはっきり霊の姿を捉《とら》えられるといいのですけど。見えたと思うと血の臭いがして、気が散ってしまいますし……」

「ねえ？　それって、いよいよ霊の臭いっぽくない？」

「……そうかもしれませんわね」

とーとつですが、あたし真砂子と会話しているわ。我ながら珍しいんでないかい？

「谷山さんは？」

「へ？」

「……何か感じます？」

常にあたしをオミソ扱いしてきた御仁とは思えぬ台詞《せりふ》。

「……どしたの。あたしにそんなことを訊くなんて」

思わず問い返したら、真砂子はムッとした顔をした。

「あたくし、その方に相応の敬意は払うことにしていますの。本人の性格と実力は別物ですわ」

「相応の……敬意？　あたしに？」

真砂子はツンと不愉快そうにそっぽを向く。

「だって、前回の事件であたくしと同じ幻視を見たのは、あなただけなんですもの」

……ほう。そういうことか。ふっふっふ。なーんか、嬉しいぞぉ。

「えへへ。ありがと。――でもさ、今回は駄目。なーんにも感じないのよね。ゆうべは夢も見ずに、ぐっすり寝ちゃったしなあ」

あたしはナルに言わせると、若干のＥＳＰありなんだと。しかし、寝ているとき夢の中でしか発揮できないのが玉に瑕《きず》。ほとんど寝惚《ねぼ》けて人命救助をしたようなもので。褒められても、いまいち他人事のような。

「そうですの……。じゃあ、そんなに危険ではないのかもしれませんわね」

「どうだろうなあ。夜は出歩かないようにしてるじゃない？　部屋にはしっかりお札が貼ってあるし、お浄《きよ》めもしたし。そのせいかもしれない」

真砂子が小首を傾げて考え込んだところに、シャワーを使っていた綾子がバスルームから出てきた。

「なあに？　仲よさそうじゃない」

えへへー、いいだろお、なんて言おうと思ったのに。

「御冗談でしょ。あたくし、こんな方と馴れ合ったりいたしませんわ」

真砂子のムカつく一言。

こ、こいつ……っ。

「人に向かって、こんな奴呼ばわりはないんじゃないかい？」

「そんな下品な言葉は使っていませんわ。こんな方、と言いましたのよ」

「こんな、で悪かったねえ」

「べつに悪いなんて申してませんでしょ。それは僻《ひが》みというものですわ」

「可愛くない性格」

「そのぶん、容姿と才能に恵まれていますので」

ほっ……本っ当に可愛くないっ！

「なんであたしをそこまで嫌うわけ？　理由があったら聞かせてくんない？」

「御自分の胸に手を当ててごらんなさいませ」

そう言って頭から布団を被《かぶ》ってしまう。

「そんなで分かるかっ！」

「あら、頭も御不自由ですのね」

も、は余計なんだよっ。確かに頭は悪いけどさ。ま、顔もプロポーションも決して不自由してないとは言いませんが。

ええい、これが文句を言わずにおらりょうか。こら、起きろっ。勝手に寝るな。あたしと正々堂々、話し合いをするのだっ。真砂子っ。

叩き起こしてやろうと思ったんだけど、

「あんたたち、いつの間にか仲よくなったわねえ」

綾子の一言で脱力してしまった。

どこが仲いいように見えるのだ。

……も、いーや、好きにすればあ？　あたしは寝る。つきあってられるかい、ふん。

そうしてあたしたちは眠ったわけだけど。無論、調査をやめて寝ていたのはあたしたちくらいで、他の霊能者の方々は今夜もやはり真夜中以降も頑張るつもりらしい。何度もいろんな足音が部屋の前を通り過ぎた。

夢も見ずに眠った翌朝、あたしたちを驚かせるような情報が待っていた。

――鈴木直子さんが姿を消した、と。

3

「誰か鈴木さんを見ませんでした？　ねえ、誰も？」

朝、食堂に集まったあたしたちにそう訊く五十嵐先生は、狼狽しきった様子だった。

「ずっと姿が見えないんですの。勝手に出掛けたり、帰ったりするはずはないんですよ。職員の方だって出してくれないでしょうし、私に何も言わないで帰るなんてこと、あるはずがないんですから。荷物だって残ってるんです。コンタクトレンズのケースまで……」

　おろおろと歩き廻る五十嵐先生を、安原さんが自分の隣に坐らせる。紅茶を頼んで、眼の前に差し出した。

「落ち着いてください。いいですか、深呼吸して。紅茶にお砂糖とミルクは？」

　五十嵐先生は首を振る。

「一口、口をつけて。いいから、飲んで、深呼吸してください。ね？」

　先生はおとなしく言われたとおりにした。深く息をつく。

「ごめんなさいまし。……すっかり取り乱してしまって……」

「いいえ。御心配は分かります。鈴木さんはいつから姿が見えないんですか？」

「今朝起きたら、いなかったんです。最初はなんとも思っていなかったのですけど。きっと食事に行ったのだろうと思って。でも、こちらに来てみても姿が見えませんし、職員の方にお尋ねしても来ていないと仰いますし。いくら待っても姿を見せなくて……」

「最後に鈴木さんを見かけたのはいつですか？　昨夜？」

「今朝です。私は齢のせいで御不浄が近うございます。明け方起きたときには、ちゃんと寝ていたんですよ。それが……」

「明け方、というのは何時ごろですか？」

　分かりません、と呟いて、五十嵐先生は首を振った。

「時計を確認しませんでしたので……」

「お目覚めになったのは？」

「今朝の七時でございます」

現在午前十時。三時間も姿が見えないなんて。

安原さんは職員のおじさんを呼ぶ。鈴木さんの姿を見なかったか訊いた。大橋さんを含め、職員の誰も鈴木さんを見かけていない。建物を出て行った可能性は、と大橋さんに訊くと、

「いちおう、玄関には常時内側から戸締まりをしております。べつだん見張っているわけではございませんが、知らない間に鍵が開いていたというようなことはございませんので、外に出て行かれたわけではないと存じますが」

「どうしましょう」

五十嵐先生は顔を覆う。安原さんは先生の肩をそっと叩いた。

「外に出ていないのだとしたら、この家のどこかにいるんですよ。迷ってしまったのかもしれません。どこかでボンヤリしてるのかも。行方不明になったと考えるのは早すぎます。とにかく、捜してみましょう」

そう言ってナルを振り返った。

「鳴海くん、いいですか？」

ナルが頷いた。

午前中、あたしたちは鈴木さんの名前を呼びながら、家中を手分けして歩いた。昨夜撮ったビデオも再生してみたけど、鈴木さんの姿は映っていなかった。明け方まで寝ていた姿が五十嵐先生によって確認されているのだから、当たり前といえば当たり前だ。明け方以降――つまり、夜が明けてしまうと、ビデオカメラは記録メディアやバッテリーの都合で順次止まってしまうので、鈴木さんの捜索にはほとんど役に立たなかった。

一通り生活圏を捜索し終えると、あたしと五十嵐先生はもう一度鈴木さんの荷物を検《あらた》めてみた。昨夜着ていたパジャマはざっとたたんでベッドの上に載っている。その代わり、私服が一揃い、消えているようだった。洗面台脇の棚には眼鏡が残されており、代わりにコンタクトレンズのケースは空になっている。鈴木さんが五十嵐先生より先に起きて、身繕いしてから部屋を出たことだけは間違いがない。

それを確認して、さらに五十嵐先生と二人、まだ眠っている他の霊能者の方々を叩き起こして、彼女の消息を尋ねてみた。この家の中には鈴木さんの姿を見かけた人はいないようだった。

「降霊会のあと、お見かけしていませんねえ」

そう言ったのは南さんだ。五十嵐先生は南さんのパジャマに縋《すが》りつく。

「博士に……ディヴィス博士に訊いていただけませんか。博士でしたら、何かお分かりになるかも……」

言ってオロオロと上着のポケットを探る。

「そうだわ、これを入れたままでしたわ」

ポケットの中から、コンタクトレンズのケースを取り出した。

「……これを博士に。博士でしたら、鈴木さんがどこにいるか、お分かりになるでしょう？」

そうか、博士は有名なサイコメトリストだから。ある品物から、それにまつわる過去や未来を読みとるESP能力者。

南さんは不機嫌そうにそれを受け取って、ベッドに腰掛けてこちらを見ている博士のほうへ持っていった。ケースを差し出し、英語で何かを言う。博士が首を横に振った。

「こんなものでは、透視できないそうです」

南さんは肩を竦《すく》めた。

「では……何を使えば」

そう言う五十嵐先生に、南さんはケースを突き返す。

「博士の透視は、失踪《しっそう》当時身に着けていたものに限られますからな」

あたしは唖然《あぜん》としてしまった。失踪した人が失踪当時身に着けていたものなんて――そんなの、よほどの偶然でもなけりゃ、残ってるわけないじゃない！

顔を覆ってしまった五十嵐先生の背中を、あたしは撫《な》でる。

なによ、ぼーさんには悪いけど、博士なんてぜんぜん大したことないじゃない。せめて、ケースを手に取って、サイコメトリしてみようって努力ぐらいしてくれてもいいんじゃないの？　失踪したとき身に着けてたものがホイホイそこらへんに落ちてたら、警察だってなんとかできらあ。

こうなったら虱潰《しらみつぶ》しに歩いて捜すのみ、だ。鼻息も荒くベースに戻り、全員で無数の部屋を歩き廻って、クローゼットの類《たぐい》まで全部開けて中を覗いた。——ただし、きちんと捜せたかどうかは心許ない。建物の間取りが複雑で、片端から一つずつ塗りつぶすようにして全ての部屋を検めていくことができないからだ。どうしても行きつ戻りつを繰り返すことになり、しかも部屋は歪《いびつ》で死角も多い。部屋の中に入って暗い隅まで捜しているうち、捜すこちらが方向を見失う。平面図にチェックを入れながらだから、同じ部屋を何度も捜すことは避けられたはずだけど、隅から隅まで調べ上げたとはとても言えない。

……そうか、と思う。

二日間歩き廻り、平面図を作って、それを見ながらの我々でさえこの有様だ。中に不案内な——しかも、当時は電灯も点かなかった——警察や消防団の人たちが、一日や半日捜し廻って、誰かを見つけられるはずがない。……諦《あきら》めるのが早すぎる、とも言える。逆に、建物がどのくらいの規模かイメージできないから、実は一部しか捜してないのに、全部を捜したような錯覚に陥った可能性もある。

そんなことを考えながら、とにかく名前を呼んで、耳を澄ます。返答はないし、呻《うめ》き声や物音のようなものも聞こえない。もちろんその姿は、どこにも見えなかった。

結局、昼過ぎまで捜したけれど、鈴木さんは見つからなかった。

食堂に姿を現した南さんは、暢気《のんき》に食事を摂《と》りながら言う。

「ゆうべ、降霊会で怖い思いをしたんで、逃げて帰ったんじゃありませんか」

同じく食事をしていた三橋さんが、薄笑いしながら言ってのけた。

「最近の若い者は、無責任だからな」

ムッときたけど、違うとも言えない。そうだといいな、という気持ちがあるから。失踪したと考えるより、無責任に逃げ帰ったと思うほうがずっといい。

「……そうかもしれません」そう言ったのは、他ならぬ五十嵐先生だった。「そうですわね。帰ったのかもしれません。……ええ、あとで家に電話してみますわ。ちょっと叱ってやらなくちゃ……」

結局その言葉をきっかけに、鈴木さんの捜索は打ち切りになってしまった。

4

「いいのかねえ……」

なんとなく集まったベースで、ぼーさんはそう言う。釈然としないのは、あたしも同様だけど、

「仕方ないよ。見つからなかったのは事実だし……」

「どっかに見落としがあるのかもしれんだろ。あんな程度で、この馬鹿でかい家の全部を捜したと言い切れるか？」

「そりゃ、見落としぐらいはあるだろうけど」

それもかなりの面積を見落としてると思う。

「当のお嬢さんが移動している可能性もあるしな」

それって、とあたしは問い返した。

「鈴木さんが隠れてるってこと？　身を隠して逃げ廻ってるって？」

ぼーさんは顔をしかめた。

「そこまでは言ってない。夢遊状態でフラフラしてるのかもしれないし、単に迷って道を探しているのかもしれん。要は、捜されてる当人が、どこか一ヵ所にじっとしてるとは限らないってことさ」

「でも、身を隠してるんでなかったら、あれだけ呼んだんだもん、返事ぐらいはするでしょ？」

「返事のできない事情があるのかもしれんだろ」

「どんな？」

「いや……それは分からんけどさ」

ぼーさんが口籠《くちご》もると、ナルが、

「状況から考えて、本人が自分の意思で起きて身支度をして、どこかに行ったことだけは間違いがない。問題は、寝室を出てからどこに行ったかだが……」

安原さんが、

「食堂に姿を現した様子はありませんから、食事に行ったわけじゃありませんよね。人情として、起きて寝室を出たら、まず食堂に行こうとするんじゃないかと思うんですけど」

「トイレとか」

ぼーさんが言うのに、

「起きたばかりだからあり得ませんよ。洗面所にトイレもあるんですから、用があれば寝室を出る前に済ますでしょう」

それもそうか。

綾子が、自分でも釈然としない様子で、

「……食事前の散歩？」

するかねえ。起床と食事の間にしそうなことって、そのくらいしか思い浮かばないけど。

安原さんは首を振った。

「玄関を出ていませんからね。一階の適当な窓から出るという手もありますけど、単に食事前の散歩がしたいだけなら、わざわざ窓から出たりはしないでしょう」

けど、と口を挟んだのはジョンだ。

「職員の方が、散歩に出たい言うて、外に出してくれますやろか」

ああ、それもそうか。

「僕らが建物の外寸を測るのに出してもらうのかて、渋らはったやないですか」

「そうか。確かになあ。……散歩したい、じゃ、出してもらえないかも。それを見越して窓から出たという可能性はあるか。しかも周囲の山も迷いかねないって話だし、うっかり山に入って戻って来られなくなった可能性はありますね」

そっか、と綾子が声を上げた。

「二月の失踪者だって、同様の可能性があるんだわ。男ばっかりなんだし、トイレでもしてくる気で山に入って迷った可能性」

「トイレなら中にあるじゃん」

あたしが言うと、

「それは、今は掃除もされて電気も水道も来てて、使える状態になってるからそう言えるんでしょ。電気も点かないような廃屋のトイレなんて使う気になる？」

「……ならないかも」

いくら廃屋でも、そのへんで、ってわけにもいかないよなあ。そういう不埒《ふらち》者もいるのかもしれないけど、わざわざ外に出る人がいても不思議じゃない。

なるほど、と安原さんは頷いた。

「その可能性があるから、警察は早々に捜索を打ち切ったのかな」

「ねえ？　鈴木さん、山を捜したほうが良くない？」

綾子が言う。安原さんが、

「少なくとも、大橋さんに進言しておいたほうがいいでしょうね」

言って、すぐさま席を立つ。それを見送ってぼーさんが、

「トイレ。散歩。……その他に、起床と朝食の間にしそうなこと……」

そう、呟いた。ひとりごちるように、

「……どこかの時点までは、彼女の自由意思だったんだ」

真砂子が、

「考えても仕方ございませんでしょ。推測でしかないんですもの」

「そりゃ、そうなんだけどさ」

「何を言ったところで、その可能性もあるとしか言えませんわ。可能性だけで言うのでしたら、まだ家の中にいるか、以前の失踪者と同じく消えた、という可能性のほうが高くはありません？」

お説ごもっともで。

ナルは図面のプリントアウトを見る。

「気になるのは、この空白だな。もしもこれが部屋で、どこかに通路があるとしたら、そこから迷い込んでしまった可能性がある。本当に計測ミスなのか、それとも未発見の

空間があるのか、もう一度調べたほうがいいだろう」

改めてリンさんとナルが真砂子や綾子の手を借りて昨夜の録画をチェックする一方、あたしたちはもう一度家を計測し直すことになった。今度は壁の厚さまで可能な限り正確に測る。これでもまだ図面の辻褄《つじつま》が著しく合わないようなら、正式な測量機材をレンタルする必要がある。

「そっか……何か気になることがあった」

二階の部屋だった。突然、ぼーさんがそう言ったので、あたしはきょとんとしてしまった。

「え？　何？　何が気になるの？」

訊きながらあたしは部屋の隅で、端っこの壁にピンを打つ。

俺じゃなく、とぼーさんは言う。

「鈴木さんだよ。何か気になることがあって、食事の前に——五十嵐先生が起きてくる前に調べたかった、とか」

……ふうむ？

首をひねりながら、部屋のもう一方の隅にもピンを打った。

「そういうことって時々ないか？　夜、寝る前にふっと何かが気になって、翌日、真っ先に調べてみるってこと」

「あるけど」

あたしが言うと、安原さんとジョンも頷いた。安原さんが、

「ゆうべ、渋谷さんに……もとい、鳴海くんに夜は何もしないほうがいい、ってさんざん言われてましたもんね」

人目のないところでまで、鳴海なんて怪しい名前を出さなくていいっす。

ジョンが、

「部屋に籠もって出歩かんほうがええって、何度も念押ししてはりました。せやから、朝起きて一番に調べに行った、ゆう可能性はありますですね」

「だろ？」

「そやったら原因は、ゆうべの降霊会なんとちゃいますやろか。あとで思い返していて、気になることに思い至った――とか」

あるいは、とぼーさんが眉をひそめた。

「五十嵐先生や他の連中が起きてくる前に、会いたい人物がいた、とか？」

ぼーさんは言いながら、距離計のレーザーで順番に二つのピンを狙う。それぞれまでの距離と二点間の距離、角度を読み上げるのを、あたしは図面にメモしながら、首を傾げた。会いたい人物……って誰だろう？

ジョンは釈然としないふうだ。

「鈴木さんは五十嵐先生以外に、ここに知り合いがいてはるんでしょうか？　霊能者さ

んたち、基本的に皆さん、面識がなさそうでしたけど」

「確かにな……。だとしたら、これもやはりゆうべの降霊会か？」

「と違いますやろか。ゆうべの降霊会の件で、誰かに会いたい用件ができてしもうた」

　誰かに会いたい、何か気になった……。

「だとしたら、会いに行った相手は降霊会の参加者か？」そう言って、ぼーさんは思い出すように指を折った。「参加したのは、南さんとディヴィス博士、そして白石のおばちゃん……」

「でも、誰も鈴木さんを見てないって」

　あたしが口を挟むと、ぼーさんは呻る。

「会おうとして、その前に何かがあったのか、それとも、会った人物がそれを隠しているのか……」

　安原さんは妙に嬉しそうに、

「やあ。なんだかだんだん、陰謀の匂いがしてきましたねえ」

「お前ね……」

　ぼーさんが顔をしかめると、

「だって、そういう感じしませんか？　降霊会を行なって、そこで異常があったわけじゃないですか。そうしたら、その降霊会で重要な役割を演じた人物が消えた。鈴木さんは降霊会の件で、何かに気づいたか、誰かに会う必要性を感じたらしい。……でも、鈴木さんって、降霊会の間、目隠しをしてましたよね？」

「あ……ああ」

「文字を書いてた間――自動書記って言うんですか？　その間は目隠しをしてたし、文字を書かされていたわけで、何かを観察する余裕なんてなかったと思うんですよ。そのあとはあの騒ぎだったし、降霊会の最中に何か気づくとしたら、最もその可能性の低い人物じゃないですか？」

「それはそうだな……」

「それに、心霊現象絡みなら、五十嵐先生に報告しないわけが分からないですよ。普通なら、真っ先に五十嵐先生に相談するなりしそうじゃないですか？　先生が起きてくる前に自分で何かを確認したかった――その可能性もありますけど、もっと可能性として高いのは、五十嵐先生に知られたくない何かを片付けておきたかった、ってことじゃないですか」

「知られたくない何か、って」

ぼーさんが呆《あき》れたようにすると、

「心霊現象絡みなら、先生に報告する。つまり、その逆」

「心霊現象とは関係のない何か？」

安原さんは指を振った。

「もっと徹底的に逆です。――詐術《さじゅつ》」

ええええ、とあたしもぼーさんも声を上げた。ジョンは頭を抱える。

「お前、そういう出《で》鱈目《たらめ》で、よくそこまで引っ張るよな」

ぼーさんの呆れたような声に、

「え？　そうですか？　そんなに出鱈目とも思わないですけど。実際問題、あの自動書記が本当に『自動』だったのかどうか、知っているのは鈴木さんだけじゃないですか。ひょっとしたら、鈴木さんが自分の意思で書いた可能性もあるわけでしょ」

「可能性は否定せんけどね」

「ところが、一枚だけ赤い文字があった。メッセージも一つだけ違う。ビデオを見た感じでも、あれは鈴木さんが書いたものじゃない」

「ていうか、人間の書いたものじゃないし」

あたしが言うと、

「谷山さんも人が好《い》いなあ。今は時間が経つと現れるインクとかありますよ」

……えっ。

「鈴木さん以外の誰かが、あれを用意して紛れ込ませたとして、そうしたら、それを一番怪しむのは鈴木さんじゃないですか」

ぼーさんは安原さんの顔を覗き込む。

「誰が用意したんだえ？」

「五十嵐先生と共謀しての詐術なら、何かを確認しに行くはずがない。すると、当然、南さん、ということになりますよね。南さん、または白石さん、ディヴィス博士」

ぼーさんは大仰に天を仰いだ。

「この根性の悪い少年を、誰かお救いください」

「滝川さんの私情はさておき、そういう可能性だってあるでしょう？　鈴木さんは、自分が書いたわけでもない一枚を怪しんで、だとしたら南さん側の誰かとしか考えられないから、それを確認するために会いに行った」

ジョンが首を傾げた。

「その場合は、鈴木さんと南さんの間に共謀関係はおへん、ということになりますですね。けど、最初から共謀の可能性かてあります」

「それなんですよ」

安原さんは勢い込み、ぼーさんは大きく溜息をつく。

「神父がこんなに疑《うたぐ》り深くていいのでしょーか」

ぼーさんは、どうあっても南さんを庇《かば》いたいようだ。……でも、あたしとしちゃ、南さんは胡散臭《うさんくさ》い気がしてならない。降霊会に家庭用のビデオカメラを持ち込んだり。——思って気づいた。

「……そっか。五十嵐先生、言ってたな。証拠のビデオを撮ってくれるって言うから招いたのに、って」

「でしょう？　すると、南さんは自ら割り込んで来たんですよね。そのとき、あらかじめ鈴木さんを抱き込んでいた可能性もあります。すると、仕掛けをした用紙だって紛れ込ませやすいわけですから」

「ふむふむ。……南さん、解決したチームには賞金が出る、って言ってたし」

「心霊現象を演出して、それを自分で解決してみせる――すると、優勝は確実、賞金も確実にゲットできるってわけです」

ジョンまでもが、

「そういうたら、白石さんだけ、テーブルに着いてへんかったんですね。つまり、自由に動けた、いう……」

すっかり孤立したぼーさんは、

「暗視カメラの存在をお忘れじゃないですかね、疑り深い皆さん？」

安原さんは、ぼーさんに指を突きつけた。

「それです。降霊会のあと、ベースで再生しましたよね？　そのとき、鈴木さんは目撃してしまったのかもしれないです。自分たちの詐術の証拠が画面のどこかに映り込んでいるのを」

……をを。

「だから、それを知らせに行ったんだ？　五十嵐先生が起きる前に」

「そんな緊急事態なら、朝まで待たない、っての」ぼーさんは憮然《ぶぜん》として言う。「――そんで？　鈴木さんが消えたのはどう説明すんだよ？　百歩譲って南氏に会いに行ったとして、それで彼女が消えたわけは？　南氏が証人を消したってか？」

あ、いや。まさかそこまでは……。

あたしは口籠もったが、安原さんはあっさり、

「その可能性はあります。あるいは、鈴木さんを逃がすなり隠すなりして、失踪だって僕らが騒いでいる間に、混乱に乗じて問題のビデオを破棄しようとした可能性も」

ぼーさんは、しみじみと安原さんを見て、

「徹底的に疑り深い代理所長さんは、何か見落としてませんかね？」

言われて、安原さんはにっこり笑った。

「落としてませんよ？　南さんに会ったのでなければ、僕らのうちの誰かです」

おいおいおい！

「僕らの部屋には鈴木さんは来ていませんから、可能性としては女性陣の部屋か、さもなければ渋谷さんとリンさんの部屋ですね」

……あのう。

無言で見守るあたしたちを見廻し、安原さんは笑った。

「可能性を論じるなら、徹底的にね？」

……方針変更。ぼーさんに一票だ。誰か安原さんをお救いください……。

5

残りの時間、鈴木さんの姿を捜しつつ測量の続きをして、日暮れまでになんとか一階部分を終えた。そのデータをリンさんに任せて、あたしたちは食堂に向かう。大急ぎで御飯を掻《か》き込んでいると、五十嵐先生に声をかけられた。

先生は一日経つ間に、また鈴木さんのことが心配になってきたらしい。東京の自宅に電話しても彼女は帰っていなかったと言って、とても心配そうにしていた。警察に失踪届を出したほうがいいだろうか、大橋さんに止められたがどうしたものだろうか、と安原さんに訊く。安原さんなんて、五十嵐先生にしたら息子よりも若い相手だろうに。その若い相手を頼りにしている様子が、先生の狼狽ぶりを示しているようで、なんだか痛ましかった。

見ているのが辛《つら》くて、そっと食堂を抜け出した。一人でベースに戻る。ベースではリンさんが黙々と作業を続けていた。

「リンさん、あたし御飯終わったから交代しようか？」

そう声をかけたわけだが。

「結構です」

と、ニベもない返事。まったく……。

だからといって、二人でいるのに喋《しゃべ》らないのも気詰まりで、あたしは五十嵐先生の話をした。対するリンさんの返答は素っ気ない。おつきあいみたいに頷くだけで、ホウでもなければハアでもない。

「……ときに、リンさんって中国の人だったのね」

苦しまぎれにそう言うと、リンさんは手を止めてあたしをまじまじと見た。

「……それが？」

それが……って言われても困るんですけど。

「なんか、すごいな、と思って。もっと早く言ってくれればよかったのにー」

言うと、リンさんはあたしをひどく冷たい眼で見た。

「なぜですか？」

「なぜって……そんな深い意味があって言ったわけでは」

ないのよ。ちょっと言ってみただけで。

「では、あえて申告することでもないでしょう」

冷たく言って、再び画面に眼をやり作業を始める。

確かに、国籍を申告する義務なんかないけどさ。話の種にはなるのにな。こういうふうに話題に困ったときの助けぐらいにはなるじゃん。……というか、そもそも会話して場を繋《つな》ごうなんて気がハナからないんだよな。

「……本当に無愛想なんだから……」

「私は、日本人は嫌いです」

いきなりキッパリ言われて、あたしはびっくりしてしまった。きょとんとリンさんを見てしまう。当のリンさんは平然と作業を続けていた。

「ちょっと……なんで？」

当の日本人相手にそれを言うか。第一、どうしてそんな、一括《ひとくく》りに嫌いだなんて。あたしらがあんたに、なんかしたか？——思いかけて気づいた。

……ああ、そうか。そう来たか。

そう言えば、我が国と彼の国の間には過去に色々あったのだった。それを持ち出されると……むむう。

リンさんは無表情のまま、

「したがって、興味本位の詮索《せんさく》を受容する気にはなれないし、あなた方が勝手にイメージするところの中国人を演じてみせる気もありません」

……そこまで言う？

ちょっぴりムッとしたのが伝わったのか、リンさんはいっそう冷ややかにあたしを振り返った。

「偏狭で頑迷だ、と言いたいですか？」

……そんなことは……ごにょごにょ。

「あなた方にとっては過去のことでしょうが、殴られた者は殴られた痛みを忘れないものです。済んだことだと一方的に水に流されては堪《たま》らない。ましてや、遺恨のあること自体念頭にすらなく、好奇心でのみ話題にされればいっそう不愉快に決まっている」

それは、と言いかけ、次の言葉が出てこなくてあたしは口を噤《つぐ》んだ。……興味本位で詮索したかったわけじゃないけど、何も考えずに口にしたのは確かだ。これって興味本位より悪いよな。あまりにも無自覚で。

念頭になかった、も事実。だから今、後ろから突然斬りつけられたみたいな気分がしてる。でも、リンさんにしてみれば、そうやってあたしが被害者みたいな気分に陥ること自体が、無神経の極みに感じられるんだろう。——それは、分かるんだけど。

「……ええと」

なんだか泣きそうだ。頭の中でいろんな思いがぐるぐるする。

そうやって過去の怨《うら》みを言うなら、日本人のあたしだって元寇《げんこう》とか持ち出して怨む権利はあるし、そしたら世界中怨みだらけで、全部の国が永遠に憎み合っていかなきゃならないじゃん、そんなのあまりに不毛でしょ、……とか。

「……リンさんが不愉快だって言うのは分かるし、あたしの態度がそれを逆撫《さかな》でしちゃったんならお詫《わ》びするけど。……でも」

たぶんこれは過去の怨みの問題じゃなく、過去の行動に象徴されるような（そして現在の行動にも通じる）「日本人」の性質に対する好悪の問題なんだろうな、……とか。

「でもね、あたし……」

リンさんは無言だ。

「あたしね。——リンさんがあたしのことを嫌いで、だから嫌いって言うのは仕方ないと思う。けれども、日本人だから嫌い、って一括りにした言い方は納得できない。あたしのこと嫌うなら、あたし自身の問題で嫌ってほしいよ。日本人だとか、女だとか、孤児だとか、そういう、あたしにもどうしようもなかったことで嫌ってほしくないのっ」

言い切ったものの、これってリンさんにとっては余計に腹立たしい言いぐさかなあ、と思ったり。でもあたしには、こうとしか言いようがないんだもん。なんで戦争なんかしたんだ、ご先祖さまの馬鹿ーっ。

突然、リンさんが声を上げて笑った。

……へっっ⁉

「……あのう……？」

「同じことを言うんですね」

リンさんは笑いを噛《か》み殺すように言った。

「……はあ？」

「昔、同じことを私に言った人がいるんです」と、リンさんは表情を和らげた。「……それを思い出しました」

うわあ。リンさんの微笑《わら》った顔って見たの、初めてだあ。

「それって、ナル？」

「まさか。ナルに言ったら、一言でしたよ。『結構馬鹿だな』って」

　ナルなら、さもありなん。

「まどかに言ったら、泣かれて困りました」

　……ああ、なんとなく分かるなあ。

「――そうですね、私はあなたが嫌いではありません。べつに日本人の全部が嫌いなわけでもありません。ただ、生理的な反発というものは、なかなか消えないものです」

「……うん」

「国同士の問題を個人の間に持ち込むのは、馬鹿げたことだと私も思います。大人げない物言いをしたとも思います。それでもどうにもならない問題があるのだということを、あなたは学ぶべきです」

「……よく考えてみる」

　リンさんは軽く微笑った。

「無礼な発言をしました。申し訳ありません」

「……ううん。こっちこそ、ごめんね」

　何に謝ってるのか、自分でもよく分かんないけど。

　世の中には難しい問題がいっぱいある。そういうことだなあ。

6

全員が夕食を済ませたあと、あたしたちはベースでミーティングをした。リンさんが今日計測したデータを纏《まと》めて平面図を出す。今度は外に面した部屋を基準にして計測していったので、建物の外周はほぼ合っている。だけど。

「まだ空白があるな」

ナルは画面の青い空白を指差す。大、小合わせて十八ヵ所。小さいものは畳一枚程度、大きいものは数部屋ぶん。

「小さいものはともかく、この大きいやつが気になるな」

その大きな空白は家の中心部にあった。中央よりもやや北寄りだ。凸凹《でこぼこ》したL字形で、はっきりとした大きさは分からないけど、まわりの部屋と比較するに、明らかに数部屋ぶんはあるように見える。

ナルは二階部分の平面図を手に取って見比べた。

「二階は正確な測量がまだだから、なんとも言えないが……どうやら二階にもこの部分があるようだな」

あたしは今日測量に使った平面図をひっぱり出した。昨日作ったヴァージョン１だ。見れば確かに、二階にも似たような位置に大きな空白があるようだった。一階の部分に比べると面積は若干小さいけど。てことは、高さにして二階ぶんの空洞がここにある、ってこと？

　ふと思いついて三階の平面図と見比べてみた。三階は建物の一部にしかないけど、これがちょうどL字形の空白の上にかかっている。てことは、この大きな空白は三階にまでは届いていないわけだ。

「……隠し部屋か？　偶然できたとは思えねえな」

　ぼーさんが言う。

　確かに、その空白は増築の都合でできてしまったと考えるには、あまりに大きすぎた。数部屋ぶん、二階相当の空洞だ。意図的に作られたと考えたほうが理に適《かな》ってる。

「問題はどこから入るか、ってことだが」

　安原さんは、

「この空白のまわりって変な部屋が妙に多くて、他の場所以上に入り組んでますよね。ここらの部屋のどこかなんじゃないですか」

　綾子は、

「でも、失踪した二人にしても鈴木さんにしても、こんな奥まで行くかしら」

「道に迷ったんじゃないですか？　方向を見失って迷い込んだ、とか？」

　そんなことを言いながら、全員でああでもないこうでもないと図面を見比べているときだった。

コツン。

小さな音がして、思わずメンバーの大多数が腰を浮かせた。慌てて音の出所を探すと、庭に面した窓だった。窓ガラスにぼんやりと白く人の顔が映っている。思わず一歩退《さ》がりかけたら、人影は手を挙げて窓を叩いた。窓の外に人がいて、その人がガラスを叩いているのだ。

ナルが驚いたように立ち上がる。

「まどか」

げげ。森さんかあ？

窓を開けると、そこから森さんが部屋によじ登ってくる。ナルとリンさんの手を借りてとはいえ、結構元気な人だなあ。しかも、この建物って一階の床面が高い。地面に立っていては窓から中を覗き込めないはずだけど——そう思って窓の外を見たら、ちゃんと小さな脚立があった。なかなか侮れない人だ。

「どうしたんだ？」

ナルの問いに、

「うん。調査結果を知らせようと思って。寒かった……」

だろうなあ。標高あるもんね。

「どうやってここまで」

「近くまでレンタカーで。目立たないところで車を停めて、そっから歩いて来たの。来たのはいいけど、どの部屋だか分からなくて。表に面してて助かったわ。探してる間に凍えるかと思った……」

ナルの差し出した上着を羽織って、森さんは椅子に坐る。寒そうに手を擦り合わせるのが、リスかなんかみたいで可愛らしい。

「危険なことを。何かあったらどうするんだ」

「あら、ナルが助けに来てくれるでしょ？」

あっけらかんと、にっこり。うーむ。あいかわらず、この人は強いな。

「……で？」

ナルはいかにも苦々しげだ。森さんは拘《こだわ》りなく、セーターの下から大きなノートを取り出した。

「この家で消えた二人の人間について——ね」

……ああ、調べてもらっていたのか。

「最初に消えたのが松沼英樹《まつぬまひでき》、十八歳、無職。彼の姿が見えなくなったのは二月十三日の早朝。つまり、十二日の深夜」

森さんによれば、松沼さんは友人七名とこの家にやってきた。計八名だ。彼らはいずれも地元出身、全員が無職かまたはフリーターで、お世辞にも素行が良いとは言えないグループだった。よくツルんで深夜のドライブに出掛けたり、終夜営業のファミリーレストランにたむろしてたりしたらしい。

この夜もそうだった。車三台に分乗してファミリーレストランに集まった彼らは、ほとんどが未成年であるにもかかわらず、だらだらと雑談しながら飲酒していた。話の弾みで誰かが肝試しに行こう、と言い出して、飲んでいたというのにドライブ気分で山に入ったのだそうだ。途中のコンビニで食料やビールなんかを買い込み、この家に辿《たど》り着くと、窓を壊して忍び込み、部屋の一つで宴会を始めた。そしてすぐ、松沼さんはまるでトイレにでも行くような様子で部屋を出て行き、それきり戻らなかった。

「トイレにでも行くような様子……ねえ」

綾子が言うと、森さんは、

「ちょっと、とかそんなことを呟いて部屋を出ていったんだそうよ。懐中電灯は持っていなかったけど、ライターを持ってた。ただ、友達の何人かは、少し奇異な感じを抱いたみたいね」

……奇異な感じ？

「というのも、彼らはせっかく肝試しのために忍び込んでいながら、ほとんどどこを探険してないからなの。特に詳しい証言をくれた猪野《いの》くんによれば、とてもそんな気分にはなれなかった、という話」

「……というのは？」

ナルが訊くと、

「まず、ここは地元の若者の間では有名な心霊スポットなのね。——ただし」

この屋敷に幽霊が出るとか、祟《たた》りがあるとか、そういう種類の心霊スポットではない。地元で流布している怪談話はこういうものだ。——曰《いわ》く、夜に山の中を車で走っていると見覚えのない道に出てしまう。妙に車通りのない寂れた道だ。それを辿って行くうち、道はますます荒れ果て、細くなり、引き返そうにもUターンする場所がなくなる。仕方ないのでさらに進んでいくと、やがて人気《ひとけ》のない深い森の奥に出る。そこにはホテルみたいに巨大な廃屋があった——と。

「とにかく巨大で、ものすごく嫌な雰囲気で、迷い込んだ人間は慌てて引き返した、とか、中に入ろうとしたんだけど、建物の中に人影が見えて、ぞっとして引き返した、とか。引き返したけれども、その後に不幸な事故があった、とか。——つまりこれは、『どことは知れない山の中に巨大な廃屋があるらしい』という怪談なのね」

……へえええ。

「夜中に興が乗って、探してみよう、という話になることは多々あるけど、実際に探してみても見つからない。辿り着いた、という人物も、改めて探すと二度と辿り着けない。ここはそういう種類の怪談の舞台なのよ」

「なるほどな……」

ところが、と森さんはノートを繰る。

「メンバーの中の一人が、その前の週、昼間にドライブをしていてここを見つけたの」

私道の入口は当時、藪《やぶ》に覆われていて、一見して道とは分かりにくかった。本当にたまたま、彼は近くに車を停めてみて、そこに道があることに気づいたのだ。好奇心に駆られた彼は、藪を掻き分け入っていって、この建物を見つけた、というわけだ。

　彼は前庭まで辿り着いたものの、昼間だったこともあって、特に怖い感じを受けなかった。ただ、とにかく巨大で雰囲気はあるから、友達を誘って夜に来たらさぞ面白かろう、と思ったらしい。それで問題の日、それを話の種に持ち出した。友人たちは大喜びで、ぜひ行ってみようという話になった。車で乗りつけたのだけど、一つ問題があった。私道の途中にあった、あの門だ。

「門は鎖を巻かれ、施錠されていて、とても壊せそうになかった。門と言っても塀はないから、左右から好きなだけ出入りできるんだけど、さすがに車は通れない。それで私道に車を停めて、ここまで歩いてきたわけね。ところが、周囲の森は深いし、野鳥の声なのか何なのか、妙な声が聞こえて、ちょっと凄《すさ》まじい雰囲気だったらしいのね。それですっかり怖気《おじけ》づいて、肝心の建物に入ったものの、もう中を探険する気なんて失《う》せてしまった、と」

　しかも、当時は極寒期だ。歩く間に身体もすっかり冷えている。空元気で窓を壊し、建物の中に忍び込むところまではしたものの、入った部屋から出る気がしない。証言をしてくれた猪野くんは、すぐに帰りたい気持ちでいっぱいだったけど、そう言うと笑われそうな気がして、めいっぱい平気な振りをしていた。「せっかくだから飲もう」と誰かが言ったけど、言った本人も同様だったのじゃないか、と猪野くんは思っている。どういうわけか全員が、持ち込んだ飲み物を空にしない限りは出られない、と思っているふうだった。その証拠に、誰も味わう様子もなく、ただひたすら缶の中身を喉《のど》に流し込んでいた。その中で、唐突に松沼さんが立ち上がったのだ。

どうした、というように見ると、松沼さんは「ちょっと」とかなんとか、口の中で生返事をして当たり前の様子で部屋を出て行った。その様子があまりに普通で、だからかえって奇異な感じがしたらしい。

――そして、それきり帰って来なかった。

「本当にトイレにでも行くような様子だったようよ。だったら窓から外に出ればいいのに、と猪野くんは思ったみたい。自分ならとてもトイレを探しになんて行けない、って。意外に剛胆だなあ、と思いつつ飲みながら様子を窺《うかが》っていたけど、いつまで経っても戻って来ない。飲み物が尽きて、帰ろうという話になって、大声を上げて呼んでみても返事がない。さすがに部屋を出て、周囲を捜しにかかったのだけど、なにしろ暗いし、彼らが持っていた懐中電灯は二本だけ。しかも一本はペンライトだった。――さらに」

猪野さんによれば、人影があった。明かりを向けると、その先――光が届くか届かないかのところを、すっと黒い影が横切る。最初は松沼さんかと思って追いかけてみたけれど、先へ先へと逃げていくばかりで捕まらない。返事もないし、姿も見えない。まるで自分たちを奥へと誘い込むみたいだ――と、誰かが言い出して、彼らはとうとう逃げ出した。

「車まで戻って、しばらく待ったけど松沼くんは戻って来なかった。翌日も全員が連絡を待っていたのに、やはりなんの音沙汰《おとさた》もない。家を訪ねても戻って来ていないと家族は言う。もともと松沼くんは家を空けて友達のところを泊まり歩いたりすることが多くて、家族はあまり心配してなかったのね。けれど、猪野くんたちは気が気じゃなかった。三日ほどして松沼くんの両親に経緯を打ち明けて、それでようやく家族も心配を始めたの。警察に相談したけど、最初は取り合ってくれなかった。どこかに遊びに行ってるんでしょう、という態度なわけ。友人や知人に総出で連絡を取って、どこにも行ってないことが確認されて、失踪届が受理されたのが一週間後。それでようやく、警察がここへ捜しに来たってわけ」

……なーるほど。

「警察と地元の消防団が三十人ばかり集まって、家の中と周囲を捜したみたい。けれども松沼くんは見つからなかった。おまけに、帰ろうとして人数を数えると一人足りない。消えたのは吉川雅也《よしかわまさや》、二十一歳、農業。慌てて捜そうとしたのだけど、家の中はもう暗い。ひとしきり捜しただけで、その日は捜索を断念せざるを得なかったのね。何かの場合に備えて、二、三人を外に停めた車に残して、彼らはいったん引き揚げた。翌朝、半日がかりで捜したけど、やはり二人は見つからなかった」

そこで捜索の方針が変わった。周囲の山を捜そうという話になったんだそうだ。その日の午後と翌日、二日間山狩りをしたけど、やはりなんの手掛かりもなし。それで捜索は打ち切りになった。

「そこだ」と、ナルは険しい顔をする。「二人もの人間が消えたにしては、諦めが良すぎないか？」

うん、と森さんは頷く。

「そうなのよね。あたしもそこが気になったんだけど、あまり大層な理由はなさそうなんだな、これが」

「ない？」

「そう。まず、松沼くんに関しては、日頃の素行から、あまり人柄が信用されてなかった、と。これは友人の猪野くんたちにしても同様ね。警察としては、放置もできないから捜したけど、自分の意思でどこかに消えたんじゃないのか、という意見が趨勢《すうせい》だったわけ。それどころか、猪野くんたちが喧嘩《けんか》か何かでどうにかして、それをごまかすために妙な怪談話をでっちあげてるんじゃないか、とか」

……うわ。酷《ひど》い。

「おまけに建物の中は複雑で、徹底的に調べようと思うと大変なことになる、と。――そんなにすごいの、ここ？」

ナルは無言で頷いた。

「だから、一日は頑張るけど、あとは知らないって雰囲気が最初からあったみたいなのよ。ところが、吉川さんが消えて事情が変わった。吉川さんのほうは、逆に誠実な好青年だという評判なんだけど、だからいっそう、勝手に帰ったとか、周囲の迷惑も顧みず一人でややこしい場所に踏み込んだとは考えられない、ってことなの。常識的な判断からすれば、外に用足しか何かに出て行って、それで山の中に迷い込んでしまったんだろう、と。だから山を捜したわけだけど、二日目の午後から天候が崩れたのね。強い寒波が来て、三日ほど猛烈な雪が降った。気温も連日氷点下を大きく割り込んで、山の中に迷い込んだのだったら、生存の望みがない――という判断」

ああ……そうか。

あたしは、しゅんとしてしまったが、ナルはちょっと皮肉っぽく笑う。

「常識的でない判断は？」

問われて、森さんは、

「ここはそもそも、『そういう』場所だから」

「そういう場所？」

森さんは頷いた。

「消防団の中には、土地の古老もいたわけだけど、彼らにとって、このあたり一帯は、人が消える山らしいの。昔から、そんな話があるんですって」

それは、と真砂子が声を上げた。

「このあたりの山が聖域だったり、入らずの山だという話ですかしら」

「ううん」と、森さんは首を横に振った。「そういう話ではないみたい。土地そのものに特別な伝説はないようよ。ただ、この家は不吉な家で、この家の周辺に立ち入ってはならない、うかつに近づくと消えることがある、という噂がお年寄りの間にはあったようなの。すっかり忘れられていて、なんでそういう噂があったのかは本人たちも思い出せないようなのだけど、そんな噂があったことを今回の事件で思い出した人がいた、ってわけね」

　しかも、と森さんはノートを繰る。

「捜索の途中、猪野くんたちが見たという黒い影——同じような影を見た、という人がいるらしいの。尾《つ》けてくる——あるいは、逃げるような足音を聞いた、という訴えもあった。まるで人魂《ひとだま》みたいな白い光が、廊下を横切るのを見た、という話も。どれも確実な話じゃないし、本人たちも半信半疑らしいけど、気味が悪いとは思われちゃったみたいね。それやこれやで、捜索は早々に終わってしまった、と」

……ふうん。もっともと言えばもっともだけど、なんか雲を摑《つか》むような話だなあ。

「吉川青年の遺体捜索も諦めた？」

「とりあえず、雪が融《と》けたら有志で、という話になっているみたいよ」

「この家が不吉とされる理由については？」

　ナルに訊かれ、森さんは、ぷくんと頬を膨らませた。

「それが、ぜんぜん分からないのよ。過去にも失踪事件があった、という説はあるわ。数人から聞いたから、詳細は不明だけど事実かもしれない。あと、妙な家だからそんな噂になったんだろう、という説もある。なんでも、住みもしないのに、えんえん改築をしてたんですって？」

「のようだな」

「せっせと改築をしてた当主は、この土地の出身だけど、実際には東京住まいで、ほとんど地元とは関係を持っていなかったらしいのね。だから、素性は分かるけど具体的な為人《ひととなり》が分からないわけ。まあ、見知らぬ人みたいなものよ。ある種、正体不明の人物ではある。そんな人が、理解できない振る舞いをしてて、その結果、妙な家がある——だから、妙な怪談話が囁《ささや》かれるようになったんで、実は根拠なんかないんじゃないか、という意見が多数」

そう言って、森さんはポケットから小さなカセットテープを幾つか出して、テーブルの上にバラバラ落とした。

「これが証言の録音ね。もっとも、これ以上の手掛かりは出て来ないと思うわよ」

ナルは頷き、

「気になるのは、過去にあったかもしれない失踪事件だな。それが本当にあったことなのか。そして、不吉だと言われる噂には本当に理由がないのか」

はいはい、と森さんは肩を竦める。

「ちゃんと調べておきます。——他には？」

「霊能者の一人が消えた」

え、と森さんは眼を見開いた。

「いつ？」

「今朝。むろん、自ら家を出た可能性もある」

「調べてみるわ」

ただし、とナルは厳しい声を出した。

「報告は電話で。あるいは昼間、書面を誰かに届けさせるのでもいい」

森さんは首を傾げる。

「だって、直接会ったほうがいいじゃない？」

「とにかく、ここには来るんじゃない」

厳しい口調で言われて、森さんは頷いた。

「はいはい」

なんだか子供をあやすみたいな口調だった。


帰る森さんをリンさんが車まで送って行った。失踪事件について話をしているうちにリンさんが窓から帰って来て、あたしたちはさらに細かい打ち合わせをした。ミーティングが終わって部屋に引き揚げたのは十一時。

——そしてその夜、厚木秀雄さんが消えた。

第五章

1

突然叩き起こされて、時計を見るとまだ夜中の三時半だった。

「厚木くんを知りませんか」

開いたドアの向こうに立つ聖さんの顔は、強張《こわば》っていた。

「……厚木さんって」

ひょっとして聖さんの助手の、グルグル廻る霊媒さん？　いつだったか、神隠し説を唱えていた。

あたしは首を傾げながら綾子と真砂子を振り返った。二人もベッドの上に身を起こしたまま首を傾げている。

「除霊をしていて、ちょっと眼を離した隙にいなくなったんです。見かけていませんか。姿が見えなくなってもう二時間になるんです」

二時間も。

「ちょっと待っててください」

あたしはパジャマの上にカーディガンを羽織って、部屋を飛び出した。

「ベースに行きましょう」

聖さんを連れてベースへ行く。ベースにはナルとリンさんがすでに揃っていた。

「ナル……厚木さんが」

「聞いた。今、ビデオを再生してる」

この時間ならまだ暗視カメラが動いている。カメラのどれかが厚木さんの姿を捉《とら》えているかもしれない。

「除霊中だったということですが——」

ナルは聖さんを振り返る。聖さんは頷《うなず》いた。

「上原くんが霊を降ろすところだったんです」

聖さんのところでは、霊媒の上原さん、厚木さんの二人が霊視をする。グルグル廻るのは、旋回することがどうのこうの、といちおう理論的な理由づけがあるらしい。理論に従い、旋回することで忘我状態になり、するとそこに、お告げのように霊感が降ってくる。二階の一室で、霊感は降りてきた。強い悪霊がいる、と二人の霊媒の意見が一致したのだそうだ。そこで、霊媒さんのうち女性のほう——上原さんが霊を降ろすことになった。聖さんちでは、霊を上原さんに降ろして、降ろしたそれを聖さんが説得して浄霊する。霊が説得に応じなければ厚木さんが念で懲らしめるのだそうだ。そうやって圧力をかけながら説得することで浄化するか、さもなければその場から追い払う。

「上原くんが、霊を降ろすために三昧地《さんまいち》に入ったところで、私と厚木くんは霊が降りてくるのを待っていました」

「すると、厚木さんが姿を消した？　どこかに行かれたのですか？」

「分かりません。厚木くんがいつ姿を消したのか、私にも分からんのです。私は完全に上原くんに気を取られていましたから。いつ霊が降りてくるかと、彼女の様子を注視していた。このときに気は抜けません。上原くんの能力を超えた霊が降りてきたりすると、彼女が憑依《ひょうい》されてしまうこともあるし、場合によっては身体に重大な被害が起こることもあるのです。その様子が見られたときには、すぐに上原くんから霊を抜かなくてはいけない。だから完全に厚木くんのことは視界からも意識からも消えていたのです」

……霊が降りてきたら、それは即《すなわ》ち、憑依では。

　なんてことを思ったけど、黙っていた。除霊の理屈はよく分からないけど、霊能者によっていろいろやり方や説明の仕方があるってことなんだろう。ともかくも、聖さんの注意は完全に上原さんに向いていて、厚木さんのことは念頭から消えていた、ということだ。

「そのうちに上原くんの様子が変わって、霊が降りてきたことが分かりました。それで除霊にかかろうとして厚木くんを振り返ったら、姿が見えなかったんです」

　厚木さんがいなければ除霊ができない。聖さんは厚木さんを呼び、返答がないのを訝《いぶか》しんで周囲を捜したけど、姿が見えなかった。なので降霊を中止して、上原さんと二人でそのへんを捜した。——このとき、当然のことながら、鈴木さんが消えたことが二人の念頭にあったのだ。

とりあえず二人で捜せる範囲を捜し、念のためにしばらく厚木さんが戻って来るのを待った。だが、厚木さんは今に至るも戻って来ない。これはいよいよ可怪《おか》しいから他の霊能者たちに訊《き》いてみよう、という話になったのだそうだ。

「問題の部屋はどこです？」

ナルは図面を差し出す。それを驚いたように見てから、聖さんは何度も矯《た》めつ眇《すが》めつして、心許《こころもと》なげに一室を指差した。

「……ここだと思うのですが。あいにく私は、建物の構造がもう一つ良く分かっておりませんので……」

ナルは、なんの表情もなく頷く。

「除霊の最中、部屋のドアは」

「閉めていました」

「ドアが開いたという記憶はありますか？」

「いえ……それは、特には……」

困ったように聖さんが言ったとき、リンさんが口を挟んだ。

「ありました」

主モニターの映像が切り替わる。そこに若い男の人の後ろ姿が映っていた。映像は四号カメラのものだ。あたしはテーブルの上に山積みになったメモの中から、平面図の写しを引っ張り出す。四号カメラの位置を確認した。

「場所は？」

「屋敷の東側、中央寄り」

最初に寝室の周辺を監視するために置いていたカメラだ。居住区はいちおう、安全だろうと思われたので、最初の場所からじりじりと奥のほうへ移動させている。

「近くに空白もないし、変な部屋が連続してるわけでもないよ。居住区から、わりに真っ直ぐな廊下を進んで十メートルくらい。図面で見る限りでは、怪しげな場所じゃないみたい」

四号のモニターに、廊下を遠ざかる厚木さんの姿が映っている。居住区のほうからやってきた厚木さんは、ごく自然な感じでカメラの置かれた廊下を東へと進んで行った。廊下は少し先で突き当たり、二方に分かれているのだけど、それを北へと曲がって行った姿が頼りなげに映っている。

「あの廊下は行き止まりだよ。枝道はないから」

「よし、行ってみよう。リン、来い。麻衣はここに残れ。じきにぼーさんたちが来る」

「あいあいさー」

ほとんどナルと入れ違いに、ぼーさんとジョン、安原さんが起きてきた。

「ナル坊は」

「厚木さんを捜しに行った」

「よし。俺たちも行こう、ジョン」

ジョンに声をかけてぼーさんも出ていく。

「少年、麻衣を頼む」

「鋭意努力します」

「努力だけか？」

「谷山さんが暴走し始めたら止められる人、いませんからね」

……なんだと？

まったくだ、と笑ってぼーさんは出ていく。それに軽く笑い返した安原代理所長の顔を、あたしはねめつけた。

「誰が、暴走するって？　だーれが王蟲《オーム》だって？　バリバリだって？」

「おや、誰かそんなこと言いました？」

「ほう。誰が言ったか、教えてあげましょーか？」

あたしは拳を振り上げる。

「いやー、谷山さんって思慮深くておとなしくて、優しくて好きだなー」

「嫌味か。嫌味だな」

「だから、ね？　嘘を言われるのって嫌でしょう？」

「うん、まあね……って。違ーうっ！」

つい本気で殴ってやろうかと思ったとき、綾子と真砂子が起きてきて。四人でじりじりしていると七時前、ナルたちが戻ってきた。厚木さんは見つからなかったと言う。あの廊下は袋小路なのに。廊下に面した部屋も全て調べた。隅の隅までだ。にもかかわらず、厚木さんの姿はなく、例によって呼びかける声にも返答がない。

朝食のあとミーティングをして、今度は全員で袋小路を中心に、見落とした通路がないか、捜索にあたる。どこかに抜け道があるはずだ。そうでなければ厚木さんが消えた理由が分からない。壁を叩いて、家具がある部屋は家具を全部押し退《の》けて。それでも抜け道は見つからなかった。

昼には申し合わせたように霊能者の全員が食堂に集まった。二十マイナス二名。誰もがひどく疲れた顔をしていた。

「まったく、どうなってるんだ、この家は」井村さんが吐き捨てるように言う。「次々に人が消える。──しかも、鼠《ねずみ》がいるぞ」

は、と職員のおじさんが首を傾げた。

「鼠……ですか？」

いるはずがない、と言いたげな口調だったけど、井村さんは言葉にする隙を与えず、

「いるんだ。妙に厚かましくて、霊視のために歩いていると周囲をカサカサ走り廻ってついてくる。鬱陶《うっとう》しくてかなわん」

職員さんに当たり散らす井村さんをよそに、五十嵐先生が南さんのほうを見やった。

「ディヴィス博士になんとかしていただくわけにはまいりませんの？」

その声に、心なしか落ち込んだふうだった聖さんが、ハッと顔を上げた。

「そうだ……博士なら」

南さんは露骨に不快そうな顔をした。

「博士の透視は範囲が限られるんです。さっき訊いてみた限りでは何も感じないとのことでしてな」

「では、他の方を呼んでください」五十嵐先生が強く言った。「他にもお友達がいらっしゃるんでしょう？　誰か助けになる方を呼んでくだされればいいじゃないですか」

「そういうことを急に言われましてもね。みんな外国に住んでいるんですから」

「緊急事態ですよ。あなただったらなんとかできるのではございませんの？　それとも最初の日に、著名な能力者の協力を仰げると言ったのは口から出任せですか」

先生の追及は手厳しかった。南さんはムッとしたようだ。

「よろしい。とりあえずアポだけは取ってみましょう。でも、皆さん忙しい方ばかりですからな、当てにしていただいても困りますよ」

「逃げ口上か？」

口を挟んだのは、井村さんだ。

「なんですと？」

南さんは気色《けしき》ばんだ様子で振り返る。井村さんはいかにも皮肉な調子で笑った。

「そう言って逃げるつもりなんだろう。呼んだなんて言って、誰も来やしないんだ。呼べるはずがないからな。そもそも知り合いなんかじゃないんだろう。だいたい、そこの博士とかいうのだって、どこの馬の骨か知れたもんじゃない」

南さんの顔が赤くなった。

「侮辱ですな」

だったら、と聖さんが立ち上がった。

「アポイントメントを取ってくださいよ、南さん。電話番号を教えてくだされば、私が電話してもいいですよ？」

そう言ってから、どこか底意地の悪い感じに笑う。

「それがいい。私が電話します。電話番号を教えてください。失踪《しっそう》したのは、うちの霊媒ですから、私からお願いするのが礼儀ってものでしょう」

「みだりに電話番号を教えるわけにはまいりません」

「では、あなたが電話をかけて、私に代わってください。私から一言お願いをするのが筋ですから」

南さんはすごい形相で立ち上がった。

「侮辱ですな。極めて侮辱的です。お疑いになるのなら、結構。私としても忙しい友人たちを煩わせる気にはなれませんし。私自身は、この事件は独力で解決できると思っておりますのでね」

横で困ったように周囲を見廻していた博士を促す。

「行きましょう。私だけならともかく、博士まで侮辱なさるとは。まったく、不愉快極まりない」

そう捨て台詞《ぜりふ》を残して、南さんは食堂を出ていった。そのあとを助手の三人と博士がついていく。

あとには疑惑が残った。南さんに対する強い疑惑。

あの人を信用してもいいものだろうか？

2

気まずい食事のあと、集まった霊能者たちは厚木さんの捜索をしつつ除霊をするのだと言って邸内に散って行った。あたしたちはいったん、ベースに引き揚げる。

ぼーさんは大きく溜息をついた。

「どこに消えたのかねえ……」

廊下は袋小路で、周囲の部屋のどこにもいない。どこかに抜け道があるのじゃないかと探したけれども、それもない。

むしろ、と安原さんは図面を見つめた。

「問題は、なぜあんなところに行ったのか、じゃないですか？」

「……それもある」

「除霊の途中だったんでしょう？　唐突に持ち場を離れて、家の奥のほうに歩いて行った。しかも、歩いて行く後ろ姿からすると、極めて普通に」

そう……確かに、厚木さんの歩いて行く姿は、本当に自然で普通だった。焦っている様子もない、怯《おび》えている様子もない。さりとて何かを探している様子でもない。ただ、ごく当たり前に、足許を懐中電灯で照らしながら、廊下の奥に向かって歩いて行き、そして曲がった。……それだけだ。

「なんだか似てますよね、最初の失踪者——松沼さんが消えた状況に」

……確かに。松沼さんもごく自然に歩き去って行ったのだ。あまりにも普通だったから、それでかえって周囲が不審を覚えたぐらいで。

ぼーさんは腕を組む。

「共通するのは、行く理由がない、ってことなんだよな。厚木氏の場合、除霊の最中だったんだからさ、本来は持ち場を離れちゃいけないわけだろ。離れるんだったら、聖氏に一声かけて当然だ。それも、持ち場を離れるだけの理由が要る」

……だよな。

安原さんが、

「何か気になることでもあったのか、それとも急にのっぴきならない用を思い出したのか……」

ぼーさんは、ちろりと安原さんを見る。

「また妙なことを言い出すんじゃねえだろうなあ？」

「やだなあ。ちょっと可能性を論じてみただけじゃないですか」

二人のやりとりを、ナルが怪訝《けげん》そうに見ているので、

「鈴木さんが失踪した件で、ちょっとね」と、あたしが言うと、

「そうそう。少年が仮説と称して駄法螺《だぼら》をな」

ぼーさんが笑って、安原さんの珍説を披露する。綾子と真砂子は眼を丸くして聞き入って、そして呆《あき》れたように失笑した。笑わなかったのはナルだ。

「……悪くない」

——はあ？

「あの降霊会が詐術《きじゅつ》であった可能性は排除できない」

「……それ、本気で言ってるの？」

あたしが問うと、

「もちろんだ。——だから言っているだろう、ここに集められた霊能者は、基本的に胡《う》散臭《さんくさ》いんだ」

……それは、まあ……否定しないけど。

「無論、本人たちは大真面目なのかもしれない。先ほど聞いた聖さんの除霊にしても、本人はあれで効果があると確信しているのかもしれないし、それなりに実績だってあるのかもしれない。ただ、そうでない可能性もある、ということだ」

「南さん……とか？」

ナルは首を傾げる。

「も含む。あとは、三橋氏かな」

えーと、井村さんじゃない、もう一人のお爺さんかな？

「そんなに胡散臭かったっけ？」

むしろ、あまり目立たなかったような。

「三橋氏はたしか、秘仙術《ひせんじゅつ》を使うという触れ込みだったはずだ。秘仙術というのが何を意味する言葉なのかは不明だが、本人によれば中国で修行し、才能を見込まれ、昔、霊峰で昇仙した高名な道士が残した秘伝の書を継承したとか」

言って、ナルはちょっと皮肉っぽく笑い、リンさんのほうを見た。

「ところが、顔合わせのとき、リンの名前を聞いたら顔色が変わったな。以来、お得意の中国秘術がまったく出てこない」

……あ。あたしが小声で呟《つぶや》くと、綾子が手を打った。

「そっか。どっかで見た顔だと思ったわ。見覚えはあるのに、思い出せないなあ、と思ってたんだけど、あの怪しげな中国語をやたら使う奴ね。いつもの演出とぜんぜん違うから、思い出せなかったんだわ」

ナルは頷く。

「拙《まず》いと思って演出を変えたんだろう。……ということは、本人も分かってやっている、ということだ」

なーるほど。思って、あたしは無表情のままコンピュータに向かっているリンさんを見た。……そりゃ、不愉快だよなあ。いろんな意味で。

「井村の爺さんも、かなり怪しいしなあ」

ぼーさんが言う。

「そなの？」

「多分な。あの爺さま、古神道と密教の融合、とか言ってんだよな。高野山で修行した真言宗阿《あ》闍梨《じゃり》で、自力で古神道の研究をして独自宗派を立ち上げたって話。んでも、爺さまが経文をあげてるところを耳にしたが、あれは絶対に高野山で覚えたもんじゃない」

「ええ？」

「お経の読み方にもいろいろあんのよ。同じ経典でも節回しが違う、って言い方をすれば分かるか？　地方の寺なんかじゃ訛《なま》ってることもあるし、真言宗でもいろいろと派閥があるが、高野山で修行してあれはない」

……そうなのかあ。なんだかとっても深い世界を覗《のぞ》いた気分だ。

「もちろん、それと拝み屋としての能力は別問題かもしれんが。だが、経歴を詐称してる以上、推して知るべしと思われても仕方ないよな」

だねえ。

ナルも頷き、

「そういう事例がある以上、五十嵐先生の降霊会も、詐術の可能性は否定できない。ただ、録画を見る限り、後半の騒動に関しては仕掛けがあったようには見えないが」

そうなんですか、と安原さんが問いかける。

「問題の赤い文字に関しては、安原さんが言ったような可能性も考えましたが、そこに現物があります。厳密な検査をしたわけではないから断言はできませんが、一通り見た限り、特殊なインクを使ったわけではなさそうです。文字の現れ方も短時間でありすぎる」

「うーん。……そうか」

ナルはリンさんを振り返った。

「音はどうだった？」

「改めてライブラリと対照しましたが、ほとんどが不明音です。少なくとも人間が壁や床を叩いた音とは一致しません」

ナルは頷き、

「テーブルの脚が浮いた件については、誰かがやった可能性は否定できない。同様に、安原さんが指摘した通り、自動書記についても鈴木さんが意図的にやった可能性は残る」

「ただし、最後のあの騒音と赤い文字に関しては、心霊現象の可能性がある、ということですよね」

……そっか。

「真砂子、血の臭いがした、って言ってたもんね。降霊会の途中から」

あたしが言うと、真砂子は頷く。では、霊がいるのは確かなんだろうか。

「でも、真砂子、見えないんだよね？」

真砂子は頷いた。

「ずっと、なんとか気配を辿《たど》ろうとしているのですけど……。なんだか、霊のほうが逃げている感じがします。こちらの眼の届かないところに隠れようとしている感じ、と言えばいいのですかしら。……怯えている――そう、怯えている感じがします。だから、気配を殺して身を潜め、逃げ廻っている……」

言ってから、真砂子は小首を傾げて宙を見つめる。

「ひょっとしたら、あまり強くないのかも。……弱い？」

「それは、霊が、ってこと？」

あたしが訊くと、真砂子は心許なげに頷く。

「気配を追い切れないのは、存在が弱いからなのかもしれませんわ。堅固な心残りや執着のような、強い思念が残っていない……。しかも怯えて逃げ廻っているから捕まえられないのかも……」

「強い思念が残ってないのに、霊として留《とど》まってるの？　でも、前に、霊として残る条件は、強い思念だと聞いたような気がするんだけど」

　あたしはぼーさんとジョンを見る。二人は頷いた。

「弱いのに残ることってあるの？」

「ございますわ。あたくしの経験では、よくあります。一番多いのは、事故死した方の霊ですかしら。よく聞きますでしょ？　本人も死んだことが分かっていない、というような。そういう霊は、死の恐怖やインパクトで存在がこの世に残ってしまっただけで、残って何かをしたいという欲求がないし、それで霊の存在としては弱いのです」

　じゃあ、と綾子が身を乗り出す。

「やっぱり失踪者は事故で死んだってこと？　それが残ってる？」

「かもしれません。――ただ、普通、そういう霊は、実害を与えることができません。それほどの力がないのですわ」

「え？　でも――」

　言いかけた綾子を制して、真砂子は、

「たまたま縁の深い人や、若干なりとも霊能力のある人に見えてしまって気味悪がられることはあっても、現実や人間に対して強い影響を与えることができませんの。ですから、普通は除霊が必要な事態にはならないのです。あたくしのような霊媒が呼ばれて、気になるから視《み》てくれ、と言われるのは、だいたいそういう霊です。祓《はら》ってくれ、と言われることはまずありませんし、あたくしのような人間が祓うまでもなく、そういう霊なら通常の儀式で充分効果を得ることができますわ」

「へええ……」

なるほど、とぼーさんは呟く。

「確かに、俺の仕事相手って、そりゃあもう心残り満載だもんな」

けど、とジョンは首を傾げる。

「せやったら、霊は失踪には無関係、ゆうことになりまへんか？」

真砂子は頷いた。

「失踪した方が、実は事故で亡くなっていて、その霊が留まっている、ということはあるでしょう。けれども、その霊のせいで失踪が連続することは考えられません。ですから、あたくしも弱い霊のことは考慮に入れていなかったのですけど、どうしても姿を捕まえられないのは、弱いからだと考えるしか……」

……ふうむ。

安原さんが、

「降霊会の霊は、『死にたくない』って言ったんですよね。霊が『死にたくない』だなんて、妙な話だなあと思って、だから詐術の可能性を考えたんですけど……じゃあ、あながち『死にたくない』でも可怪しくはないんだ」

　真砂子は無言で頷いた。

「でもって、自動書記で出てきたのは『助けて』でしたよね。あれが本当かどうかは確かじゃありませんけど、本物である可能性もある。原さんの、怯えて逃げ廻っているんじゃないか、という話と考え合わせると、これも変じゃない」

　ですわね、と真砂子は頷いた。

「メッセージとして助けてほしいと訴えている、と言うより、死の恐怖の中に留まった霊の悲鳴なのかもしれませんわ」

　あたしはなんとなく身を竦《すく》めた。……突然の死。血の臭い。恐怖の中に留まった霊が怯えて上げる悲鳴……。なんだかものすごく嫌な感じだ。

　ナルを見ると、難しい顔で考え込んでいる。

「……どう思う？」

　おそるおそる訊いてみると、一つ息を吐いた。

「問題は、その霊が失踪者の霊なのかどうか、ということだろう。失踪者の霊だとすれば、彼らは死んでいるということだ。だとすれば、事故なのかそうでないのか」

　……ああ、うん。

「事故の可能性は否定できない。特に気になるのは、完全な袋小路から厚木さんが消えたことだ。ひょっとしたら、どこかに一見してそうとは分からない隠し扉のようなものがあるのかもしれない。結果、空白のどこかに迷い込んで出られなくなったのかも。あるいは、その際、事故にあった」

「……ええと？」

「たとえばどこかにそれとは分からないように仕込まれたドアがあって、そこから階段のようなものが延びているとする。だが、すでにその階段が腐って落ちている可能性はあるだろう。空白のどこかに迷い込むことが、すなわち事故に繋《つな》がる可能性は高い」

あ、そうか。

「ドアの中に入ることが即、重大な――呼んでも返事ができないような事故に繋がるとすれば、そのドアは二階以上にある可能性が高い。階段、もしくは梯子《はしご》を使うようにしてあったのに、肝心のそれが用をなさなかった」

言って、ナルは二階の図面を広げる。

「厚木さんが消えたのも二階だ。鈴木さんも二階にある寝室から階下の食堂に向かうまでのどこかで消えたことになる」

言いたいことはよーく分かる。

「つまり、二階を徹底的に捜索しろ、ってことよね？」

にへら、と笑うと、ボスの冷ややかな笑みが返ってきた。

「測量の続きもお忘れなく」

3

聖さんたちが除霊をしていた部屋は、二階の東、居住区を少し離れたところにあった。割合に広い長方形の部屋で、飾り棚のような家具が残っている。窓がいくつか並んでいたけれど、そのうちの一つは隣の部屋に向かって開いており、残る窓の向こうには漆喰《しっくい》で仕上げた壁がある。たった一つ、それも両開きの窓の片側だけが、井戸のような中庭に向かっていた。中庭に面した建物は三階建てで、しかもその上に載った屋根も高いから入り込む光はほとんど無きに等しい。

「……どうしてこういう改築をするかなあ」

せっかく両開きの窓なんだから、せめて両方とも開くようにすればいいのに。開くのは片側だけ、もう片側の向こうは煉瓦《れんが》を積んだ壁だ。窓の外は畳を二枚並べた程度の細長い縦穴で、覗き込むと、下には地面が、上には薄曇りの空が見えていた。

「どう考えても、改築のための改築だよな」

ぼーさんは壁の厚みを測りながら言う。ですね、と言ったのは、隣の窓で同じく壁厚を測っていたジョンだ。

「なんぞ目的があって改築したとは思われへんです」

「だよな。明らかにこの部屋は、かつては中庭に面してたわけだろ。その中庭を潰《つぶ》して増築してる。人が住んでて手狭だってんなら、こんな無茶な増築をする意味も分かるが、誰も住んでないうえ、どう考えても手狭なはずがない。しかも、だ。増築するにしても、中庭をたったこれだけ残す意味があるか？　いっそ全部建物で埋めれば良さそうなもんだし、人情として埋めたくなるもんじゃないか？」

「さいですね」

　安原さんも、

「最初に略図を貰ったじゃないですか、大橋さんに。ああいう大雑把《おおざっぱ》な図面が手許にあって、そこにこう——ざっと線を書き込んで、このくらいの広さの部屋をここに造れ、って命じたみたいな感じですよね。ここを造った先代は、増築した結果どんなふうになるのか、ぜんぜん気にしてないし、出来上がった建物を見てもいないんじゃないでしょうか」

だろうなあ。本当に改築のための改築だ。——ウィンチェスター館のように。

「やっぱり何か、理由があったんだよねえ？　動機というか」

「ないはずがない。単に改築だ増築だといっても、この規模は尋常じゃねえ。造作は丁寧だし、金だってかかってら」

　隣の部屋は窓も何もない極端に狭い部屋で、なのになぜか暖炉があった。さらに隣は階段室だ。折れ曲がりながら細い階段が一階から三階へと続いているけど、どこも壁で塞《ふさ》がれていて、昇って降りたらそれで終わりだ。使わないなら階段自体取り壊してしまえば良かろうに。

除霊をしていた部屋から、厚木さんが消えた袋小路一帯というのはそんなふうで、けれどもこれは、奥のほうに比べればまだましなのだ。奥になると、窓を開けたところが隣の部屋の浴室だったり、クローゼットだったりする。ドアを開けたところに手《て》摺《すり》があって、その向こうは階段の途中だったり。一階から二階へ向かう階段が一部だけ残っているのだ。手摺を越えてぶら下がり、階段に降りてみたところで、どこにも行けない。どこにも行けないが、計測だけはしなくてはならない。とっても迷惑。

さらには、どういうわけか天井の高さがあたしの額のあたりまでしかない部屋もある。ドアを開けると下半分が部屋で、上半分は天井裏という出鱈目《でたらめ》さ加減だ。

「……変人という言葉じゃ済まないかも」

あたしが言うと、安原さんも頷いた。

「変わっていると言うより、異常だと言うべきなんだろうね。こんな異常な工事を続けた執念はさらに常軌を逸してる」

……うん。ハンドライトを片手にそれぞれの部屋を計測していると、嫌でも真砂子の言葉が甦《よみがえ》る。怯えて逃げ廻る霊。悲鳴と血の臭い……。

薄ら寒い思いで、数値を図面に書き込んでいると、ジョンが突然声を上げた。

「——どうした？」

ぼーさんが光を向けると、暖炉の前で転びそうになって、慌てて体勢を立て直したジョンの姿が見えた。ジョンはあたしたちのほうを振り向く。

「ここ、床が沈みますです」

……え？

光を当ててジョンが示したあたりをしみじみ見てみた。やたら豪華な暖炉の、そのすぐ前だった。暖炉そのものも、火を入れる火床も濃い灰色の石で出来ている。火床は少し手前に張り出す形になっていたけど、その前の床に、よくよく見ると微《かす》かな段差がある。低い位置から光を当てると、埃《ほこり》に段差ができて線を描いているのが分かった。幅にして六十センチ程度、奥行きにして三十センチ程度だろうか。

「何でしょうね」

安原さんがそのへんの埃をそっと払う。この部屋の床は木製のタイル貼りだ。素材の違う木を組み合わせ、寄せ木細工で模様を描いた三十センチ四方ほどの板を、タイルを貼るようにして敷き延べてある。そのうちの三枚が可怪しい。三枚の周囲に細い隙間があるのだ。よくよく見れば、その三枚には細い枠を廻《めぐ》らせてあるようだ。安原さんが押すと、ぶよぶよと沈む。沈む動きで分かった。これは蓋《ふた》だ。下にどうやら空洞がある。

「腐ってますよ、これ。落ちなくて良かったですね」

そう言って、蓋を押し、端が浮いたところに指をかけて持ち上げた。

蓋の下には金属製の梯子が見えた。それが下の真っ暗な空間に向かって降りている。

「……予言的中」

ぼーさんが呟く。ナルが言っていた通りだ。隠された扉。御丁寧に梯子まで付いてる。

まさに予言通り。

ぼーさんは穴の縁に膝を突いて、下にハンドライトの明かりを向けた。それで分かった。暖炉の下は空洞なんだ。たぶん縦穴になっている。

「明らかに隠し扉だ。……下に部屋があるぜ」

あたしはライトで図面を見る。

「……そこ、前に変だって言ってた壁のあたりじゃないかな。ほら、外側は長方形なのに、部屋の中は正方形だった部屋」

ぼーさんはあたしを振り返った。

「ああ——あの、厚み三メートルの壁か？」

「うん」

ぼーさんは身を乗り出すようにして穴の中を覗き込む。

「隠し部屋だったわけだ。確かに細長い部屋になってる」

言ってから、え、と小声を上げて身を引いた。

「……どしたの？」

いや、と口の中で呟いて、ぼーさんは穴の中とあたしを見比べた。

「今、何か動いた気がしたんだが……」

「まさか——厚木さん？」

肯定も否定もせず、ぼーさんは改めて穴の中を覗き込んだ。あたしも脇から覗き込む。深い縦穴の底に何かがこんもり盛り上がっているのが見えた。

「……誰かがいる？」

「じゃないだろ。布の塊みたいだが、かなり古いもんだ。埃が積もってる」

……そうか。底に向かって梯子が降りているけど、梯子自体もその下の布の山も埃まみれだ。しかも埃には擦《こす》り取られた様子がない。たぶん長い間、ここには誰も立ち入ってないのだ。

「鼠でもいたとか」

あたしが言うとぼーさんは、妙に真面目な顔で、

「いや。もっと大きいように見えた。一瞬、人の足のように見えたんだが」

ぎょっとして、あたしは身を起こした。

「人？」

「黒っぽいズボンの足みたいなのが、奥のほうに歩いていった気がしたんだ。だが、人のはずはない……」

ぼーさんがライトで奥へと照らしていく。埃を被《かぶ》った布の山、その周辺にはごたごたとゴミのようなものが散らばっている。動くものは何も見えない。茶碗《ちゃわん》、小さな箱のようなもの、丸めた布の塊、古風な琺瑯《ほうろう》の洗面器、そんなものが連なる先は染みだらけの壁だ。

「影が動いたせいで、そう見えただけかもしれない」ぼーさんは言って、あたしたちを振り返った。「――降りてみるか。少年、ライトを頼む。上から照らしてくれ」

ハンドライトを安原さんに渡し、身軽に穴の中に降りていった。

「……大丈夫？」

「梯子は傷んでないみたいだ。問題なさそう」

声だけ残して、梯子を降りていく。勇気あるなあ。

「どう？」

「やはり誰もいないな。小さな部屋って感じ」

安原さんがライトで照らしていくので、そこが妙に細長い小部屋になっているのが確認できた。まるで幅広の廊下が封じ込められたかのようだ。

「……ぼーさん、それ、何？」

梯子の下にある布の山を明かりで示すと、ぼーさんが爪先《つまさき》でそれをつつく。

「分からんが、布団みたいだな」

布団？　こんな部屋に？

「ひでえ湿気。この床もやべえや。ぶわぶわしてら」

そう言って、ぼーさんは梯子を昇ってくる。上の部屋に戻ってきたとき、片手に丸まった布のようなものを持っていた。

「何、それ？」

「分からん」

言いながら開いて埃を落とす。周囲にムッとするほど濃い黴《かび》の臭いが広がった。

「コートだな」

厚い布地の丈長の服。確かにコートのように見える。ひっくり返して検《あらた》めていたぼーさんが、ふいに手を止めた。

「名札が縫い留めてある」

安原さんが光を当てた。

襟裏のすっかり変色した白い布に、何か文字が書いてあるのが見て取れた。ライトの明かりでは見にくくて読めない。

「ここじゃ駄目だ。どっか明るいところに持って行ってみよう」

建物の外側の、外部に面した部屋にそれを持って行った。近くの部屋の洗面台で軽く名札の部分を洗う。変色した布に墨で書いたらしい文字がかろうじて読み取れた。

——美山慈善病院　附屬保護施設
「慈善病院？」

……附属保護施設ってことは、病院に附属して、誰かを保護する施設があった、ってことだよねえ？

「この家を建てたの、何さんって言ってたっけ」

もといた部屋に戻りながらぼーさんが訊くと、安原さんが、

「美山、ですよ。美山家です。じゃあ、病院を持っていたんですね」

「のようだな。で、その附属施設の備品が、なんであんなところにあったんだ？」

　あたしが、

「あの部屋は不用なものを投げ込む納戸みたいなものだった、とか？」

「出入口はあの蓋だけだったみたいだぜ。それで納戸として役に立つか？」

「立たないか……。じゃあ、使用人部屋？」

　布団があったみたいだし。

「使用人をこんなところから出入りさせるか？」

　あたしは、広々とした部屋と、暖炉の前の穴を見比べた。部屋の内装は屋敷の中でも特に豪華な部類だと思う。

「……しないね」

　しかも、蓋は明らかに隠し扉になっていたし。

　安原さんも首をひねる。

「手持ちのデータを素直に解釈するなら、この家が附属保護施設だったってことなんじゃないですか？　すると、こんなに大きい理由は分かりますよね」

「保護した人間を、こんなところに住まわせるかの？　誰かが住んでいたんだと思うぜ。布団だけでなく、棚やら食器やら最低限の生活用品があるようだった」

「普通、人間の住む空間じゃないとは思いますけど……」安原さんが言って、釈然としないように小首を傾げた。「これじゃあ、保護っていうより、監禁ですよね」

あたしたちは取り急ぎベースに戻って、事の顚末《てんまつ》をナルに報告した。ナルはひどく嫌な顔をした。

「やはり隠し部屋か……厄介だな」

まったくだ……。

「問題のコートは？」

「これ。——汚れるよ」

ナルは構わず、真っ白な手でコートを受け取る。襟許を探って名札を見る。ついでにポケットなんかを検め始めた。何度もひっくり返してから、

「ここに何かある」

コートの内ポケットだった。薄いものを引っ張り出した。

それは折り畳んだ紙片に見えた。ナルがそっとボロボロになったそれを開く。

「おい、これ……」

ぼーさんが身を乗り出した。

それはすっかり黴か何かで黒ずんでしまっていたけど、それでも印刷された模様の断片から、紙幣だと分かった。たぶん、古い紙幣だ。ナルが窓に向けて陽に透かす。

「文字が書いてある」

そう言って紙幣をぼーさんに渡した。ぼーさんはそれを受け取り、同じように陽に透かしてみる。あたしも脇から覗き込んでみた。紙幣は黴で黒い斑《まだら》になっていたけれど、こうして陽に透かすと汚れの下にある模様が浮かび上がって見える。紙幣の縁にあたる細い空白には細かな文字が並んでいた。いくつかの文字が読み取れる。もとは二行の文章だったようだ。切れ切れの文字を左右へ順に拾っていくと、

「よ、げ、く、聞、た、さ、に、浦、る、居、死、皆、は、来、処……」

「意味不明」

あたしとぼーさんは思わず顔を見合わせた。

ナルはひどく暗い眼をしていた。

「……なんのためにこんなことを……？」

誰が、なんのために？

二つの文字が印象に残った。——『死』と『皆』。

4

日没まで計測をして、疲れ果てて食堂に行くと、そこは険悪な雰囲気だった。どうやら三橋さんと聖さんが衝突したらしい。五十嵐先生によれば、そもそも三橋さんが大橋さんに妙なことを言ったのが原因だとか。

「妙なこと、ですか？」

安原さんが訊くと、五十嵐先生は不快そうに、テーブルの端っこにいる三橋さんを見た。怪しげな秘仙術とやらを使うという三橋さんは、とりあえずどうってことのない着物に袴《はかま》という、年配の霊能者っぽいコスチュームで苦々しげな表情をしていた。

「大橋さんが、厚木さんが消えたことを気になさっていて。聖さんに申し訳ない、というようなことを仰《おっしゃ》ったのですわ。そうしたら……」

五十嵐先生は言葉を濁す。安原さんのほうへ身体を寄せて、小声で言ったのによると、三橋さんが、厚木さんが消えたのは聖さんの指示によるもので、何かを演出しようとしている（だから気にすることはない）と断じたことが原因らしい。それをたまたま食堂にやってきた聖さんが聞いてしまった、というわけだ。

……なるほど、五十嵐先生も不快そうなはずだ。助手の鈴木さんが消えたままだし。

やったやらないの押し問答から、演出ではなく本当に消えたのであれば、それは聖さんに助手を守るほどの霊能力すらないことの証明だと三橋さんは言い、誰も除霊できていないということなのだから、この場の霊能者全員が無能だということの証明だ、と聖さんが返して、そこからは聞くに堪えない罵倒《ばとう》合戦になったようだ。

……そんな言い争いをしてる場合かなあ。

げんなりしてベースに戻ると、所長からは、いっかな消えない空白部分について問い質《ただ》され。現実に隠し部屋があったのだから、それらも隠し部屋だろうと言えば、それにしては数が多すぎると怒られる。

「これほどの数の隠し部屋が、なぜ必要なんだ？」

「そんなの、造った人に訊いて」

確かに、青い間隙《かんげき》は図面上の至る所に点在している。でも、ちゃんと測ったらそうなったんだから、仕方ないぢゃん。

「この小さい空白は？　およそ部屋としては用をなさないだろう」

「それは本当に空洞なんじゃねえかなあ」

ぼーさんが助け船を出してくれた。

「あっちからもこっちからも増築して、結果として壁に囲まれる形でできた何でもない空間なんだと思うぜ。実際、三階にも幾つかあるじゃん」

そう言ったのは、本日、三階の測量を担当したのが、ナルとリンさん、真砂子に綾子のチームだからだ。

「そりゃ、測量が完全にノーミスだってわけには行かないだろーし、依然として大半の壁厚は不明だから、その図面だって正確なもんとは言い難いだろうさ。だが、ここはそもそもそういう家だってことは呑み込まないとしょうがない」

「そういう家？」

ぼーさんは頷いた。

「まず、ここで行なわれた増改築には、なんの整合性もない。思いつくまま出鱈目に増改築を繰り返してる。妙な間取りになろうが空白ができようが、一切、お構いなしだ。改築することで家をどうこうしようなんてえ意図は、たぶん端《はな》からない。とにかく改築のための改築を行なった、ってことだ」

んだんだ。

「ただし、その出鱈目に行なった改築で造られたと考えるには、今日見つけた隠し部屋は良く出来すぎてら。特に隠し扉は、明らかに隠す意図で造られたんだろ。暖炉の前だし、敷物一枚でも被《かぶ》せとけば、まず見つからないからさ。たとえ、そこに蓋らしきものがあると分かっても、開けてみない限りは通路だとは思わないよな。肝心の蓋がこんなもんなんだから」

ぼーさんは手で大きさを示した。……そうなんだよな。大きさからイメージされるのは、よく台所なんかで見かける床下収納で（二階だけど）、なおかつ一般に見かけるあれより二回りほど小さい。どう考えても物入れとしか思えないサイズだ。

「蓋を開けてみれば、暖炉の下まで刳《く》り込んであるから立派に通路として用をなすことが分かるわけだが。これは絶対に出鱈目な造作なんかじゃない。改築でできてしまった空洞を利用したとかじゃなく、最初からどうやって隠すか周到に考えて造ったもんだ。隠し部屋と出鱈目な空洞が混在してる。——ひょっとしたら、それこそが改築の理由なのかもしれんが」

ナルはちょっと眉をひそめる。

「隠し部屋の存在をカモフラージュするために、出鱈目な改築を行なった？」

「……っていう気が、今日はしたけど。家自体があまりに出鱈目だから、多少妙な箇所があっても気づかれにくい」

「しかし、それでは動機の問題は解決しない。なぜこんな改築を行なったのか、というところから、なぜそうまでして隠し部屋を用意しようとしたのか、というところにスライドするだけだ」

「それはそうなんだけどさ」

ぼーさんは頭を掻《か》く。

全員が考え込んだとき、小さな音で窓が叩かれた。

誰もがハッと窓を振り返ると、そこに森さんが顔を覗かせて手を振っていた。

「まどか！　……あれほど、危険だから近づくなと」

窓を開けながら、ナルは厳しい声を出した。対して、森さんが手を挙げる。

「ストップ。とりあえず、中に入れて？」

ナルはめいっぱい不快そうな顔で森さんを引き上げた。トン、と中に入って来た森さんは、こんばんは、などと言って、屈託なく笑った。

「来るなと言ったはずだ。どんな危険があるか」

分からない、と言いたかったのだろう。それを森さんは遮った。

「危険はないから来たのよ。私は、ナルほどお馬鹿じゃありません」

……お馬鹿。ナルに向かって。勇気あるなあ。

椅子に坐った森さんは、コンビニの袋の中から缶コーヒーを引っ張り出して、あたしたちに配ってくれた。

「……それで？」

ナルが冷えきった眼で見おろすと、コーヒーのリングプルをカリカリやってた森さんは、缶をナルに突きつけた。

「開けて」

苦虫を噛《か》み潰したような顔でナルが缶を開ける。それを森さんに突き返して、

「どうして危険がないんだ？」

森さんはぜんぜん悪びれたところがない。

「ここ、子供の遊び場なのよ」

「……なんだって？」

「だから、この家の前庭って広い草っ原になってるでしょ？　それで子供が遊びに来るらしいのよね」

と、にっこり。

「川に沿って広い道が通ってるじゃない。ここに入ってくるちょっと手前、あの道の下に集落があったの覚えてない？　あの集落の子が、秘密の遊び場として使ってるの」

言って、森さんはさも楽しそうに笑った。

「最初は秘密の特訓場だったんですって。野球とかサッカーの試合をする前に、相手チームには秘密にして、こっそり練習をするのね。最近、子供の遊び場って管理が厳しいんでしょ？　公園は球技を禁じてたりするし、学校のグラウンドだって好き放題には使わせてもらえないし。昔は神社の境内とか休耕地とか、遊び場がいっぱいあったんだけど、最近は自由に出入りさせてもらえないんですって。だから、野球やサッカーをしようと思うと、保護者を通じて学校にグラウンドの使用許可を取るか、もっと下の市民グラウンドまでバスで行かないといけないの。ところが、手近に秘密の広場があった、ってわけ」

　森さんは言って、一息をつく。

「集落の大人は、子供がこの山に近づくのを嫌がるようなのね。それで秘密なの。近いと言っても山の上だし、真冬にはとても近づけないから常に使っていたというわけではないんだけど、結構な頻度で遊びに来ていたみたいよ。さすがに、失踪事件があったんで、このところはやめてるみたいだけどね。もちろん、それで行方不明になった子なんていないの。怖い経験をした子もいない。子供たちが一番怖いのは、遊んでるのを見つかって叱られること。だから、庭まではそんなに危険じゃないのよ」

　そう言ってから森さんは肩を竦める。

「もっとも子供たちは、家の中には入らないことにしてたみたいだけど。べつに具体的な話を聞いたわけじゃなくても、どうしても外見から、幽霊屋敷だって話になるみたいね。興味を抱いても、窓までは高くて、子供ではちょっと手も届かないし、忍び込んで見つかったりしたら、庭で遊ぶことの比じゃなく叱られることは確実。しかも他人の家だし、やたら立派だし、崩れかけてると言うほど酷《ひど》い状態でもないから、警報装置ぐらい付いてるんじゃないか、って。それで、せいぜい窓から部屋の中を覗き込んで、終わりだったみたい」

どうだ、というふうに森さんはナルの顔を見た。

「つまり、危険なのはこの家なの。家の外は大丈夫なのよ」

「それは昼間の話だろう」

「あら、消防団の吉川青年が消えたのは昼間の話だわ。第一、ゴーストハントに多少の危険はつきものよ。曰《いわ》くつきの家に泊まり込むほど危険なことはしてないもん」

……その通りです。

「……それで？」

憮然《ぶぜん》とした様子でナルが訊くと、森さんはきょとんとした。

「それで？」

「まさか、僕らの顔を見に来たわけじゃないんだろう？」

「あ、そうそう」と、森さんは小さく手を叩いた。セーターの下からノートを引っ張り出して、「ええと、まず鈴木さん」

森さんはノートを開く。

「この下の道ってバスが時々通るだけなのね。流しのタクシーはまず通らないし、その他の公共交通機関は存在しない。それで、バス会社とタクシー会社に問い合わせてみたわけ。この家を出たんだったら、どっちかを使ったと思うのね。自ら歩いてバス停まで行ってバスに乗ったか、電話ボックスまで行ってタクシーを呼んだか。まあ、ヒッチハイクって手もないではないけど」そう言いながらページを繰る。「問い合わせた結果、そういう人物を乗せたバスもタクシーもないみたい。道を歩いてる姿を見かけた、という話もないようよ。このへんの道って、基本的に土地の人しか使わないから、歩いていれば目立ったんじゃないかって話だけど。道で余所者《よそもの》の女性を拾ったって話もないようね。時間から言って、拾ったとすれば、仕事で出て行く下の集落の人、って話になるんだけど、集落の中では、そんな噂はなかったわ。見慣れない他府県ナンバーの車が山に出入りしてるようだって噂ならあったけど」

あたしたちは思わず苦笑する。

「夜中なら、諏訪のほうからドライブに来る若者もいるけど、昼間はあまり多くないようだし、やっぱり、この家から出てないんじゃないかな」

「だろうな……」

ナルが言ったのに、首を傾げて、

「あれ？　ひょっとして、また何かあった？」

「また霊能者が消えたんだ。今朝——というか、昨日の真夜中に」

「まあ」と、森さんは口許を押さえた。「……ねえ、私のことを心配してる場合じゃないんじゃない？　あなたたちこそ大丈夫？」

「充分気をつけてる」

そう、と森さんは言ったけれど、その表情は疑わしげだ。

「……ならいいけど。ええと、次は失踪事件ね」森さんは難しい顔だった。「これがねえ、いくら探しても具体的な話が出てこないのよね。ここを改築していた業者が消えたとか、管理人が消えたとかいう話もあるようだけど、全部噂の域を出ない。不吉な場所だと言われる理由も不明だけど、やっぱり変な家だから、というのが正確なところじゃないかな」

言って、森さんはノートに挟んであった書き付けをナルに差し出した。

「いちおう、ここに纏《まと》めてあるけど。とりあえず説明すると、まず、この家はそもそも、もと首相夫人の実家——美山家の持ち物だったのね。美山家は古くからこの地方に住んでいた素封家で、夫人はその長女。女ばかりの三人姉妹だったんですって。地方の旧家はそういう場合、婿養子を取って家を継がせるわけだけど、美山家はそれをしていない。娘は三人ともお嫁に出て、実質、美山家というのはもうないのね。最後の当主が、夫人の父親である美山宏幸氏。繊維業、精密工業なんかで著名な実業家だったそう。本人は政治向きとは無縁だったけれども、何しろ旧家で財産家だから、地方の名士ね。相当、このあたりでは顔が利いたみたい。その縁で夫人は戦後、もと首相と結婚、美山宏幸氏が十四年前に亡くなると、美山家の財産は夫人が相続——つまり実質、もと首相が受け継いだわけ。その財産の中にあったのがこの建物」

……ほえー。

「美山宏幸氏はとても目端の利く辣腕《らつわん》家だったそうよ。現在の美山家の財産はほとんど宏幸氏が一代で築いた」

「代々、財産家だったのでは？」

「もともと財産家だったのよ。ところが、宏幸氏の父親の代で、その財産は土地を残してあらかた消えてしまっていた。父親は美山鉦幸《かねゆき》といって、慈善事業に力を尽くした篤《とく》志《し》家だったのだけど、なにしろ名家のお坊ちゃまだし、事業家としての経営手腕はあまりなかったのかもね。宏幸氏が家を継いだのは戦争直前で、戦中には家財を売って食いつなぐような状況だったみたい。頼りの土地も戦後にほとんど失ったし、宏幸氏は自力で事業を立ち上げなきゃいけなかった。そこから有名な実業家になったというわけ。事業家としては極めて有能——ただし、かなりの変人だった」

「……この建物？」

「そう。宏幸氏は、旧家の当主にしては珍しく、すごく『家』に対して冷淡な人だったようね。だから娘だって婿を取らずにあっさり嫁に出した。家名を残すことに拘《こだわ》らない——と言うより、むしろ『美山家』を嫌っていたようなの。親族ともほとんど付き合わない。ほぼ絶縁状態だったみたいね。この土地で生まれて、ここで育って、いったんは東京の大学に出たけれども、ここに戻って家を継いだ。ここで事業を立ち上げて、ひとかどの人物になったわけだけど、すると住まいは東京に移して帰ってこない。諏訪市内に本邸があるんだけど、そこだって他人任せにして放りっぱなし。そのくせ、この山荘だけは自分で管理して、毎年のように増改築をさせていた。なのに、ここに住んだことはないし、ほとんど訪ねてきたこともない」

「そりゃ、確かに変わってる……」

ぼーさんがしみじみと言った。

「でしょ？　ただ、この家のことを除けば、ごく当たり前の立志伝中の人物って感じだったみたいよ。家に対しては冷淡だったけど、妙な拘りがなくてさばけてた、とも言える。生まれた時代を考えると変わっているけど、進んでるとも言えるわけで。けれども、この家のことだけは周囲も理解できなかったし、宏幸氏も一切説明をしなかった。だから変人と言われているわけね」

「なるほどなあ……」

うーむ？　宏幸氏は何を考えておったのだろう。

ぼーさんが、

「そだ。宏幸氏の持っていた事業の中に建設業は？」

森さんは首を傾け、ノートを繰った。

「ないみたい。……どうして？」

「いや。あまりに改築のための改築っぽいから。仕事を作って自分ちの職人を食わせようとしたんじゃないかって説があって」

「それはないんじゃないかしら。宏幸氏は常にこの建物に手を入れていたのだけど、実際に工事を請け負っていたのは、必ず他府県の業者だったようよ。地元の業者が使われたことは一度もないんですって。しかも、ほぼ半年ごとに業者が替わってた」

「なんだってまた……」

「さあねえ。――これは想像になるんだけど、よほどこの家のことに首を突っ込まれたくなかったんじゃないかしら。業者は半年ごとに替えるし、その業者も全国津々浦々から呼んできていて、しかも遠方の業者が多かったみたい。さりとて全国規模の大きな業者に任せるわけではない。実際の作業も、宏幸氏が指示して、業者は今自分たちがやっている工事のことしか把握していなかったし、その他の部分には立ち入ったり手を入れたりしないよう、厳しく言ってあったようなの。宏幸氏が死んだあとに撤去されたけど、この家のそばにプレハブの建物があって、作業員は基本的に、そこに寝泊まりさせてた。家の中を探らない、地元の人と接触しない、というのが工事を請け負う条件だったそうよ」

　はああ？

「接触するなと言われても、食事や買い物には行くわけだし、憂さ晴らしのために遊ぶことだって必要よね。だから、そういう人たちが出入りして作業してたことは、地元の人も記憶していたの。そうすれば、情報だって完全には遮断できない。とにかく妙な工事で、訳が分からない、というのは作業員が口を揃えて言っていたことのようね」

「だろうな……」

「ただ、半年で去っていくわけだし、肝心の業者も工事の全体像を良く分かってない。なんだか変だ、奇妙な家だという話だけが伝わって、具体的な内容は伝わらない。宏幸氏自身は地元にいないし、地元の人にとってはもはや見知らぬ人よね。ここはそもそも父親の鉦幸氏が山荘として建てたもので、本邸は別にあったから、もともと地元の人には関係のない建物なわけ。だから、地元の人のほとんどにとって、この家はもう存在しない家なの。家があったことさえ、ややもすれば忘れられてる。それで、山奥に巨大な廃屋があるらしい、なんていう怪談になったんだと思うわよ。それだけ、地元の人にとってはリアリティがないのね」

なるほどなあ。感心してると、森さんはちょっと渋い顔をした。

「……つまり、宏幸氏の取った戦略は成功したってことだと思うの。たぶん、宏幸氏はこの家を見えない家にしたかったんじゃないかな。地元の業者を使えば、いつまでも噂の種になって忘れてもらえない。だからわざわざ遠方から業者を呼んできて、半年ごとに替えて、そうやってこの家を幻みたいな有耶無耶《うやむや》な存在にしてしまったんだと思うの。おかげで、人が消えるらしい、とか、もともと幽霊屋敷だったらしいとか、曖昧《あいまい》な噂しか残っていない。きっと噂のもとになる出来事があったんだと思うのだけど、そういうのが語り継がれず途切れてしまってる」

ナルも難しい顔をする。

「解せない話だな……。自分では住まなかった、滅多《めった》に足を踏み入れることもなかったというから、宏幸氏はこの家を忌避していたんだろう。だったら手放せば良さそうなものを、それはしなかった。取り壊すことも、単純に放置しておくこともしていない。なぜか莫大《ばくだい》な費用と手間をかけて増改築を繰り返した……」

安原さんが口を挟んだ。

「さっきの話が説得力、あるんじゃないですか？　隠し部屋の存在をカモフラージュするために増改築を繰り返した、ってやつ」

「隠し部屋？」森さんはきょとんとする。「そんなものまであるの？」

「あったんです。——そうだ、宏幸氏の事業の中に、病院はありませんでしたか？」

森さんは驚いたようにして、

「あったわ。でも、それ、父親のほうよ。鉦幸氏」

へっ？

「篤志家だったって言ったでしょ？　鉦幸氏の建てたのが美山慈善病院。市街地の外れにあった、当時にしては結構大きな病院ね」

「そこに、附属の保護施設は？」

「あったわ。どうして知ってるの？　患者の家族や、入院するほどの容態ではない療養者、病気は完治したものの日常生活に不自由がある人、そういう人たちを収容していたかなり大きな施設だったって」

「それは、病院の近くにあったんですか？」

「同じ敷地内と聞いているわ。相当数の介助者がいてね、すごくサービスのいいところだったみたい。施設に入るのは無料で、食費も無料。収入がない人には生活必需品の支給まであったらしいの。その施設にいれば、衣食住の心配はいらないってわけね」

　おお、なんと親切な。

「その代わり、働ける人には病院の掃除や雑用、敷地内の整備なんかを手伝わせていたらしいけど。これは、鉦幸氏が別の場所に持っていた孤児院や救貧院でも同様のシステムだったみたい。鉦幸氏が財産の大半をなくしたのは昭和四年の恐慌のせいなんだけど、それ以前にも、この大盤振る舞いの慈善事業で相当の額の財産を食い潰していたみたいね。宏幸氏が家を継ぐ頃には、慈善事業のほうも全部手放してしまって、一つも残らなかった」

　ふうむ、言うなれば慈善貧乏というやつだろうか。なんと奇特な。

　安原さんも、

「昔はそういう資産家もいたんですねえ」

　そう感心したように言ったけど、森さんは釈然としない様子だった。

「のわりに、美山家のことを訊くと、みんな口が重いのよねえ。変人で有名な宏幸氏だけじゃなく、鉦幸氏のこともそう。あまり篤志家として慕われている、という感じではなかったみたい。慈善で財産を食い潰した変人、ぐらいに思われているのかもね」

……ふうむ。変なの。

んでも、一つだけ確かなことがある。隠し部屋から出てきたコートは、その附属施設にいた人のものだったんだ。たぶん、そこで支給されたコートなんだろう。だけど、そのコートがなんであんなところにあったんだろう？　そして、文字が書かれた紙幣。支給されたコートを着ていたくらいなんだし、決して豊かな人ではなかったろうに、なぜお札をメモ帳代わりにしようなんて思いついたんだろう？

「意外に鉦幸氏のほうが問題なのかもしれないな……」

ナルが言って、みんなは怪訝そうにナルを見た。

「隠し部屋の中から附属施設支給のコートが出てきた。ということは、隠し部屋が造られたのは、まだ附属施設が存在していた時代だ。つまり、この家が鉦幸氏の山荘だった時代ということになる」

あ、そうか。

「じゃあ、隠し部屋を造ったのは鉦幸氏？」

ぼーさんの問いに、

「かもしれない。それを隠すために、宏幸氏は改築を行なった……？」

ナルは言ったけど、自分でも釈然としないような口ぶりだった。

森さんは、

「なんだか意味深ね。美山親子については、もうちょっと調べてみる。古い話も、なんとか掘り起こせないか努力してみるわ」

ぱたん、とノートを閉じた森さんに、

「まどか」

ナルは何かを言いかけたが（おそらく、来るんじゃない、と言いたかったのだろう）、それよりも森さんが指を突きつけるほうが早かった。

「私に説教をするより、自分たちの安全のほうに気を配ること。家の外より中のほうが確実に危険なんだから」

ナルは苦々しげに口を噤《つぐ》んだ。——今回も、森さんの勝ち。

5

翌日は、誰からも起こされることなく目が覚めた。身支度してベースに行って、指示をもらう。カメラの記録メディアとバッテリーの交換。それを全部済ませ、綾子たちが起きてきて集まる頃になっても、誰かが消えた、などという不吉な話は飛び込んでこなかった。ひょっとしたら、昨夜はうちばかりでなく、他の人たちも早々に部屋に引っ込んだせいかもしれない。いつもは、ほぼ夜通し邸内をうろついている人たちが、食事のあとには部屋に引き籠《こ》もっているらしい気配があった。

朝食を済ませる頃になっても、霊能者様御一同の姿が見えない。食堂に入ったとき、あたしたち三橋さんと井村さんがいて、こっそり話をしていたぐらいだ。しかも二人は、あたしたちの姿を見ると、慌てたように出て行ってしまった。ただ、二人があたしたちに気づく前、「先に帰ってあとから何かあったら立場がない」と言っているのが耳に入った。

「たぶん、帰りたいんでしょうねえ……」

二人が出て行ったのを見送ってから、安原さんが小声で言う。

「そだね、失踪者が二名、だもんね」

「除霊しないとリタイアしたことになっちゃうし、そうすると成功報酬も飛んでしまう。除霊した、なんて適当なことを言って帰る手もあるけど、それでそのあと何かがあったり、別の誰かに除霊されちゃうと立場がないよね。下手したらリタイア扱いになっちゃうし」

……なるほどなあ。大人の世界だなあ。

「だから、帰りたくても帰れないわけだ……」

きっと大人なりに深刻な葛藤《かっとう》があるんだろうけど、気楽なもんだ、という気がするのはナゼかしら。

朝食を終えて一服して、ベースに戻ると、ちょうど大橋さんがやって来たところだった。大橋さんは、安原さんを見るなり、

「お呼びと伺いましたが……」

そう言った。そうか、大橋さんにとっては依然として安原さんが「所長の渋谷さん」なんだよな。だがきっと、大橋さんを呼んだのは、本物の「所長の渋谷さん」のほうであろう。そこのところを察したのか、安原さんは笑って中を示す。

「そうです。——どうぞ」

ドアを開けると、ナルが顔を上げた。

「鳴海くん、大橋さんが来てくださったよ」言って、大橋さんを振り返る。「すみません。鳴海くんが、ぜひと言うので」

白々しく言って、自分はもっともらしく奥の席で書類の束を手に取る。ナルが大橋さんに椅子を勧めた。

「お手数をかけます。改めてお訊きしたいことがあったので」

「はい。——何なりと」

「まず、これを見ていただきたいのですが」

ナルは言って、図面を示した。ほう、と大橋さんが感心したような声を上げた。

「これは——この建物ですか？」

「そうです。大橋さんが最初に、複雑な構造になっている、と仰っていましたが、事実、たいへん複雑な建物です。増改築によって複雑になったことは分かるのですが、そもそも増改築を行なった意図が分からない。宏幸氏は、どうして住みもしない家にこれほどの改築を行なったのでしょう」

「さあ……、あいにく私では……」

「御家族はいかがでしょう。改築をどう捉えておられたのですか？　意図について質問したり意見したりすることはなかったのでしょうか」

　大橋さんは少し考え込むようにしてから、

「奥さまは、持病だという言い方をなさっておいででした。先生もそう心得ておられたのだと思います。特に理由をお尋ねになったり、意見を申し上げたことはないと思います。そもそも御実家に、このことには触れない、という空気がございましたから。先代は、この件に触れられることや、興味を抱かれることを嫌っていらしたように思います。なんでもない話題として出るぶんには、多少なりとも受け答えをなさっておいででしたが、少しでも詮索《せんさく》めいた雰囲気になると、むっとしたように黙り込んでしまわれるのです」

　……徹底してる。

「奥さまは一度もこちらに来られたことがないのですね？　他の御家族はどうだったのでしょう」

「どなたもお見えになったことはないと存じます。先代は、その——少し迷信深いところがおありだったようで、この屋敷を縁起の悪い建物だとお考えだったようなのです。御自身が御利用にならなかったのはもちろん、御家族や周囲の方々にも近寄ってはならないと仰っておいでだったとか。そればかりか、御自身の死後は、くれぐれもこの建物には手を触れぬように、朽ちるに任せておけ、との御遺言だったそうです」

大橋さんは言ってから、ふと思い出したように、

「そう言えば……ずっと以前、坊ちゃまが——先生の息子さんがお小さかった頃、そんな話をしておいででした。どういう話の流れだったかは覚えておりませんが、たしか、『お化けが出るから出ないようにするんだ』と。だから決して足を踏み入れてはいけない、と仰っていました」

ナルは眉をひそめ、

「化け物が出るから、出ないように工事をしている、ということでしょうか。化け物が出るから足を踏み入れてはいけない、と？」

大橋さんは頷いた。

「そういう意味だったと存じます。そのときは、『お化け』を持ち出して坊ちゃまを脅されたのだろう、と思ったのですが」

……でも、単なる脅しではなかったのかもしれない。宏幸氏はここに霊がいることを知っていた？

「以前話を伺ったとき、工事の作業員が消えた——というようなことを言っておられたと思うのですが」

「はい。そういうことがあったらしい、と小耳に挟んだことがございます」

「具体的なことは分かりませんか？」

大橋さんは首を横に振った。

「あいにくと——。ずいぶん以前のことだと聞いたのは確かですが。先代の頃の話なのか、先々代の頃の話なのかもよく覚えていません。とにかく、工事をしていた作業員が消えてしまったことがある、と。……そうですね、そのときに、ここには幽霊が出るのだ、その祟《たた》りだと聞いたような気がいたします。あそこはそういう家なのだ、と」

ナルはしきりに水を向けたが、大橋さんもそれ以上は思い出せないようだった。いつ誰からどういうシチュエーションで聞いたのかすら、記憶が曖昧らしい。

「この家は、先代のお父さま——鉦幸氏が建てたのですね？　鉦幸氏はこちらにお住まいだったのですか？」

「はい。もともとは山荘でございましたが、晩年はずっとこちらに。お身体がお悪かったと聞いておりますので、療養なさっておいでだったのではないでしょうか。御家族は諏訪市内の本邸に置いて、使用人とお住まいだったようです」

「先々代の頃に作業員が消えたとすると、建設時の話でしょうか」

「それはなんとも……。先々代も、よく建物に手を入れてらしたそうなので。こちらは普請道楽と申しましょうか。決して大規模ではないのですが、ここの使い勝手が悪いとか、あちらのデザインが気に入らないとかでよく工事をなさっていたそうで、そのために抱えの職人をお持ちだったようです」

「本邸なども？」

大橋さんは、何かに思い至ったように小声を上げた。

「いえ――。そうですね、本邸に頻繁に手を入れておられた、という話は聞いたことがございません。先代同様、この建物に限った話だったと思います」

……ふうむ？　なんだろうな？　親子二代に亘《わた》り、この建物に普通以上の拘りがあったのだろう、とは分かるものの。

「宏幸氏は、その当時から、まったくこちらにいらっしゃらなかったのですか？」

「先々代がおられた頃には、当然、滞在されたことぐらいはおありだったのではないでしょうか。ただ、基本的には、先々代が御存命の頃は先々代だけが、亡くなられてからは管理人だけが住んでおりました」

「その管理人というのは？」

「名前は失念いたしました。先代がこの屋敷を管理するために置いたようでございます。もともとは本邸に勤めていた古い使用人だったとか。屋敷の脇にある平屋の建物、あそこに老夫婦二人で暮らしていたようです。基本的には屋敷の管理と、工事の監督が仕事だったようで、先代が亡くなられて以後も、遺言で管理を任されておりました」

「その方は今は？」

それが、と大橋さんは口籠もった。

「いつの間にか姿が消えておりまして……」

ナルは軽く眼を眇《すが》める。

「――失踪、ですか？」

「それもよく分からないのです。先代が亡くなられてからは、連絡を取る者もおりませんでしたから。必要があって連絡を取ろうとした際、ようやくいなくなったことに気づいた、という有様でございまして」

大橋さんによれば、連絡がつかないことを訝《いぶか》しんで人をやってみると、住居は無人で、しかも少なからぬ期間、無人のまま放置されていた様子だった。荷物から衣類、食料品に至るまで残されていたようだが、それが家財の全てなのか、それとも必要なものを持ち出したあとに残されたものなのかは分からなかった。とにかく警察に届け出て、警察も事件の可能性を疑ってしばらくの間捜査をしたが、結局、何が起こったのかは判然としなかったらしい。少なくとも三ヵ月から半年程度、住居には人が住んでいなかったようだと分かっただけだった。

「管理人に御家族や縁者は」

「おりません。そもそも夫婦二人きりで、奥さんのほうは先代が亡くなる前年に亡くなっております。当時はもう、管理人が独り住まいだったのです。親しい者もいなかったようで、先代が亡くなられてから管理人がどういう生活をしていたのか、知っている人間がいないのでございます。買い物などで山を下りても、ほとんど他人と口を利かなかったらしく、ずいぶんと偏屈な変わり者だったと聞いております。しかもそれが先代が亡くなってから、いっそうひどくなっていたという話で……どこか挙動が可怪《おか》しかったという話もありまして、かなりの高齢でもございましたし、呆《ぼ》けが始まっていたのじゃないかという説もございました」

大橋さんは言って、

「管理人には月々の手当が出ておりましたが、ある時期から、手当には一切、手を付けていなかったようなのでございます。奥さんが亡くなられて以後、まったく預金を引き出した形跡がなかったとかで……」

「それでどうやって生活していたのでしょう？」

「別に蓄えがあったのだと思うのですが。光熱費などは当家のほうで支払っておりましたし、必要になるのは日々の食費や雑費だけですから。だとしても、まったく手当に手を付けないというのは、少し異常でございますし、その頃からどこか可怪しかったのではないかと」

……ふうむ。お年寄りが、奥さんに先立たれて呆けちゃう、というのは聞かない話ではないもんなあ。

ナルはしばらく難しい顔で考え込んでから、

「鈴木さんと厚木さん——すでに二人の人物が消えていますね？」

はい、と大橋さんは視線を落とした。

「まだ警察へは届け出がなされていないようですが、これについて、大橋さんや御主人はどう考えておられるのでしょう」

大橋さんはさらに俯《うつむ》いた。

「苦慮しております。……自分の意思で出て行ったのだろう、と仰る方もおられますし、常識的に考えるなら、邸内にはおられないようなので、逃げ出したということになるのでしょう。ですが……」

「そうとは思えない？」

大橋さんは頷いた。

「二月の事件に続いてのことでございますから……」

だったら、警察に届け出て、捜索なり何なりしてもらうべきではないだろうか。五十嵐先生は警察に届け出るのは待ってくれと言われた、というようなことを話していた。妙なことで話題になりたくない、というのは分かるけど、いくらなんでも自分本位にすぎるんじゃあ。

大橋さんは本当に困ったように肩を落とした。

「正直申し上げて……たいへんに悩んでおります。鈴木さん一人ならともかく、厚木さんまで姿が見えなくなって、それで御両人とも自分の意思で出て行かれたのだと考えるのは、少し虫が良すぎるように思います。二月の事件もございますし、同様の失踪だと考えるのが、最も理に適《かな》っているかと存じます。ただ……」

「あくまでも秘密裏に処理したい？」

ナルの口調には少しばかり棘《とげ》がある。大橋さんは顔を上げた。

「……こればかりは御理解いただきたいのですが。消えた全員が失踪したにせよ、当家が何かをしたわけではございません。たとえばここが公に開放された建物で、建物に何らかの不備があって人が消えたのでしたら、当方の管理責任を問われることも致し方ないと存じます。ですが、そもそもこの家は——言わば封印してあったのでございます。建物には戸締まりもしてございましたし、そもそもこの山自体が私有地でございます。そこに忍び込んだ若者が消えた、と言われましても、当家としては責任を負いかねます。それでも捜索に対しては許可を差し上げました。これは道義的責任を考慮してのことでございます。ただ、それでまた人が消えたと言われましても……」

……そっか。確かになあ、それで責任を問われても困るか。

「なぜ消えたのか、どこに行ったのかとお尋ねしたいのは、こちらのほうでございます。ひょっとしたら、この家には異常な何かがあるのかもしれません。だとしたら、先代はそれを御存じだったからこそ、手を触れるな、朽ちるに任せておけ、と仰ったのでしょう。手前どもは、その御遺言通り、これまで一切、手を触れずに朽ちるに任せてきたのです。御遺言に反して人を入れた、建物を売り払った、それが理由で失踪が起こったのでしたら、なぜ遺言に逆らったと言われても仕方ございません。遺言の意図が分からなかったのだと訴えることはできても、言い訳にしかなりませんでしょう。ですが、そうですらない。できることはしてきた——と思ってはいけませんでしょうか」

「……ごもっともです」

大橋さんは息を吐き、

「先生はそのお立場上、醜聞を忌避せざるを得ません。ただし、当家に責任のあることでしたら、醜聞を厭《いと》うにしても限度というものがございましょう。そう思えばこそ、皆様にこうして来ていただいたのです。もしもこの家に何かしらの異常があって、それが原因で失踪が起こったのでしたら——異常な建物を相続してしまった責任を問われても困りますが、相続したものを適正に管理してきたかについて責任を問われるのは、致し方ないことと考えます。先代は放置せよと仰せでしたが、放置しただけでは適正ではなかったということなのかもしれません。もっと積極的に、完全に取り壊してしまうなり、間違っても人が迷い込むことのないよう、徹底的に封鎖してしまうべきだったのかも。あるいは、皆様のような方にお願いして除霊なりしていただき、根本的な異常を取り除くべきなのかもしれません。ですから皆様をお招きしたのですが……」

さらに霊能者が消えてしまう。最初の二人が消えただけでも話題性抜群なのに、その家にもと首相が霊能者を集めて、しかもその霊能者が二人までも消えたということになれば、尋常の騒ぎでは済まないだろう。

「人道的には、すぐさま警察に届け出て、お二人を捜してもらうべきだということは重々分かっております。ですが、そもそも失踪が異常な何かに由来するのでしたら、二月の例と同じく、それでお二人を発見できるとも思えません。お二人が消えたままになるのでしたら、警察に届け出ても問題が解決するわけではございませんでしょう。それどころか、捜索の過程でさらに被害が拡大する可能性がございます。皆様のような異常現象のプロならともかく、警察が相手では注意の喚起もできません」

……それは、確かに。

「問題は解決しない、すでに失踪した方々も発見できず、しかもさらに被害が出て、それが公になるというのは、当家にとって最悪の事態でございます。なんとかそれを回避したいと思っても、その方策が、現時点では皆目見当がつきません」

大橋さんは言ってから、安原さんのほうを見た。

「渋谷さんは、警察に届け出をすべきだとお考えになりますか」

問われた代理所長は、ナルのほうを一瞬見てから、

「これはあくまでも僕の個人的な意見ですが。……実際に何が起こっているのか明らかでない状態で、多数の人間が踏み込む事態は避けるべきではないでしょうか。鈴木さんや厚木さんには申し訳ありませんが、我々はそもそも危険を承知で来たはずです。危険を了解していない人を被害に巻き込むことだけは、あってはならないと考えます」

ナルがごく微かに頷いた。大橋さんは深く頭を下げる。

「今後ともよろしくお願いいたします」

6

「呪われた遺産ってわけよね……」

大橋さんが出て行って、綾子が呟く。

「確かに、呪われた家を相続したからって責められてもね。責められるべきは宏幸氏じゃない？　決して触るな、朽ちるに任せろ——って、宏幸氏は何かを知っていたんだわ。それごと遺言しとけば良かったのに」

……そりゃそうだけど。

ぼーさんも、

「お化けが出るから出ないようにする。……案外、宏幸氏は本気だったのかもなあ。ここにお化けが出ることを知っていた。それが例えば失踪のような形で実害を与えることも。だから誰にも手出しさせなかったわけだよな。問題は、それと改築の関係か」

「やはり隠し部屋を造ったのは鉦幸氏なんでしょうね」言ったのは安原さんだ。「職人を抱え込んで手を入れてたっていうのは、隠し部屋を造らせていたんじゃないのかな。そして、宏幸氏はそれを隠したかった」

「なんで隠し部屋なんか造ったんだろうなあ？」

「普通は何かを隠すためですけど。……昨日見つけた隠し部屋からすると、人間？」

「まさか、人を監禁しておくための部屋……とか」

　あたしが言うと、ぼーさんは、

「そうとは限らんだろ。逆の場合もある」

「逆？」

「誰かを匿《かくま》うための部屋ってこと。犯罪者を匿うとかさ。時代から言って思想犯とか？」

　あ、そうか。そういう可能性もあるのか。

　安原さんも、

「山荘が建てられたのって、治安警察法が成立した頃ですよね。てことは、社会主義運動が始まって以降、って話でしょう？　鉦幸氏は私財を擲《なげう》ってまで慈善事業に尽力した人物だったわけですし、社会運動の活動家を匿っていた可能性はありますよね」

「だろ？　すると鉦幸氏がここに使用人と引き籠もって他人を近づけなかった理由も分かる」

「そっか。単に活動家を匿っていただけじゃなく、ここがアジトだった可能性もあるわけですよね」

　……なるほどなあ。でも。

「それと、お化けの関係は？」

　あたしが訊くと、ぼーさんは指を立てた。

「一、宏幸氏はお化けを封じ込めたかった。二、宏幸氏は隠し部屋の存在を隠したかった。てことは、お化けイコール隠し部屋だ。隠し部屋にお化けが出る」

「活動家の霊？」

「なんか、悲劇的な事件があったと想像することは可能だが。例えば警官隊に踏み込まれて非業の死を遂げた人物がいる、とか。でもなあ——実際にはどうだったんだろうな。鉦幸氏の時代で、このあたりで、そこまでの弾圧があったか疑問だよな」

安原さんも、

「国家権力に惨殺された活動家の霊、とか言うと、いかにも強い思いを残していそうだし、実害があるのもむべなるかな、という気がしますが、時代的に考えるとどうでしょう。微妙じゃないかなあ」

「だよな」

……うーん。しまった。幕末以降ってぜんぜん分かんない。

「しかも、それと原さんの言う弱い霊は、ぜんぜん一致しませんよね」

そっか。そうだよなあ。

全員で考え込んだとき、リンさんが声を上げた。

「ナル」

「どうした？」

リンさんは計測したデータをもとに、コンピュータで建物の立面図を作っていた。

「これを見てください」

建物の西側の立面図がモニターに描かれていた。壁の輪郭は白く、窓枠や扉なんかは青い線で描かれている。リンさんはモニターの脇に一枚のポラロイド写真を並べて掲げた。同じ角度で建物が写っている。細部はともかく、まったく同じものに見えた。

「この部分です」

リンさんは北側に見えてるわずかに張り出した棟を示す。

「あ！」

ぼーさんが声を上げて駆け寄った。

「……高いな」

ナルが静かに言う。

確かに、写真と立面図は同じものに見えた。――ただし、北側に張り出した棟の屋根の高さを除いては。

写真ではその部分の屋根は、周りの屋根より若干高くなってる。なのに、コンピュータが描いた図面では、屋根の高さはむしろ低い。

「計測ミスか……それとも」

ナルに続けてぼーさんが、

「隠し部屋？」

「ありうる」

だけど、と安原さんが口を挟んだ。

「そこの部分、確かに屋根裏部屋まで調べましたよ。ほら、屋根裏部屋の窓の外に狭いバルコニーがついてるでしょう？　平面図を作ったとき、このバルコニーに足をかけて屋根の上が見えないか、試してみたじゃないですか」

「そういえば、あったな、そんなことが」

そうそう。でもって、その不幸な役を仰せつかったジョンが、おっこちかけたのよね。

「じゃあ、計測ミスか？　けど、その棟には一階から三階まで吹き抜けのある階段があっただろ。一階の床面と三階の天井面までの距離は間違ってないはずだぜ」

「一階の床面から三階の床面までの距離も間違える要因がないですよね。屋根裏部屋に昇るのは別階段でしたけど、三階の床面から屋根裏部屋の床面までの距離はそこで測ってますから間違えようがないし。屋根裏部屋は天井がなくて小屋裏が露出してましたから、天井裏の大きさの問題でもない」

「では、下だ」

ナルが呟く。リンさんに平面図を出すように命じた。

モニターの画面が切り替わって、一階の平面図が現れる。問題の部分を拡大した。ナルはそれをじっと眺めて、

「このあたりは大きな袋小路になっている。ここと、ここ……合計八ヵ所階段があるな。行き止まりに辿り着くまでに上りが四ヵ所、下りが四ヵ所。この階段に化かされたんだ。よく数えてみるんだな。上りの階段のほうが段数が多い」

よくよく図面を見ると、確かに上りの階段のほうが段数が多い気がする。

ナルは図面を指先で叩いた。

「おそらくこの部分は三階建てではなく、四階建てなんだ。一階を歩いているつもりで、いつの間にか二階を歩かされている。一階のさらに下に部屋があるんだ」

ひええ。

あたしたちは大慌てでそこに駆けつけ、一帯にある階段の段数と段の高さを正確に測り直してみた。その結果は。

上り二十六段、下り十八段。つまり、この部分を歩く間に、八段余計に昇っているわけだ。しかも下りの階段に比べ、上りの階段は平均で一段あたり二センチほど高かった。合計すると二メートルほどを昇っている計算になる。しかもこの家は一階の床面が高い。一メートル近くあるから、床下にはゆうに一階分の空洞が存在することになる。てことは、一階の下に零階があるのだ。

「いったい、どうなってるんだ、この家は」

ぼーさんが頭を抱えたのも、無理からぬことと言えよう。

結局、建物全体の階段を計測し直し、とあいなった。

ウンザリしながらあちこちを測り直す。一段ごとに高さが違っている可能性もあるので全部の段を測ったりして。でもって、測ってみると本当に途中で一段あたりの高さが変わってる階段があったりするから傍《はた》迷惑な話だ。

あたしたちが地道な作業をしている間にナルたちは、空白の零階に入る方法を探しているはず。空白の零階、隠し部屋。そして、この家で四人の人間が消えた。なんらかの方法で彼らはそこに閉じ込められているのだとしたら。外に連絡する方法もなくて、ただ助けを待っているのだとしたら。

あたしは計測をしながら眼の前の壁を睨《にら》みつけた。

この壁を有無を言わさず破壊していったほうが早いのでは。今は人の命がかかっているかもしれないんだから。

とりあえず、日没ギリギリまで階段の計測を行なった。一段一段丁寧に測って、ちゃんと表に結果を書き込んで。そしてその過程で、ジョンがそれを見つけたのだった。

それは建物の中央部に近い場所にある短い階段の途中だった。グネグネと廊下が続いたあとにある六段ほどの階段。その階段を昇った正面には部屋が一つ。そこから廊下はちょっと細くなって左右に分かれている、そんな場所だ。階段に至る廊下の幅はわりに広くて、両側の壁は白い漆喰《しっくい》で仕上げられている。あたしの足の付け根のあたりから胸のあたりまで、十センチ程度の出っ張りが続いていて、そこに綺麗《きれい》な唐草模様のレリーフが施してあった。その帯状の飾りの下。

「ドアがあります」

階段の高さを測るために蹲《うずくま》ったジョンが言った。見ると、ジョンがしゃがみ込んでいるそのすぐ脇の壁、レリーフの下にドアが半分覗いていた。

何度も通った場所なのに。ドアの色は漆喰と同じ白で、しかもレリーフの出っ張りが邪魔になって今まで気づかずにいたんだ。

　ドアは階段で半分隠されていた。眼に入る限りにはドアノブのようなものは見えない。ジョンがドアを探ったけれども、動きそうな様子はなかった。

「もともとあったドアが封じ込められてしもうたんでしょうか……」

　あり得るよな。――あたしは思いながら階段を見る。封じ込められたのだとすれば、ドアノブはこの階段の下だ。壊さない限りドアを開けることはできない。思っていると、ぼーさんが、

「押して駄目なら引いてみる、とか？」

　どうやってさ、と突っ込もうとしたとき、ぼーさんがドアの表面にある装飾のためらしい刻みに手をかけて横に引いた。それはゴトッと重い音を立てて揺れた。と同時に、ドアの端にごく細い隙間ができる。

「引き戸……」

　ぼーさんとジョンが隙間に手をかけ、二人がかりで引っ張った。建て付けが歪《ゆが》んで、かなり重くなっているようだけど、引っかかり引っかかりしつつ扉は開いた。

　ハンドライトの明かりが暗い部屋に射し込む。

そこは三畳程度のごく狭い部屋だった。階段面からは人間の背丈ほども下がったところに床面がある。床には埃が堆積《たいせき》し、中には家具が二、三残っている。窓が一つあったけど光は見えないので、塞がれているのは明らかだった。

ジョンが中に飛び降りる。埃が舞い上がって、軽く咳《せ》き込んだ。

「なんかあるか……？」

ぼーさんが声をかけたけど、最初にライトで照らしてざっと見た通り、ちょっとした棚や小テーブルのようなものを除き、そこには埃より他に何もないようだった。

「何もないです……」

「物置じゃないのか？」

「ちゃうようですね。もともとの部屋をあとから仕切ったもんみたいです。もとは広くて立派な部屋やったんやないでしょうか」

言いながらジョンは見廻す。戸口から押し合いへし合いして中を覗き込む我々にも、そこが豪勢な部屋だということは分かった。たった一つ残された窓の周囲にある飾りにしても、その両脇に残る付け柱や壁付けの照明、壁の下半分を覆った腰板にしても、ものすごく凝った細工をしてある。ジョンはそれらを順番に照らして辿り、そして声を上げた。

「額が掛かってますです」

ジョンが示した先では、壁がアルコーヴ状に窪《くぼ》んでいた。幅《はば》は人が両手を広げたくらいだろうか。奥行きは一メートルもない。窪みの両脇には細かな細工を施された円柱が立ち、凝った細工を施されたアーチを支えている。そこから垂れて形良くまとめられた天鵞絨《ビロード》状のカーテン。その奥の壁面に大きな額が掛かっていた。

「それ以外ないか？」

「おまへんです」

ジョンが額を外して部屋の外に差し出した。ドアを通るギリギリの大きさだ。あたしはその埃まみれの額を受け取る。次いでぼーさんと安原さんとで、ジョンを部屋から引っ張り上げた。

あたしはその場で額の埃を払った。どうやら人物画らしかった。

さらに丁寧に埃を落とすと、筆遣いが凹凸になって残った油絵が現れた。一人の男性が描かれている。痩《や》せた鋭利な顔の、四十くらいの男の人だ。きちんと髪を撫《な》でつけて、黒い着物に同じく黒い羽織を着ている。

「サインがあるな」

ぼーさんが画面の右下隅を示した。そこには黄色く、のたくった線が書いてあった。線というより模様だった。なんと書いてあるのかは、読めない。

「……こりゃ、花押《かおう》だぞ」

「花押？」

「ああ、日本式のサインだ。漢字なんかをデザイン的に崩したやつなんだが……。さすがに読めねえな、こりゃ」

ぼーさんは額を外しにかかった。裏返してみる。

「なんか書いてある」

カンバスの縦の木枠に黒く文字が並んでいた。

『大正八年　参月　自畫像　浦戸』

几帳面《きちょうめん》な楷書《かいしょ》の毛筆で、そうあった。

「大正八年、三月、自画像、浦戸、か」

ぼーさんは表のサインをしげしげ見る。

「なるほどこいつは、『浦』と書いてあるらしいな」

その花押は「浦」の文字をデザインしているのだ、と言う。

安原さんが首をひねった。

「変わってますね。普通サインっていうと、名前のほうじゃありません？　これ、名字でしょ？」

「そうだな……」

浦戸さんの自画像かあ。——しかし、浦戸さんって誰なんだろう？

同じことを安原さんも考えたのか、

「自画像を飾るくらいなんだから、この浦戸って人、美山家とそれなりに親しかったんでしょうね」

「あるいは、よほど有名な画家だったか」

んー、でも浦戸なんて聞いたことないなあ。

「これは大橋氏に訊いたほうがよさそうだな」

そう言って、ぼーさんは絵を額に戻す。それからジョンの肩を叩いた。

「さ、ジョン。この部屋の計測しようか」

……お疲れさん。

二人は狭い部屋にメジャーを抱えて潜り込んで、床の大きさと方向、そして傾斜、階段から床がどれくらい下がっているのかを計測し始めた。

あたしはその間、もう一度絵を眺めていた。浦戸氏はなんだか冷たい人物のように見えた。削《そ》げた頬、落ち窪んだ眼、真一文字に結ばれた薄い唇、細い鼻筋、そんなものがそう思わせるのかもしれない。

ベースに戻ると、すでに陽は落ちてて、ナルにえらくどやされた。日暮れまでに戻れと言っただろう、と言って。なんだよー、あたしたちは一生懸命働いていたのにー。本当に喧《やかま》しいんだから。

こっそり綾子に訊いたら、零階への入口は見つからなかったらしい。さてはそれで機嫌が悪いな。まったくもー、我《わ》が儘《まま》なんだから。

それでもまたまたジョンが見つけてしまった隠し部屋の話をして、問題の額を見せるとナルの態度がいささか変化する。

「大正八年、三月、自画像、浦戸」口の中で繰り返す。「サイン……浦」

ハッとナルは顔を上げた。テーブルの上のファイルから、封筒を引っ張り出す。中から紙幣を取り出した。

「どしたの？」

「浦、だ」

ナルは紙幣を電灯に透かした。

……あ。たしか紙幣に書かれた文字の中に『浦』という字があったような。

ナルはあたしに紙幣を差し出した。あたしはそれを電灯に透かしてみる。ぼーさんが頭を寄せてきた。

染み同士が重なった間にペンか何かで書きつけた文字。真ん中のあたりに『浦』という字が見える。その隣によくよく見ると……。

「『戸』じゃねぇのか、横」

「ほんとだ。これ、『戸』だよ」

……浦戸。

なるほど、とぼーさんはテーブルの上から封筒を取り上げた。そこには昨日読めた文字が書いてある。

『よ げ く 聞 た さ に 浦 る 居 死 皆 は 来 処』

ぼーさんが、その文字の『浦』の隣に『戸』と書き込んだ。

『よ　げ　く　聞　た　さ　に　浦戸　る　居　死　皆　は　来　処』

「なんて書いてあるんだろうな……。『聞　た　さ　に』、これは『聞きたさに』か？

『浦戸──死──皆　は　来　処』……『皆は来た処』……？」

「何が何やら」

「だな」

あたしとぼーさんは溜息をついた。

「なんか手掛かりが見つかると思ったんだけどなあ」

そのとき、安原さんが、

「ちょっと、待ってください。これ、違いますよ。『戸』は左です」

「へ？」

安原さんは封筒を引き寄せ、ぼーさんの文字を消して、

『よ　げ　く　聞　た　さ　に　戸浦　る　居　死　皆　は　来　処』

そう書き直した。

「戸浦ぁ？」

「それじゃかえって意味が通じないじゃない」

誰もが首を傾げている。

「分かった！」安原さんは指を鳴らした。「これは、右から左に読むんですよ」

……え？

ぼーさんも、

「そうか。書かれた時代から考えて、そのほうが自然なんだ」

安原さんがメモ用紙に、文字を書き直す。

『処　来　は　皆　死　居　る　浦　戸　に　さ　た　聞　く　げ　よ』

何度も紙幣を透かして見ながら、

「これとこれはつながってる……この間には一文字ある……」

呟きながら、さらにその下にもう一度清書を始めた。

『――処・来――は皆死――居る　浦戸――さ・た――聞く　・げよ』

「どうです？」

安原さんが差し出した紙が全員の間を廻った。

うう、これでも何が何やら分からないよう。

「最初の一文は読めそうなんだけどなあ」

安原さんがぼやくと、ぼーさんが硬い声を出した。

「読めると思う」

え？

「『此処に来た……は皆死んで居る』じゃないのか？」

「あ！」

「ここに来た者は、かもしれん。ここの間が二文字か三文字か、よく分からねえけどさ」

ここに来た者は、みな死んでいる……。

「じゃ、最後の一文は簡単よね」綾子が苦々しげに言った。「これは誰かにあてたメッセージなんだわ。『ここに来た者はみな死んでいる。……逃げよ』……」

第六章

1

例によって夜、森さんがやってきた。さすがのナルも、もはや小言を言う気力を失くしたらしい。憮然《ぶぜん》としたまま黙って部屋に迎え入れていた。

「ええと、まず……厚木さんだっけ」森さんは少しも悪びれた様子もなく、きびきびとノートを開く。「彼も、このあたりでは姿を目撃されてないようよ。バスもタクシーも使ってない、と」

詳細は鈴木さんの場合と同じだった。厚木さんもやはり、この家を出ていないと判断するしかないようだ。

「でもって、美山親子のことね。宏幸氏については、昨日言った通り。あれ以上の証言は出てきてないなあ。立派な人、変わり者、地元の評価というのは、概《おおむ》ねこの二つで、あまり親近感は抱かれていないみたい。若い人なんかは、ここの出身だということすら知らないようだし、地元とはあまり交流がなかったのは確実ね」

ナルが、

「ここに管理人が住んでいたはずなんだが」

「いました。末松《すえまつ》という老人ね。末松さんはもともと鉦幸氏の使用人で、宏幸氏が家を継いでからは、ここに奥さんと二人で住んで、建物の管理を任されていたそうよ」

「その管理人が消えた、とか？」

　森さんは首をひねった。

「それがねえ……。諸説あって確かじゃないの。周囲が気がついたら、いなくなっていたらしいのね。事件か事故かということで、しばらく警察が捜していたみたい。家の中は荒らされていなかったし、血痕なども見つからなかったから、どうやら事件ではないという結論にはなったそうなんだけど、じゃあ事故かというと、これは分からない。いなくなる前に奥さんが亡くなって、そのあとに宏幸氏も亡くなって、ずいぶん塞《ふさ》ぎ込んでいたようだから、結局、出て行ったんだろう、という説もある。――一方で、単に塞ぎ込んでいただけじゃなく、ちょっと言動に辻褄《つじつま》の合わないことがあったので、呆《ぼ》けが始まっていたんじゃないかという話もあるわ。それで徘徊《はいかい》したあげく、どこか山の中で亡くなったんじゃないか、って。その一方で、そんな様子だったから、山の中で自殺したんじゃないかという説もある。そればかりじゃなく、逃げたんじゃないか、という説もあるわね」

「……逃げた？」

　森さんは頷《うなず》いた。

「なんだかね、奥さんの亡くなり方が変だったらしいのよ。とりあえず、山の中で死体が見つかった、と末松さんは言っていた」

「……と言っていた？　ずいぶん微妙な表現だな」

「微妙な話なのよ。末松さん自身の言によれば、奥さんが帰ってこないので山を捜したら死んでいた、ということらしいのね。遺体は死後一週間ぐらい経《た》っていて、しかも動物が食い荒らした形跡があった」

……うえ。

「おまけに夏のことだから大変な状態だったようなのだけど、何を考えたのか、末松さん、発見した奥さんの死体をシートにくるんで家に連れ帰ったようなのね。そのままにしておくのは可哀想《かわいそう》だったから、と本人は言っていたらしいけど。そのへんが……どうも」

……うーん、かもなあ。

「山菜でも採りに行って事故にあったのだろう、と末松さんは説明してたらしいのだけど、そのわりに警察に届け出て捜索をした形跡はない。しかも奥さんは数年来、体調が悪くて寝たり起きたりだったらしいのね。なのに病院に入れるわけでもなく、とりあえず末松さんが世話をしていた。寝たり起きたりの人が山菜を採りに行くかしら？　しかもそんなだったら、姿が見えなくなったらすぐにも届けて捜索しそうなもんじゃない？　だからどうしても、黒い噂になっちゃうのね」

「つまり、末松さんが奥さんを殺した？」

　森さんは頷く。

「あるいは、病気を苦にした奥さんが自殺したか。もともと末松さんは宏幸氏と同じく、ぜんぜん周囲と付き合いがなくて、偏屈な人だったようなの。それで親しい人物がいなかったし、だから奥さんのお葬式も出してない。なので余計にね」

　……うーん、なるほど。確かに微妙だ。

「――でもって鉦幸氏。これがもう大変だったのよー。鉦幸氏を覚えている人って、ほとんどいないんだもの。とにかくお年寄りの間をさんざん訊き廻ったんだから」

　森さんは、だから褒めて、と言いたげだ。ナルの冷たい視線なんか、気にしてる様子もない。

「鉦幸氏は明治十三年の生まれ。十六で家を継いで美山家の当主になった。十八のときヨーロッパに外遊して、戻ってきたのが二十歳《はたち》のとき。帰って来てすぐ、ここに山荘として洋風のコテージを建てたようなの。明治三十三年のことね」

　森さんはページをめくる。

「それ以来、昭和八年に腎臓を患って亡くなるまで、ずっとここに住んでいたようよ。とにかく人と会うことが苦手で、何度か外遊に出た他はここに籠《こ》もりきりだったんですって。ここに越してから結婚して、一男二女をもうけたけれど、その妻子は市内の邸宅に住まわせて、自分はここから通ってた。資産家だっただけでなく、市内に製糸工場なんかも持っていたようなんだけど、実務は使用人に任せきり、家内のことも概ね母親に任せきりで、母親が死んでからは奥さんに任せきり。だから奥さんはほとんど寡婦《かふ》のような生活をしていたみたいね。地元の有力者なんかの集まりにも、必要がない限りは顔を出さない。山荘に人を招くこともなく、人に招かれても滅多《めった》に出ていかない。慈善事業には力を尽くして、これは自分で采配《さいはい》をしていたようだけど、頻繁に足を運ぶ――なんてこともなかった。とにかく、社交家には程遠くて、むしろ人嫌いだったみたい」

　これは結構意外なことだった。人嫌いの篤志《とくし》家というのは、なんだか想像ができない。人当たりのいい好人物とはいかなくても、恵まれない人に思いの及ぶ聡明な人だというイメージだったんだけどな。

「よほど内気な方でしたんやろか」

　ジョンが不思議そうに言う。やはりあたしと同様に、奇異な感じを抱いたんだろう。

　それがねえ、と森さんは言う。

「どうも内気とか、そういう問題ではなかったみたいよ。鉦幸氏はね、どうやら宏幸氏以上に癖のある人物だったらしいの」

　言って、森さんは悪戯《いたずら》っぽい笑みを見せた。

「すごい逸話があるのよ。――鉦幸氏は、とにかく潔癖な人だったみたいなのね。と言うのが、昔製糸工場で不正事件があったらしいの。職員の誰かが工員の給料をごまかして自分の懐に入れちゃったとかなんとか。でね、その職員は有無を言わさず馘首《クビ》。その長男がこれまた工場にいて、これも馘首。三男だかが病院の職員で、これも馘首。おまけに彼らが住んでた家というのが鉦幸氏の持ち家でね、家からも叩き出したって。――そのうえ」

「まだあるのか？」

　ぼーさんがアングリした。森さんは大きく頷く。

「あるのよー。娘がお嫁に行ってて、その夫婦が住んでた家も鉦幸氏の貸家だったのね。この夫婦も追い出して。犯人の親がこれまた鉦幸氏の持ってる土地の小作人で。この親たちも追い出された、と」

「ひでえ……」

「でしょ？　語り草になってるみたいよ」

　そう言って、森さんはさらにページをめくる。

「それから、鉦幸氏は本当に人付き合いをするのが嫌だったらしいのね。この山荘にも極力、人を近寄らせなかった。晩年に近づくほどその傾向が激しくなって、とにかく家族や使用人でさえ訪ねて来ることを嫌がった。と言うより、一切寄せつけなかったようなの。だから急用なんかがあっても連絡ができなかったらしいのね。鉦幸氏のほうから連絡してくるのを待つしかなかった」

　おや、どっかの所長みたい。

「でね、この山荘っていうのは、当時から猟師でさえ避けて通るのが決まりだったんですって。この『決まり』が、鉦幸氏の設けたルールなのか、地元の人が自発的に設けたルールなのかはちょっと分からなかったんだけど。不用意に近づくと逆鱗《げきりん》に触れる。なにしろ怒らせると徹底的に怖い人だから、ぜんぜん近づく人がいなかったそうなのよ」

……ほええ。

「ここに住んでいたのは鉦幸氏と、ごく少数の使用人だけ。その使用人も本邸や事業とは一切関わりのない純然たる鉦幸氏の下僕で、いずれも下界とは交流を持たない。鉦幸氏が持たせなかったのかもしれないけど。その他にも女中とか、流動的な使用人が何人かいたらしいんだけど、これは諏訪ではなく別の地方から雇って来ていた。だから鉦幸氏の山荘における私生活というのは、完全な謎なのね。ただ——異常なまでに人を寄せつけないことから、この山荘では何か怪しいことが行なわれていたんじゃないかと、そう言われていたそうよ」

「怪しいこと？」

ナルに訊かれて森さんは頷く。

「どういうことかはよく分からないんだけど。——何か犯罪めいたことか、さもなければ極めて背徳的なこと。だから鉦幸氏って、篤志家だったわりに慕われていないのね。そもそも他人と交流を持たなかったんだから、好意の持たれようもなかったんだけど」

……うーむ。確かに、宏幸氏以上の変人かも……。

「隠し部屋を造っていたかどうかは定かじゃないけど、家によく手を入れていたのは確かみたい。この建物も、最初はこぢんまりした山荘だったのを、離れを増築したり、母屋に部屋を継ぎ足したりして最終的に今のスタイル――マンサード風の建物にしたようよ。専任の職人を抱えていたみたいで、この人たちが、この家の他に病院やら工場やらの建築も請け負っていた。鉦幸氏の仕事のみを引き受けていたようなの。そして、鉦幸氏が亡くなると、この地方を去ってしまった。どこに行ったのかは分からないそうよ。――鉦幸氏の周囲にいた使用人というのは、概ねそうなの。みんな外部とは接触を持たない。鉦幸氏が亡くなると、錨《いかり》を失った船みたいにどこかへと消えてしまった。てことは、みんな美山家に仕えていたんじゃなくて、鉦幸氏に仕えていたってことよね」

ぼーさんは腕組みをする。

「篤志家のくせに慕われていない。社交性はなくて人間嫌い。なのに周囲だけはがっちり忠義者で固めていたわけだ」

「みたいね」

「鉦幸氏は思想的にはどうだったんだろう？」

「さあ……。それは伝わっていないから、特に偏向はなかったんじゃないかしら」

言ってから、森さんはああ、と頷いた。

「つまり、思想的な結社みたいなのを想像したわけね？　実際のところは知らないけど、少なくとも地元ではそういう捉《とら》えられ方はしていないわ。証言をくれた人たちの話からイメージされるのは――そうね、カルト教団みたいな感じかな」

……嫌な感じだ。「ここに来た者はみな死んでいる」。ふっと脳裏を過《よぎ》った。そして真砂子は血の臭いがすると言う。

「——まあ、鉦幸氏についてはこんなものかな」

パタンとノートを閉じて、森さんは困ったように首を傾げる。

「なにしろ昔の話なんで、覚えてる人のほうが少ないのよ。年代のわりにはこれでもよく調べられたほうじゃないかと、我ながら思うわよ」

ナルは無言だ。お疲れさん、くらい言ってあげればいいのに。

ぼーさんが口を挟んだ。

「お嬢さん、鉦幸氏の交友関係は分かるか？」

「ちょっとそこまでは……。ほとんど友人というのはいなかったと聞いたけど」

「おそらく、浦戸という人間がいるはずなんだ」

ぼーさんは部屋の隅に立てかけておいた額を持ち上げた。

「この絵の人物。裏にある制作年から考えて、鉦幸氏の知人だと……」

言葉は最後まで言えなかった。森さんはその絵を見てあっさりと、

「あら、それが鉦幸氏よ」

そう言った。

「鉦幸の雅号が浦戸だったのか」

ぼーさんは、森さんが残していった写真のコピーをしげしげと眺めた。工場らしき建物の前に立つ人物の写真だった。すぐ背後に「美山製糸工場」と看板を掲げた門柱が見える。どこからどう見ても、自画像のモデルは鉦幸氏に違いない。

「慈善家だったけど、変人だったんだな、このおっさんは」

「だよねえ」

ナルはちょっと厳しい顔をする。

「変人で済まされるかな。『ここに来た者はみな死んでいる』か。ここ、というのは当然この山荘なんだろう。ここで何があったのか……。『浦戸――さ・た――聞く』これの意味が分かれば……」

なんだかその声の調子が、妙に不安な気分にさせた。

「一つだけ分かることがありますわ」

真砂子が言った。

「何……？」

あたしが訊くと、

「あら、もうお忘れになりましたの？　降霊会で霊が言った言葉ですわ」

……あ。

「『助けて』『死にたくない』。きっとあれはここに来て死んだ人たちの霊なんですわ」

真砂子の言葉はさらにあたしを不安な気分にさせた。

不安を抱いたまま、その夜は部屋に引き揚げて。

——そしてあたしは夢を見た。

2

自分でもなんで目が覚めたのか分からなかった。

夜中にふと目を覚まして、それを意識するなり、手足がまったく動かないことを自覚した。投げ出されたままの手足の感触はある。なのにぴくりとも動かない。手足が重いというよりも、ぜんぜん神経が繋《つな》がっていない感じだ。

……金縛りかあ。

あたしは暢気《のんき》に思う。聞くところによれば金縛りは心霊現象ではなく生理的な現象らしい。簡単に言えば頭は起きてるけど身体が起きてない、そういう状態だ。身体がうんと疲れててそのくせ精神が興奮してるような、そういうときに起こる。

分かっていても、意味もなく不安になるんだよな。それは手足が動かない、ということに由来するのかもしれないし、金縛りに遭うといろいろ怖いことがある——そうインプットされているせいなのかもしれない。困ったなあ、とあたりを見廻して、綾子と真砂子が眠っているのを確認する。確認してから、これはヤバい、と思った。

頭が動く。寝惚《ねぼ》けて起こった金縛りは、まるで身体が動かないのが普通だから。

急激に焦った。綾子と真砂子を呼ぼうとしたけど、声は出なかった。せめて掠《かす》れた悲鳴だけでも、そう思ったけど呼吸すらうまくできない。胸いっぱいに息を吸うことができなくて、どっと冷や汗が出て頭の芯がじんわり痺《しび》れた感じがした。

心の中で、落ち着け落ち着けと言い聞かせながら、あたしは真言を思い出した。

ナウマクサンマンダバザラダンカン、ナウマクサンマンダバザラダンカン……。

突然ふっと身体が軽くなった感じがした。すっと息が容易《たやす》くなる。肩の力を抜いたとたんに、微《かす》かな音を立ててドアが開いた。

ドアのほうに眼をやると、黒い人影が部屋の中に入って来るところだった。

なんだろう、と怪訝《けげん》に思った。恐怖は感じなかった。それは間違いなく人間のシルエットに見えたから。人影は二つ。その二人は静かにあたしのほうへと近づいてくる。

……誰だろう。そう思って、あたしは寝る前、ドアに鍵を掛けたのを思い出した。ナルが用心しろとくどいほど言うので、しっかり鍵を掛けたはず。

人影があたしの両脇に立った。暗がりの中、微かに顔が見える。男だ。二人ともまったく知らない人間に思えた。無表情にあたしを見下ろしてくる。心の中、必死で綾子と真砂子を呼んでいると、その男たちが身を屈《かが》め、あたしの腕を取った。

心の中で悲鳴を上げたけど、やはり声は出なかった。両手を引っ張られて上体が起きる――いや、あたしは当たり前のように起き上がっていた。促されるままベッドを降りる。あたしの意思に反して。

これも金縛りと言うのだろうか。身体がまったく自分の思い通りにならない。抵抗したいのに、できない。自分の意思では指の一本でさえ動かすことができないのに、相手のなすがままに自分の身体が動いてしまう。

……どうして⁉

あたしは手を引かれるまま立ち上がった。男たちに両腕を抱えられる。内心パニックを起こしながら、促されるまま部屋を出た。

部屋の外は真っ暗だった。廊下には灯りが点《つ》いているはずなのに、それが全部消えている。真っ暗で右も左も分からない。足許《あしもと》の冷ややかな床の感触だけが妙にリアルだ。暗闇の中を歩かされる。何度も折れ曲がりながら延々と歩いて、一枚のドアの前に辿《たど》り着いた。足を止め、男の一人がドアを開けた。

それがどこの部屋かは分からない。光源は何なのか、蒼白《あおじろ》い明かりが注いでいる。まるで満月の下のような奇妙な感じの明るさだ。その明かりのせいで、部屋の中が見渡せる。ほどほどに広い部屋だった。どこにも埃《ほこり》はなく、部屋の中には家具や調度品がきちんと揃えられている。いかにも高価そうな敷物、同じく高価そうな家具と、その上に並んだ本や箱や。そこには確かに今現在、人が住んでる気配があった。ドアの正面には暖炉がある。そこには火が入っていて、暖炉の前の小さなテーブルには背の高いグラスが載っている。底のほうに赤い透明な液体が残っていた。たった今までテーブルの前の安楽椅子に誰かがいたよう。なのに部屋の中には誰の人影も見えなかった。

男たちはあたしを連れて部屋を横切る。無言のまま右手にあるクローゼットに向かった。クローゼットの扉を開けると、なぜかそこは廊下だった。細い暗い廊下がずっと奥まで続いている。その細さが、暗さが、なんだかとても気味悪くて、あたしは必死で腕を解こうとしたけど、やはり身体は動かない——いや、ほんの少しだけ、抵抗する仕草をした。

腕を捕まえられたまま暗がりの中を歩いて行くと、狭い廊下はいつの間にか両側を生け垣に挟まれた細い砂利道に変わっていた。

ざかざか音を立てて砂利を踏みながら、あたしは両側の男を見上げる。あいかわらず月光ほどの明るさがあったけど顔は見えなかった。いや、確かに顔は見えているんだけど、どんな顔をしているのか理解ができない。

……たぶん夢なんだ、これ。

そう、夢でなきゃ、こんなこと起こるはずがない。

あたしは両側の生け垣を見上げた。ずいぶん高い生け垣が、あたしの頭上、はるか上にまで聳《そび》え、延々と続いている。

これが夢なら、ちゃんと見て情報収集しなきゃ。——そんなふうに決心するのって、なんだか妙な気がしたけど。

生け垣の間を何度も曲がりながら歩いて行くと、どこからか微かに血の臭いが漂ってきた。それだけじゃない。何かが腐った臭いもする。

……なんか、嫌だ。この先には行きたくない。

気持ちが竦《すく》むと、足も竦んだ。なのに両側の男が脇を支えるようにして、無理矢理奥へと連れて行く。通路の突き当たりにはドアがあった。あたしは激しく尻込みする。そこに入りたくない。なんだか嫌な臭いがする。そのドアの向こうから漂ってくる気がする。

男たちがドアを開けた。そこにも小さな部屋があった。

その部屋はホールになっているようだった。ガランとした室内に階段が一つとドアが二つ。ムッとするほど濃い血の臭いがする。あたしは階段を昇らされて、さらにドアを通り抜け、鉄格子の嵌《は》まった小窓の続く廊下を通り、突き当たりにある覗《のぞ》き窓の付いたドアを潜《くぐ》って奥の部屋に連れて行かれた。

操られるようにして足を踏み入れた小部屋は、お風呂か何かのように見えた。壁にも床にも白い陶器製のタイルが貼られている。ドアを入ったところに板張りの踏み込みがあって、そこで腕を解かれ、いきなり服を脱がされ始めた。

(やめてよ!)

心の中で叫んで、あたしは自分が着ているものが、いつの間にか着物になっているのに気づいた。藍《あい》色の着物。——そうか、夢だったっけ、これ。

そう思っても、他人に着ているものを脱がされるのはものすごく不愉快な気分だった。

裸にされ、さらに奥の部屋に連れて行かれる。

その奥は十二畳はあろうかという部屋だ。床も壁も白いタイル貼りになっているのは、小部屋と同じだ。部屋の中央、壁寄りに白いバスタブが据えてあった。外国映画に出てくるような、床の上に置いたアンティークなバスタブ。

そして、その床の上に流れた赤いもの。

その広い部屋は床一面が赤く染まっていた。猛烈な血の臭いと激しい腐臭で、あたしは胸が詰まった。吐きそうになるのを堪《こら》える。足が生暖かい流れを踏む。ぺたぺたと足が粘る。粘度が高い流れを踏むたびに背筋が粟立《あわだ》った。かろうじてまだ白いタイルの上を踏むと、そこには赤い足跡が残った。よく見ると血溜まりの中に白っぽいプヨプヨしたものが散っている。それはごく小さな肉片のように見えた。

（……いやだ）

夢だと分かっていても、気味が悪くて吐きそうだった。バスタブを覗き込むと、そこには赤いものが少しだけ溜まっている。赤い滴《しずく》が流れ落ちたあとが、白いすべすべした陶器の表面に縞《しま》模様を描いていた。

（こんな夢、やだ）

男たちはあたしを部屋の奥へ連れて行く。そこには小さなベッドがあった。病院にでもありそうな、白いパイプ製のベッドだ。ただし、マットがあるはずの部分には白いタイルが貼ってあって、パイプもタイルも真っ赤なものでドロドロになっていた。

「……いや」

声が出た。あたしは腕を引っ張られたまま尻込みをした。

あんなところに寝たくない。ベッドの真下にある大きな盥《たらい》は何なの。ベッドの足許にある深いバケツのような桶《おけ》は何？　どうしてタイルが貼ってあるの。どうしてベッドの枠に紐《ひも》がついてるの。どうして何もかも、あんなに汚れてるの⁉

男たちが激しい力であたしをベッドに引きずり上げようとした。あたしはそれに悲鳴を上げて抵抗する。摑《つか》んだ腕を引っ搔《か》いて嚙《か》みついて、それでも猛烈な力でタイルの上に引っ張り上げられた。タイルの上に寝かされたとたん、背中にずるりとした感触がする。生暖かい血の気味悪い滑らかさと、何か軟らかな欠片《かけら》を――まるで肉片のような何かを――押し潰《つぶ》した、怖気《おぞけ》のするような感覚。

「いやっ！」

逃げようとして身動きをすると、身体中に血が絡みつく。全身が血で濡れて、息が詰まるほどの悪臭がまとわりついた。

ベッドの向きとは逆に、足許の方に頭を向けて寝かされた。骨も関節もギシギシいうほどの力で押さえ込まれる。

「いやっ！　放してっ‼」

（夢だ……）

腕を抜けるほど引っ張られて、手首がパイプに括《くく》りつけられる。

（こんなの、夢なんだから）

足が括りつけられる。

「いや！　助けて!!」

胸の上に太い紐が渡されて、上半身を押さえ込まれた。がくっと喉《のど》が仰《の》け反《ぞ》って、ベッドの外に首を垂らした恰好《かっこう》になる。

やだ。こんな姿勢は怖い。必死で身動きしても身体が動かない。男たちが離れて行った。ベッドに括りつけられて、頭を仰け反らせた恰好のまま、あたしはその場に放置される。身体中に絡みついた血が、重力に従って滑り落ちていくのが分かった。

……落ち着け。これは夢なんだから。これは、絶対に夢なんだから。

だって、こんなことあるはずがない。もうじき目が覚める。きっと目が覚めて、ああ夢だったんだ、って思う。

そうは思っても歯の根が合わないほど震えた。男たちが戻ってきた。その手にあるものを眼にして、あたしはポカンとした。

――白い光。

その、大きな包丁のようなものは何？

それで何をするの？　あたしをどうしようっていうの？

（……助けて）

男の一人があたしの脇に立ち、もう一人が顔の脇に立った。顔の側に立った男があたしの髪を摑んだ。グッと下に引っ張って、あたしは首筋が痙攣《けいれん》するほど喉を反らせる。

（いや）

もう声が出ない。

あたしは自分に言い聞かせる。これは夢だ。だから、大丈夫。これ以上怖いことは起こらない。きっと大丈夫。

眼を閉じることも身動きすることもできなかった。ガタガタ震えながら、ただ眼に映るものを見ているしかなかった。

（誰か、助けて）

白いタイル。赤黒いものが天井の近くまで飛んでいる。そのシミの形。

ふいに男があたしの髪を放した。ちょっと身体を引く。

ほら、大丈夫。やっぱり、怖いことなんて起こらないじゃない。だって、これは夢なんだから。

男が屈み込んで桶の位置を調節する気配がした。手に持った刃物がキラキラと視野を横切る。

あたし、もう目を覚ましたい。こんなところにこれ以上いるのは嫌だ。

男が身を起こした。

大丈夫、これ以上怖いことは起こらない。こいつは離れて行ってしまう。きっと。

男の腕が伸びて、再びあたしの髪を摑んだ。首が折れるほどの力で大きく喉を反らす恰好にされる——もう一度。

（いや）

視界を白い光が横切った。男が（死にたくない）身を乗り出した。反らした喉に（死ぬのは怖い）冷たい指が当たる。

（怖いの——あたし、死にたくない）

男の腕が上がって、凍るほど冷たいものが喉に当たった。細い鋭利なもの。

きっとこのまま男は動かない。このまま離れて行く。そうでなければ時間が止まるはず。助けが来るはず。目が覚めるはず。きっと。

怖い。見ていたくない。眼を閉じたいのにそれができない。あたしは硬直したまま壁のタイルを見てた。視野に入る限りの壁を何かを求めてめまぐるしく視線がさまよう。

何か——助けになる何か、あるいは。

男の腕が動いた。

どうして目が覚めないの⁉　お願い、起きて‼

細い冷たい感触が喉を滑った。引っ掻いたほどのチリチリする痛みが走る。

同時に、どっと温かいものが喉から溢《あふ》れて首を伝った。視野が真っ赤に染まる。遅れて、首を切り落とされたような激痛が来て、あたしは全身全霊で悲鳴を上げた。

助けて！　あたし、殺されたくない‼

3

「──麻衣っ！」

激しい声がして、頬をぶたれた。

綾子の声だ。パッと眼を開けた。涙で潤んだ視野に綾子の顔が飛び込んできた。

「麻衣っ!!」

そのとたん、あたしは悲鳴を上げていた。身体の奥から悲鳴を上げる。喉でしゃがれてうまく声にならなかったけど、とにかく叫んだ。自分の内側に溜まった怖いのが全部外に出てしまうまで。

「麻衣！　しっかりして！　麻衣っ!!」

身体が痙攣したみたいに震えた。必死で綾子にしがみついた。綾子のあったかい手があたしの背中を一生懸命撫《な》でる。

「しっかりして。夢だから。大丈夫だからね」

ほら、と、促されて顔を上げると、眼の前にコップが差し出されていた。

「お水……飲めます？」

真砂子のひどく心配そうな顔があった。あたしはやっと落ち着いて、そのコップを受け取った。手がひどく震えて、コップの中身をほとんど零《こぼ》してしまいそうだった。

「……うん。ごめん」

声が震えてた。涙がぱたぱた落ちた。

「どうしたの、いったい」

「怖い夢、見たの」

本当に、怖かった……。

「夢って……」

綾子が訊いてきたとき、激しい勢いでドアがノックされた。

「今、悲鳴を上げなかったか!?」

真っ先に部屋の中に飛び込んで来たのは、ぼーさんたちだった。

「……ごめん。あたしが魘《うな》されたの」

「……魘されたって……お前……」

青い顔をしたぼーさんがベッドの脇に膝を突いた。安原さんもジョンも大きく息を吐く。

パフッとぼーさんが布団に顔を突っ込んだ。

「……勘弁してくれよ」

「ごめん」

安原さんが、引きつった顔で笑った。

「誰かに何か起こったのかと……良かった」

ジョンもホッとしたように笑う。

「本当に良かったです」

ぼーさんがいきなり顔を上げた。

「魘されたって、まさか例の夢か？」

「うん。だと思う」

「どんな？」

思い出したくない。思い出そうとするだけで、血の臭いが漂ってくる気がする。

「第六感のオンナだろ？」

「……あたしが殺される夢」

みんながまじまじとあたしの顔を見た。

「殺されるって……」

そばに坐ったままの綾子があたしの顔を覗き込む。

「男の人が二人来てね、あたしを変なタイル貼りの部屋に引っ張って行ったの。手術台みたいなベッドがあって、部屋中血だらけだった。そこで喉を裂かれたの」

あたし、血が噴き出したときの感じを鮮明に覚えてる。

「他の人もあそこで死んだんだと思う。処刑場だよ、あれ」

言ってるうちに、また涙が出てきた。

本当に死ぬんだと思った。すごく、怖かった。

綾子が背中を叩く。次から次へ涙が出てきて止まらなかった。

馬鹿みたいにひとしきり泣いて、顔を上げると開いたままのドアのところにリンさんが立ってた。ナルの姿はない。

どうして、いないんだろう。

どうして、いなかったんだろう。

いつだって夢の中にナルがいて、いろんなことを教えてくれたり助けてくれたりしたのに。いつだって微笑《わら》ってくれて。なのに、どうして。

……冷たいんだから。本当に冷たいんだから。

なんだか思考がメチャメチャで、意味もなくもう一度涙が出てきた。慌てて俯《うつむ》いて必死で顔を擦《こす》る。泣いてる場合じゃない。みんなに心配かけてる。

ポンと誰かに頭を叩かれて（そういうことをするのはぼーさんだと思う）、あたしはとにかく頷いた。大丈夫。もう落ち着く。

ふいに紅茶の匂いがした。小さく食器が鳴る音がして、あたしは顔を上げた。眼の前にティーカップが差し出されて、あたしはキョトンとしてしまった。

「大丈夫か？」

抑揚のない静かな声。顔を上げると、ナルがカップを差し出していた。薄めのグレイのパジャマを着てる。それがなんだか珍しくて、あたしは思わず落ち着いてしまった。

「……ありがと。大丈夫」

そっとカップを受け取る。うん、大丈夫。手の震えが治まったみたい。

「みんなも、ごめんね。ありがと」

カップを支えたまま軽く頭を下げる。そっと背中を綾子にぶたれた。

ナルは脇に立ったまま、軽く息を一つ。それから、

「何があった？」

そう訊いた。


あたしが丁寧に話を終えると、安原さんが低い声で言った。

「鈴木さんか厚木さん……もう死んでるのかもしれないな」

「おいおい、少年。気安く言うなよ」

ぼーさんは眼を丸くしてる。

「だって、谷山さんが見たの、どちらかのことかもしれないでしょ」

え？

「それはつまり……麻衣が誰かとシンクロして、いわばテレパシーを受け取ったってことか？」

「専門的なことはよく分かりませんけどね。実際に殺されたのは鈴木さんか厚木さんで、谷山さんはどちらかの経験を、あたかも自分の経験のように感じ取ったんじゃないかっ

て、そんな可能性もあるんじゃないかな。そういうことって、あるのかどうか僕には分からないですけど」

ぼーさんが意見を求めるように綾子のベッドに坐ったナルを見た。ナルは鬱陶《うっとう》しそうな声で、

「そういうテレパシー夢の例がないわけじゃないが。麻衣にそこまでの能力があるかな」

……む。なんだよう、その言い方はー。

「それより、その部屋のほうが気になるな」

言いながら闇色の眼で宙を見つめる。

「その処刑室に該当するような部屋はなかったと思う。暖炉のある部屋でクローゼットのある部屋、というのも記憶にない。生け垣というのも正体不明だ。もしもそんなものが建物のどこかに実在するなら、相当に大きな空洞部分があるはずだが……」

いくらなんでも、そこまで大きな空洞なんてない。

「しかし、麻衣が見たのは過去だという可能性もある。その場合、処刑室はすでに改築されて存在しないこともありえる」

そういえば、着物だったな、あたし……。

「いずれにしても、平面図の空白部分が気になるな」

「もう、壁をぶち抜くしかないんじゃないの？」

思わずあたしがそう言うと、ぼーさんが盛大に溜息をついた。

「何を考えてんだ、この嬢ちゃんは。ぶち抜くって、誰がぶち抜くんだよ」

……そりゃやっぱ、リンさんとぼーさんとジョンと安原さんと……。

ま、嫌がるわな、ふつー。

大橋さんが許可するかどうかはおいといても、人手が足りない。ここで作業員なんか雇って、さらに人が消えたら目も当てられないし。

そう思ってたわけだけど。

「その発想は悪くない」

あっさりしたナルの一言。

「おい、冗談じゃねえぞ。あの壁全部をぶち抜くのか？」

ぼーさんの悲鳴にナルは不穏な笑いを浮かべた。

「隠し通路が見つからないなら仕方ない。いずれにしても夜が明けてからだ」

「失踪《しっそう》人捜しは」

「彼らは僕らの眼に見える範囲内にいない。だとしたら眼に見えないところにいるんだ。隠し部屋を発見できれば、自《おの》ずから解決する可能性がある」

それはそーなんですが。

ぼーさんが怨《うら》めしそうにあたしを見た。

　あたしが悲鳴を上げた時間というのは夜中の二時で。それから仮眠をとって、夜明けと同時に起床した。身繕いをして朝ごはんを食べて。——と、言ってもさすがのあたしも今朝はものが喉を通らなかったんだな、これが。それからベースに集合した。

　リンさんは機材のチェックを済ませている。それによると、昨夜も機材にはなんの動きもなかったそうな。

　とりあえず、昨日やり残した階段の正確な測量を続けることになって。

「それで駄目なら壁に穴を開ける方向で行こう」

　ナルの非情な言葉であたしたちは作業を開始した。

4

「なー、麻衣」

「ん？」

　階段にメジャーを当てながら、あたしはぼーさんを振り返った。

「お前が夢で見た、その男たちって、どういう人間なのか分からないのか？」

　うん。あたしは頷いた。

「一生懸命あいつらの顔を見ようとしたんだけど、ぜんぜん顔つきが印象に残らないんだよね。なんか、見た端から忘れていく感じで、見てるのは確かなんだけど、どういう顔だか分からなかったの」

階段に膝を突いたあたしのそばにぼーさんが坐り込んだ。

「なあ、……ここだけの話だが」

「うん」

声を潜めたもんで、ジョンや安原さんも寄ってくる。

「それって……ここの職員の中に思い当たる人物はいなかったか？」

「ええー？」

しっ、とぼーさんが指を唇に当てる。

「まさかとは思うけどさあ、ここの連中がなんかしてるんじゃねえだろうなあ」

ええぇー……。

ぼーさんの上の段に坐り込んだ安原さんが身を乗り出す。

「あ、そういうのって映画なんかじゃありそうですよね」

「だろ？」

「隠し部屋のことも隠し通路も知ってるのに黙ってる、そういう可能性だってありますよね」

「そうなんだよ。あいつらが失踪した二人を隠しててさ、でもって……」

ぼーさんは首に手を当ててすっと動かした。

安原さんは、うんうんと頷いて、

「すると僕たちは生贄《いけにえ》ってわけですね。マスコミに知られると困るなんて言ってここに閉じ込めて、一人ずつ消していく。最後には誰も残らない……」

「実は大橋ってのが殺人狂とかさ」

「ひょっとしたらここが、悪魔崇拝の秘密教会かもしれませんよ」

同じく坐り込んだジョンが頭を抱えた。

「あいつら、変なことを目撃したりしてねえって言ってたじゃねえか。長いことここにいて準備をしてたんだろ？　なんにもねえってあり得るか？」

「そうですよね。職員から失踪者は出てないし。考えてみれば、この家に直接的に関係のある人間は消えてませんよね。霊能者、忍び込んだ不良少年、捜索に来た消防団員……」

「だろ？　ひょっとして、本当に生贄だったりしてさ。ほら、消えた厚木くんが言ってただろ。生贄として神隠しに取られたってさ」

「古《いにしえ》の神が生贄を求めるわけですね。そして職員はその神を崇《あが》めている」

あたしは思わず二人の顔を見比べてしまった。

「ね、それ本気で言ってるの？」

「え？」

「いや……その」

「そーゆうくだらないことを言ってサボってても、問題は解決しないと思うけど」

ぼーさんと安原さんはそっぽを向いた。

「そんなの、ナルが納得するわけないもん。どうせ全部の階段は計測しなきゃならないわけだし。いずれ壁だって壊す破目になるわけでしょ？」

「麻衣」

「なあに？」

「お前は、本っ当に可愛くないな」

「余計なお世話」

ふーんだ。

そのときだった。

「ちょっと待ってください」

ジョンが深刻な顔で軽く手を挙げた。

「どーしたの」

「さっきの、安原さんの話です。この家の関係者は消えてない、ゆう話」

「ちょっと、ジョン。あんなのギャグなんだから、真に受けちゃ駄目よ」

ジョンの青い眼があたしを覗き込む。

「けど、それって事実と違いますか？」

「事実って……」

「ここに住んではった鉦幸氏は無事でした。使用人の人たちかて無事やったんと違いますか？　職員の皆さんかて、今日まで無事に過ごしてはります」

「おいおい、ジョン」

ぼーさんが呆れたように声をかける。対するジョンはまったく真面目な様子だった。

「消えたのは外部の人間ばかりです。これには本当に意味がないんですやろか」

「お前……まさか本気でここの連中が犯人だと……」

ジョンは首を横に振った。

「そんなんと違います。けど、関係はあるんやないかと思うんです」

関係って……。

「どう考えても、ここで起こってる失踪は、当たり前のこととちゃうと思うんです。原因がなんであれ、超常現象やと考えるしかないんと違いますやろか」

「……それは、そうだろうが」

「せやったら、ここの超常現象は犠牲者の選《え》り好みをしてることになりませんか？　美山家に関係のある人間は犠牲にせえへん、とか」

ぼーさんは考え込んだ。

「しかし、職員はたかだか使用人だろ？　血筋ってわけでもねえし」

「やったら、若いお人が好きなのかもしれません」

……え？

「職員の皆さんは全員年配の方ばかりですやろ。反対に消えたのは二十代以下の若い人ばかりなんと違いますか？」

「……言えてる」

　ぼーさんが頷いた。

　あたしは立ち上がった。

「あたし、ナルに話してくる」

「待った」

　ぼーさんが呼び止める。

「俺たちは全員三十前だろーが。ジョンの意見が正しかったら、全員が危険なんだぞ」

　……そっか。

「ナルちゃんの言う通りだ。絶対に一人にならないほうがいい」

5

　四人でベースに戻ると、ナルとリンさん、綾子と真砂子が戻っていて、何やら緊張した顔をしていた。

「……どうしたの？」

　声をかけると綾子が深刻な顔で振り向く。

「良かったわ。帰ってきて。——また人が消えたのよ」

消えた？　また？

「誰だ？」

ぼーさんが訊くと、

「福田さん、ですって」

「幾つだ？」

ぼーさんの質問の意図は、測量隊にしか分からなかったろう。

綾子もちょっとポカンとした。

「歳なんか知らないわよ。二十五か、そのくらいじゃないの？」

「南心霊調査会の女だろ？　ニューエイジのあの若いねえちゃんか？」

「そうだけど……」

やっぱり……。

ナルが怪訝そうにした。

「それが？」

ぼーさんがジョンの説を披露して、ナルはひどく考え込んでしまった。

「なるほどな……」

呟《つぶや》いて顔を上げ、あたしと安原さんに向かう。

「二人とも絶対に一人になるんじゃない」

……うん。

それから綾子を振り向いて、

「松崎さん、どの程度信用してもいいですか？」

「なによ、それ」

「言葉の遊戯をやっている場合じゃない。麻衣も安原さんも必要なんです。しかし、ここは危険だ。あなたをどの程度あてにしてもいいんですか？」

綾子は不満そうに言う。

「退魔法程度なら……あてにしてくれてもいいわ」

「分かりました」

ナルはあたしたちを見渡す。

「松崎さんと原さんは絶対に離れないように。お互いにフォローできますね？」

「できると思う……」

綾子が頷くと真砂子が言い放つ。

「松崎さんでは不安ですわ」

「ちょっと、あんたねえ！」

綾子に向かってナルは軽く手を挙げる。真砂子を深い色の眼で見た。

「原さん。僕は基本的にこのメンバー以外を信用できない。あてにできる人間は少ないんです。あなたも霊能者の端くれなら自分の身ぐらい守れますね？」

「……ええ」

「安原さんは全く自分の防衛ができない。彼の護衛には充分に信頼できる人間が必要なんです」

「はい……」

　頷く真砂子を見やってからナルは、

「ぼーさんとジョンは安原さんから離れるな。絶対に眼を離すんじゃない」

　充分に信頼できる人間というのは、二人のことか……。

「待ってください」

　リンさんが強い声を上げた。

「それは谷山さんを私が護衛するということですか？」

「そうだが」

「では、あなたは誰が護衛するんです」

「必要ない」

「はっきりと言わせていただきますが。あなたは退魔法を使えないはずです、違いますか？」

　……そらそーだ。ナルは単なる超心理学研究者だもんな。

「もはやあなたの立場は安原さんと同じです。あなたには護衛が必要です」

「リン、なんとかなる」

「冗談じゃありません。なんとかされては困ります。ナルの護衛は私がします」

きっぱり言って、リンさんはあたしたちを見る。

「滝川さんは安原さんを。ブラウンさんは谷山さんをお願いします」

「ぼーさん一人ではきつい」

「おいおい、ナルちゃん」

「見くびって言ってるんじゃない。ここはそれだけ危険である可能性があると言ってるんだ」

「では、誰か一人を帰してください。ナルを一人にすることだけはできません。あなたに万が一のことがあったら、私は教授になんと言ってお詫《わ》びすればいいのですか？」

教授？

「少しは御両親の気持ちも考えてあげなさい」

「リン」

「あなたは、自分が十七の子供だということを忘れてはいませんか」

ナルが厳しい眼でリンさんを見た。

「僕に不満があるんだったら、帰ってもらってもいいんだが」

「何か勘違いしていませんか。むろん私は帰ってもいいのですよ」

リンさんの顔つきはさらに厳しい。

「忘れていただいては困ります。私はあなたの付き添いではありません。あなたを監視するためにいるのですからね」

……か、監視ぃ？

唐突な内輪《うちわ》揉《も》めにあたしたちがひたすら眼を白黒させていると、突然、安原さんが立ち上がった。

「僕が、外れます」

「おい、少年」

安原さんはぼーさんに頷く。

「僕が外れれば、問題はないはずです。僕はいちおう渋谷サイキックリサーチの所長なんですから、他にも依頼があるとかなんとか、適当に言い繕いますよ。予定外に調査が長引いているから、次の依頼者に詫びる必要がある、とか。あとは調査員に任せたと言えばリタイアには当たらないし、それで支障はないはずです」

……それはそうだけど。

「僕は、諏訪市内に戻って森さんをアシストします。個人的に少し気になることもありますし」

深く考え込むようにしてから、ナルはようやく頷いた。

第七章

1

安原代理所長は、雑用をしに市内へ行く職員の車に乗って家を出て行った。

「逃げ出したんだな。しかも部下は置き去りか」

井村さんが聞こえよがしに言って皮肉げに笑う。あたしたちが無言なのを見て取ると、職員のおじさんのほうを振り向いて、

「それより鼠《ねずみ》だ。どうなってるんだ。ゆうべは枕許《まくらもと》にまで出てきたぞ。一晩中、ベッドの周囲をガサゴソ走り廻っていたんだからな」

……文句の多い爺さまだぜ。

出会う人ごとに皮肉を言われながら、福田さんの捜索をした。手を尽くして捜したにもかかわらず、やはり福田さんの姿も見つからなかった。

彼女は少し歩いてくると言いおいて、南さんのグループが使っている部屋を出、そしてそのまま帰って来なかった。ちょうどそのとき玄関では職員が掃除をしていたので、少なくとも玄関から出て行ったということはありえない。ただ消えたと、そうとしか言

いようがなかった。

南さんはひどく狼狽《ろうばい》していた。他の霊能者の人たちは、助けを呼ばないのかとさんざん揶揄《やゆ》した。他ならぬ自分のところのメンバーがいなくなったのだから、博士の活躍も見られるだろう、他の協力者もやってくるだろう、と言って。

あたしたちはその騒ぎを見るに堪えなくて、結局、作業に戻った。残った計測を丁寧にやって。夕方にそれを終えて、そしてあたしたちは意外な事実を知った。

「この家は中央が高い構造になってますね」

リンさんがモニターに家の断面図を出しながら言う。

一階の床面は家の中央へ向かって盛り上がっていた。中央部が外辺部に比べて一メートル以上高い。この盛り上がった部分に隣接する形で、さらに床面が高くなっている箇所がある。零階だ。

ぼーさんは首を傾げる。

「いったい、なんでこんな家を造ったんだ？」

だよなあ。

「増改築を繰り返したって、それだけで零階とかそんなもんができるか？」

「……と言うと？」

ナルはそっけなく問い返す。

「意図的に造ったんじゃねえか、って話。増改築の結果、零階ができたんじゃなくて、なんか目的があって零階を造った」

「目的……ね」

　ジョンも首を傾げた。

「この家、そもそもはどういう形をしてましたのやろな」

　あたしたちは全員でテーブルの上に投げ出された図面を睨《にら》んだ。建物は歪《いびつ》ながらも、広大な長方形を描いている。南北に向かって長い長方形だ。最も南側の中央に玄関があり、そのあたり一帯が、現在あたしたちが食堂や宿泊スペースとして使っているところだ。このあたりには普通の部屋も多い。特に表側に面した部屋はほぼ当たり前の形状をしていて、家具なども残っているし、建物らしい感じがする。

　ナルはプリントアウトした平面図のそのあたりを指差した。

「この表側は、文字通り建物の『表』として建てられたんだろう。外から見る限りはさほどに異常でもないし、玄関に入って見た感じも異常な感じはしない」

　……だよな。

「玄関に接続された廊下は形状が歪だが、それでも概《おおむ》ね南側を東西に貫く形だ。その両側に部屋が配置され、建物の内側にあたる部屋には、いちおう中庭が取られている。体裁を整えるためのエリアというところなんだろうな」

「確かにな」

　ぼーさんが言いながら、図面上の廊下を示す。

「この東西を貫く廊下が、そのまま折れ曲がって建物をほぼ一周してる。ところどころ切れちゃいるが、この周回廊下の外側には、やっぱりあまり異常でない部屋が多い」

あたしは一人頷《うなず》いた。――ところが、この周回廊下から一歩建物の内側に入ると、異常な部屋が増えてくる。中央部に向かえば向かうほど部屋は部屋としての体裁をなさなくなる。

「この部屋はもともと、もっと広い部屋だったのが改築で狭められた感じだった。こっちの部屋もそうだ。ここにあった階段も、ずっぽり半分、壊されて別の部屋が建ってる」

ぼーさんの言に、ナルは頷いた。

「窓の配置から考えても、中央部から外辺部に向かって部屋を付け足していった感じがするな。ということは、もともとあった建物に部屋を付け加え、外側に向けて大きくしていった、ということなんだろうが……」

ぼーさんは中央部の一室を示した。

「ここが隠し扉のあった広間だ。その下が隠し部屋のあった場所。――ちょうど零階の隣だな」

ナルは頷く。自画像のあった部屋もそうだ。こちらは零階の上にある。

「怪しげな部屋は零階の周辺――零階の上にあると思《おぼ》しきエリアの周辺に集まっている。そして床面はこのエリアが一番高く、ここから北に向かってなだらかに下がっているな。

廊下は零階エリアの南側から大きく迂曲《うきょく》しながらいったん北に向かい、そこから改めて南へ向かって、零階の上に出る構造になっているようだ」

「つまり、その長大な回り道の途中に階段を配置して、高さを稼いでるってわけだ。中央部の不自然な盛り上がりは、その途中、零階に至る高さを稼ぐために結果として生じてるってことか」

「……だろう」

そして、その中央部の周辺に、入口の見つからない空白が点在している。最も大きい二階まで吹き抜けの空洞は中央部北寄りに。さらにその北西にもうひとつ、そこそこ広さがあって、なおかつ二階まで吹き抜けの空洞がある。零階の周辺には小さな空洞がいくつか。一階にも二階にもあるけれども、上階まで抜けている様子はない。

ぼーさんは盛大に溜息をつく。

「やっぱ中央部が怪しいんだよな。特に零階と、このでかい空白。だいたい、中庭でもねえのに、二階までぶち抜きってのは怪しすぎるぜ。問題はどこに抜け道があるかってことなんだが……」

ナルは紙を弾《はじ》いた。

「抜け道なんてなかったとしたら？」

え？

「抜け道がない……って、おい」

「この空白は隠し部屋ではなく、閉ざされた部屋を意味するのだとしたら？」

あ……！

そうか、恐怖映画によくあるパターン。壁を崩すとその向こうに閉ざされた部屋があって、そこになんかあるってやつ。失踪《しっそう》者がいたし、しかも空白が大きすぎて隠し部屋の可能性ばっか考えてきたけど、そもそもあの空白には人が出入りできないことだってありうるんだ……。

「抜け道は探し尽くした。そもそもこれだけ古い汚れた家だ。そんなものがあって、失踪した連中が使ったのなら形跡があって当然だと思う。埃《ほこり》の乱れ、足跡、そんなもので。——ところがどう探してみても、そんなものがあるとは思えない。建物が中から外へ向けて建てられていることといい、中にある何かを隠そうとして増築をしていったとしか思えないんだが」

「……言えてる」

ぼーさんは言って天井を睨んだ。

「しかし、隠すって、何を？　まさか、……処刑室」

「どうだろうな。そんなものがあるかどうか。明日壁の向こうを調べてみれば分かる」

「本当にやんのか？　壁を崩して？」

「むろんだ。もう大橋さんの了解はとってある」

ぼーさんがゲンナリした顔をした。

そのときだった。例によって窓がノックされたのは。

2

「まどか……安原さん！」

ナルは呆《あき》れきった表情だった。

よいしょ、と窓を乗り越えてくる二人を冷たい眼で眺める。

「こんばんはー」

「まいどー」

なんて、のほほんとした二人。

「まったく……何を考えているんだ」

ナルの視線は安原さんに向かう。

そらま、そーだ。この家が危険だから出て行ったのに、帰ってきたらなんにもならんがな。

安原さんはしかし、いっこうに気にしてない様子で、

「いえ、今日一日で調べたことを報告に」

森さんはニコニコして安原さんの顔を見た。

「安原くん、大活躍だったのよね、今日」

「そーです。僕、有能ですから」

　ほくそ笑む安原さん。

「えーとですね、まず、この家を出て市内に戻るとき、僕、煙突の数をかぞえてみたんです」

……へ？

「ほら、以前建物の外周を測ったでしょう？　あのときに見た風景と、図面を描くのに調べたとき、三階やら屋根裏やらから外を見て眺めた棟の風景と、なんか違う感じがしたんですよ」

「違う？」

「ええ。煙突の数が違うんじゃないか、って。それで家を出るとき、改めて確認してみたんだけど、遠目でよく分からなかったんで、森さんに会ってから彼女にもう一度ここへ来てもらったんですよね」

　森さんは頷く。

「そう。私が近くの山まで車で来て、そこからレンタルの双眼鏡でちゃんと数えたの。その結果は十二本」

　リンさんがコンピュータに向かって暖炉の数を調べる。

「僕の記憶にある感じだと、十一か十本程度だと思うんですけど」

　安原さんの言葉にリンさんは頷いた。

「十一でしょう。これより少ないことはあっても多いことはないと思います」

……一本多い……？

「暖炉が取り壊されて煙突だけが残っている、ということでしょうか」

「ところが、よくよく見ると、家の中央部にある煙突がどうも変なのよね。形も丸くて他のより太いのよ」

森さんの言葉に、安原さんも頷く。

「僕、外周を測ったとき、なんか雰囲気の違う煙突があるなあ、と思った覚えがあるんですよ。けれど、窓から見た風景には、そんな煙突はなかった気がするんです。てことは、窓から死角になった位置に、もう一本煙突があるんじゃないかな、って」

「家の中央部にそれが……？」

ナルが素早く平面図をチェックした。

「屋根の上に煙突が見えているということは、三階部分を貫いているか、さもなければ二階建ての部分にあることになるが」

「三階には煙突が貫いていそうな空白はありませんね」

リンさんは画面のほうをチェックしながら言う。

「ということは、二階建ての部分だ。三階の窓から見えなかったということは、そちらに向いた窓がないということ——ここか」

ナルは図面を指差した。建物の中央から北西方向。たぶん中央部の北西にある二番目に大きな空白だ。二階まで吹き抜けになった空洞。

森さんはちょっと得意そうだった。

「賢い私は、ちゃんと証拠写真を撮ってあります。今ラボに出してるから、明日にはできてくるわ。ちゃんと望遠の一眼レフを借りてたのよ、偉いでしょ？」

そう言ってナルの顔を覗《のぞ》き込む。ナルは冷たい視線を向けるだけ。

「なによー」

代わりにぼーさんが、

「偉い、偉い。それで？」

森さんはニッコリして、

「私がそういうことをしてる間に、安原くんは市内の聞き込みをしてくれたのよね。彼、探偵の素質あるわ」

ほー。

安原さんは胸を張った。

「なんでもソツなくこなします、天才ヤスハラですから」

そう言って笑ってから、

「まず、僕は美山家の本邸に行ってみたんですよね。でもって、周囲の家を訪ねまして、できるだけお年寄りを探しました。そしたら、三軒先に齢《よわい》八十二のお婆ちゃんがいまして。まだ呆《ぼ》けもせず、しっかりした人でね。まずその人に話を聞いてきたわけなんですけど」

ふむふむ。

「美山鉦幸氏は成人してからのほとんどを山荘で過ごしたわけですから、まあ、頻繁に顔を合わせたり、親交があったはずはないんですが、何か知らないかというわけで。するとですね、彼女が言うには鉦幸氏というのは語り草になるくらいの変人だった、と。とにかく人嫌いで。結構気分に落差があって、機嫌のいいときは他人に物をバラまいたりそれなりに親切なんですが、機嫌の悪いときってのは人を追いかけ廻して殴るような、そんな人だったらしいです」

……ふうん……。

「前に潔癖という話が出ましたが、お婆ちゃんもそう言ってました。とても潔癖な人だったって。それで美山家の隣の家の人は、今でも柿ひとつ、美山家のものを勝手に取ったりしないそうです。昔、酷《ひど》い目にあったことがあるとかで」

「……なるほど」

「彼女から聞けた話というのは、そのくらいなんですが。で、彼女が市内の老人ホームとお達者クラブを紹介してくれまして。それでそこに行ってみたんです。ここでも鉦幸氏を実際に知っている、という人はいなかったんですが、噂を覚えている人はかなりの数いました。でまあ、いろいろな話を聞いたわけですが、鉦幸氏というのは本当に評判が悪いんですよね」

「……やっぱり、か？」

「やっぱりなんです。どうもあの慈善事業も、裏で何か悪いことをやってる、そのカモフラージュじゃないかと、そういうふうに思われていたようなんですよね」

　そこまで言われるとは。……意外。

「その悪いことというのも、何か不正を行なっている、という感じではないんです。もっと邪悪なこと、という印象だったみたいなんですね。邪悪で恐ろしいことをしている。それを隠すために慈善家の顔をしていたのだと噂されていたようなんです」

　安原さんは言って、ちょっと微笑《ほほえ》んだ。

「美山の殿様、と言ったそうですよ。小さい頃、近所に住んでたというお爺さんの話ですけど。悪いことをすると美山の殿様に懲らしめられるぞ、と脅されたんですって。お爺さんが物心ついたときには鉦幸氏は死んでいて、『美山の殿様』はもう代替わりしていたわけですけど、その宏幸氏も当時からほとんど本邸に住んでいなかったし、なので鉦幸氏みたいな人物だと周囲には――特に子供には思われていたようなんです。すごく怖い鬼みたいな存在だと思っていたみたいで、ごくたまに『美山の殿様』が本邸に帰って来たりすると、怖くてびくびくしたもんだそうです」

　……へええ。

「で、老人ホームでは宏幸氏の知人だったって人を見つけました。この人もお婆ちゃんなんですが、彼女の旦那さんが晩年の宏幸氏と縁があったらしいんです。彼女自身も何度か宏幸氏に会ったことがあって、そのときの記憶によると宏幸氏は父親を嫌っていたって。父親の話はほとんどしなかったし、誰かが話題にするとひどく怒ったそうです」

……ふうん。

「なんでも、鉦幸氏は小さい頃から身体が弱かったんですって」

「身体が弱かった？」

「ええ。病弱な人で、子供の頃は寝ていることのほうが多かったとか。成長して少しはましになったけれども、健康とは言えなかったようですね。何度かの外遊も、外遊と言うより、外国の医者に診《み》てもらいに行ったと言うのが正確なところらしいです。何か慢性病でも抱えていたんでしょう。何度も外国まで治療に行った、という話だったみたいですから」

……へえ。

「持病のせいで、小さい頃はあまり長生きできないだろうと言われていたわけですが、実際五十三で死んだんですよね。ただ、宏幸氏に言わせると、もっと早く――子供の頃にでも死んでればよかったんだ、ということらしいです」

あたしは訊いた。

「鉦幸氏が子供の頃に死んでたら、宏幸氏は生まれてなかったわけでしょ？」

「そうですよ。すごい台詞《せりふ》でしょ？」

「……うん」

宏幸氏は本当に父親が嫌いだったんだ。

「それから、こういうのがあるんです。鉦幸氏は、下男二人と住んでいたって」

安原さんは言って、あたしを見た。

「忠義者の下男が二人。下働きが出入りしてたけど、基本的に鉦幸氏と生活を共にしていたのは二人だったんだそうですよ」

……胸がドキドキする。なんだろう、嫌な感じ。

「それでですね、その老人ホームにもう一人、祖父が出入りの植木屋だったって人がいたんです。この方は結構若いお爺ちゃんなんですが。で、そのお祖父《じい》さんって人が山荘に行くのは気味悪くて嫌だったって、そう言ってたというんです」

「植木屋？」

「ええ、なんでもその当時、ここには生け垣でできた迷路があったらしいんですよね」

……生け垣。生け垣の迷路。

「母屋があって、離れがあって、その間を迷路が繋《つな》いでたって」

ああ、なんか嫌だ。あたし、この話を聞きたくない。

「母屋は普通の洋館で、特に巨大だったとか変わっているという話は聞いたことがないそうです。ただ、建物の裏手に迷路があって、その向こうにこぢんまりした離れがあった。迷路の端が建物を囲い込む感じだったそうです。つまり、迷路を越えないと離れには近付けない」

耳の奥に、ざりざりという砂利を踏む音が甦《よみがえ》った。迷路の中の砂利を敷かれた小道。不吉な——暗がりに向かっていく生け垣の道……。

「この離れは二階建ての洋館だったようなんですが、こちらのほうはちょっと変わった建物だったそうなんです。二階が切れてたって」

「切れてた？」

「ええ。聞いた話を総合するに、どうやら二階が一部、切り離されていたようなんですよ。かろうじて渡り廊下みたいなので繋がっていて、繋がった先は、どの窓も小さくて太い鉄格子が入っていたそうです。まるで座敷牢でもあるみたいだった、って」

……二階。二階の座敷牢。

「でもって、当時この家で、専門の職人が手入れする必要のあった植木は、生け垣でできたその迷路だけだったようなんです。それで、お祖父さんがいつも言ってたのは、あの家はとにかく気味が悪くて行くのが嫌だったって。作業している間、そばにぴったり使用人が張りついてて見張ってたらしいんです。おまけに生け垣を刈り込みながら離れのほうに近づくと、いつも墓場みたいな嫌な臭いがしてたって。しかも行くたびに女中の顔が変わってたって、そう言ってたと」

「女中の顔が変わってた……？」

目眩《めまい》がした。背中を冷たいものが撫《な》でていった感じがする。

「ええ。それで——？　……谷山さん？」

安原さんがあたしの顔を覗き込む。あたし、背筋がゾクゾクして寒くて寒くて言葉が出ない。ぼーさんが動きかけるのを真砂子が止めた。立ち上がり、あたしのほうに近づいてくる。そっと腕を伸ばして、あたしの肩に手をおいた。

「この人はいけませんわ。あなたを救ったりはできないんですの。ここにいる誰も、あなたを助けてあげることはできません。だってあなたはもう死んでるんですもの」

そう言いながら、真砂子があたしの背中を叩く。

「さ、降りて。恐れないで光のほうへ行ってごらんなさいな。そこへ行けば、楽になれますから」

そう言ったとたん、急に寒気がやんだ。

「原さん……」

ナルの問いかけに、真砂子は微笑む。

「この家に住む霊のようですわ。大丈夫、もう消えました。浄化したのかどうかは分かりませんけれど。……もう大丈夫でしょう？」

「うん。ありがと……」

なんだったの、今のは。

真砂子は言った。

「きっと、話をしていたので寄ってきたのですわ。それとも、最初からいたのかしら。今、話題にしていたお女中さんの霊のようです」

その言葉を聞いたとたん、ムッと血の臭いがした。喉《のど》を裂いた刃物の感じ、顔にかかった血《ち》糊《のり》の温かさ、白いタイル、赤い染み。

「……その人だ……」

あたしは言っていた。みんなが怪《け》訝《げん》そうな顔をする。

「その人なの。ゆうべ……」

母屋から連れて行かれた。男が二人で引っ張って、離れに連れて行って。離れのあの部屋で手術台に引きずり上げられて、喉を裂かれた。

「ゆうべ夢の中で殺されたの、その人なの」

涙が出た。あたし、霊の記憶を見てしまったんだ。あの人、殺されてしまったんだ、あんなふうに。あたし、怖かった。痛かった。あたしのあれは夢だったけど、あの人にとっては現実だった。あんな怖い思いして、痛い思いして、殺されてしまったんだ……！

思わず顔を覆ってしまったあたしの背中を、みんなが叩いてくれた。

「……そういうことか」

ナルの低い声。

「そうやって殺された霊がこの家をさまよっているわけか」

助けて、死にたくない、霊はそう言った。みんな自分が死んだことが分からなくて、怖い痛い思いを抱えたまま、この家をさまよってる。

酷い。誰があんな。——ううん、犯人なんか分かってる。あの男たちは二人の下男。だとしたらあれを命じた犯人がいるはず。その犯人なんて鉦幸氏でしかありえない。

許せない。慈善家の顔をして、あんな酷い、あんな残忍な、無惨なことを。

そのときだった。

いきなり部屋の電灯が消えた。

「……なに!?」

モニターからゆっくり光が消えて、部屋が真っ暗になった。全員が周囲を窺《うかが》うように息を詰める中、ふいにどこか近くでカサリと音がした。

それは床を這《は》うようだった。カサカサと小さな音が周囲の床を動き廻る。

……鼠？

カサカサと走り廻るそれは、カリカリと爪が引っ掻《か》くような音を立てて壁面までを這い廻った。そして、パシッという乾いた音が。それを皮切りに、あたりがたちまち異音でいっぱいになった。この部屋だけではない。部屋の外のどこからか、激しい音がする。

そして、遠くで人の叫び声。

……いったい何が起こってるの？

「動くな！」

鋭い声でナルが命じたとき、ふいに灯りが点《つ》いた。ちょっとした停電が終わったように。それと同時に異音がやむ。

今のはなんだったんだ、と言う間もなかった。部屋が明るくなって、あたしたちの眼に赤いものが飛び込んできた。

『助けて』

『死にたくない』

『痛い』

『痛い』

『怖い』

壁に書かれた無数の血文字だった。

3

あたしたちは唖《あ》然《ぜん》として部屋の中を眺めた。

大きさもまちまち、筆跡もさまざまの血文字。たったあれだけの間に、壁を埋め尽くすほどの数。

『痛い』

『助けて』

『死にたくない』

『怖い』

『浦戸』

……『浦戸』？

文字を眼で追っていって、あたしは硬直した。

「ね、ナル。これ……」

ナルはその文字に視線をやり、それからもう一度部屋を見渡す。

『浦戸』

『うらど』

その文字は他にも無数にあった。

呆然《ぼうぜん》としているうちに、家のどこかで慌ただしい足音がする。森さんが素早く安原さんを促した。

「ナル。また、明日」

「まどか、危険だと言ってるだろう」

鋭い声の脇でぼーさんがのほほんと手を振った。

「お嬢さん、またなー」

窓を越えながら森さんが手を振る。

「はーい」

明るい返事を残して、二人は窓から消えていった。

ほとんどそれを追いかけるようにして、大橋さんがドアを開けた。

「……御無事ですか？」

「何があったんです？」

ナルの声に、

「あちこちに変な文字が。まるで血で書いたような……」

慌てて部屋を飛び出すと、廊下の壁も血文字でいっぱいだった。

助けて、助けて、助けて、助けて、……。

怖い怖い怖い怖い……。

浦戸浦戸浦戸……。

「この家の霊って、いったいどれくらいいるのよ!?」

綾子が叫んだ。

ものすごい数。こんなにたくさんの……。

「浦戸、ってのは俺たちが思っている以上に意味のある言葉らしいな」と、ぼーさんが壁の文字を睨んだ。「単なるペンネームだとか、とてもそうは思えねえ」

「……うん」

「あの文字の意味さえ分かればな……」

あの文字。『浦戸——さ・た——聞く』。

ナルが低い声を出した。

「原さん」

「はい？」

「ここで降霊術をやれる自信がありますか」

パッとみんなの眼が真砂子に集中した。

真砂子はお人形のように整った顔を少し傾ける。

「……ありますわ」

この悲鳴を上げた霊を呼び出すことができれば。真砂子に憑依《ひょうい》させることができれば、そうすれば霊の口から直接、『浦戸』の意味を聞くことができる。ここで何があったのか、全部聞くことができるはず。

——そこまで考えてあたしは硬直した。霊……この家の。殺された霊たち。あれを憑依させるということは、あたしと同じ経験を真砂子がするということになりはしない？

「……駄目」

「麻衣？」

「真砂子……やっちゃ駄目だよ。霊を憑依させちゃ駄目」

「どうなさったんですの、急に」

「あたしと同じ夢を見ることになるかもしれない。そんなの、駄目だよ」

ナルが軽く溜息をついた。

「麻衣……原さんはプロだ」

「プロだろうと何だろうと、あんな経験させられない！」

「いいかげんにしろ」

ナルの冷たい視線。あたしはそれを真っ直ぐに見返す。

「自分が殺される気持ち、分かる？　自分が死んでいく瞬間の気分が想像できる？　どんなに怖いか、ナルに分かる？　あたし、絶対に真砂子に降霊術なんてさせないからね」

　ふいにナルの眼の色が深くなった気がした。

　あたしが眉をひそめると、ナルは軽く瞬《まばた》きする。もうあの不思議な色はなかった。

「……仕方ない。多少不確実な方法になるが——リン」

「はい」

「呼べるか？」

　リンさんは軽く頷いた。

「やってみましょう」

「リンさん！」あたしは、思わず止めてしまった。「駄目だよ、そんなことしちゃ。あんな……」

　あんな怖い、あんな辛《つら》い、そんな経験、誰にもしてほしくない。

　リンさんは無表情に、

「御心配なく。べつに霊を憑依させるわけではありません」

「……でも」

「霊を呼んでみるだけです。私は霊媒ではありませんので、霊を憑依させることはできませんから」

「そうなの？」

「はい」

……なら、いいんだけど……。

「ただ」と、リンさんはナルに表情のない顔を向ける。「私にはここで過去に殺された霊を呼ぶことはできません。今呼べるのは——死んでいると仮定して——調査の間に消えた三人、それだけです」

「構わない。やってみよう」

4

降霊会の場所には、五十嵐先生の降霊会が開かれた部屋が選ばれた。リンさんとナルは準備のためにいなくなって、残ったあたしたちで部屋の用意をする。あの夜のように二台のカメラをセットしながら、あたしはぼーさんに訊《き》いてみた。

「どうやって霊を呼ぶんだと思う？」

ぼーさんは、ちょっと考える様子を見せた。

「霊を呼ぶには霊を憑依させる『口寄せ』と、霊そのものを呼ぶ『魂《たま》よばい』があるんだ。真砂子は『口寄せ』のほうだな」

……へええ。

「霊を憑依させるんじゃねえって言うんだから、やっぱ『魂よばい』のほうじゃねえのか?」

「そんなこと、できるの?」

ぼーさんは肩を竦《すく》める。

「ふつーはまあ、できねえわな。『魂よばい』は『招魂《しょうこん》』と言って、もともと中国の巫《ふ》蠱道《こどう》にあった方法だ。――リンは中国人だって言ってたからなあ」

「……あ」

「俺たちはずっとリンを陰陽師《おんみょうじ》だと思っていたが、こうなると事情が違うわな。リンはおそらく陰陽師でなく、中国呪術《じゅじゅつ》の道士なんだと思うぜ。あっちじゃ招魂ってのはよくあることみたいだからな」

……へええ。

「『口寄せ』を『摂魂《せっこん》』と言うんだが、普通『摂魂』よりも『招魂』のほうが難しいとされる。道士の格がぜんぜん違うんだ」

つまり、真砂子よりリンさんのが優秀だというわけ? あたしはちらりと別の機材の

準備をしている真砂子のほうを見て、

「……ってことは、他の人をあてにしなくてもリンさんがいれば充分だったんじゃ」

なんてこったい。あたしたちは真砂子しか霊が見えないんだと思って、さんざん振り廻されたっていうのに。

ぼーさんは肩を竦める。

「ところが、そう話は上手《うま》くいかない。招魂つったって、誰でも彼でも呼べるわけじゃないし。リンも言ってたろ？　自分が呼べるのは三人の霊だけだってさ」

「……もしも、三人が死んでたとして、よ」

生きてる可能性だってあるんだから。

「まあ、なんでもいいが。たしか招魂には、呼び出す霊の名前とか生没年とか、そういう細かいデータが必要なはずだ。それで、今そんなデータが揃うのは三人のぶんだけだから、この三人の霊しか呼べないってわけさ」

なるほどなあ。……思ったところにリンさんが包みを抱えて戻ってきた。特に服を着替えたりはしてない。

「掃除は」

「済んでるよ」

リンさんは準備のために部屋に戻る前、ここを掃除しておくように指示していった。

言われた通りに塩を撒《ま》いて掃き清め、真新しい布で床もテーブルも水を替えながら三度拭《ふ》いておいた。

　リンさんは頷き、包みを開く。薄い黄色の布を解いて箱を取り出した。白木の箱を開けると、中にもいくつかの箱が入っている。そのうちの一番大きな箱の中から金属製の平たい鉢を取り出し、そっとテーブルの上に置いた。そして、金色の太刀《たち》。金色の香炉を二つ。燭台《しょくだい》を二つ。蠟燭《ろうそく》を二本。

　なんとなく喋《しゃべ》ってはいけないような気がして、あたしたちは黙ってそれを見守る。リンさんは丁寧に白木の箱を開けて、中から抹香を摘《つま》み出し、それを香炉に入れて火を点《つ》けた。薄い煙が上がって、不思議な匂いが漂い出す。

　平たい箱を取り出し、蓋《ふた》を開いて鉢の脇に置く。中は硯箱《すずりばこ》になっていた。和紙を取り出して広げ、テーブルの上をきちんと片付け、そしてあたしたちが用意しておいた水でゆっくりと墨を磨《す》り始めた。

　お香の匂いが部屋に満ちて、リンさんが墨を置いたころに、やっとナルが戻ってきた。

「誰を呼びましょう」

　リンさんに訊かれて、ナルはメモをテーブルに置く。

「鈴木直子さんを」

　ナルは手に彼女のものらしいブラウスを持っている。リンさんはそれを受け取ると、丁寧に畳んで鉢の中に置いた。それからメモを見ながら和紙に文字を書きつける。名前を書き、生年月日を書き、そしてナルを見返した。

「没年月日はどうしましょう」

ナルは少し考え込んで、

「失踪日の翌日……というところかな」

リンさんは頷いて、その通りに文字を書きつける。そうしてできたお札を鉢の中に畳んでおいた服の上に載せた。

「始めます」

もうひとつの香炉に線香を立て、蠟燭に火を点《とも》してナルに頷く。ナルが部屋の電灯を消した。

二本の蠟燭の明かりに、ほの暗く室内が照らし出される。リンさんは姿勢を正した膝の上に太刀を載せ、軽く口を開いた。

不思議な音が発された。

ホーォと言っているようにも聞こえる。口の中で低い音が響いて、それが呼吸と一緒に吐き出される、そんな感じ。呻《うな》る、にしてはあまりに澄んだ綺麗《きれい》な音。口笛、にしてはあまりに柔らかな低い音。

リンさんはゆっくりと音を吐く。途中で何度も音程が変わって、まるで歌っているようだ。高くなったり低くなったり、弱くなったり強くなったり。震える、伸びる。その繰り返し。喉が音を出す、たったそれだけの不思議で綺麗な音楽。

思わずぼうっと聞き惚《ほ》れてしまった。こんな不思議で綺麗な音を他に知らない。すっかりなにかの演奏会にでも来ている気になってしまって。だから、溜息が聞こえたとき、あたしは誰かが思わず漏らしたんだと、この音に感動して息をついたんだとそう思ってしまった。

リンさんが音を止めた。

もう一度、溜息がした。ひどく悲しい溜息に聞こえた。

はっとあたりを見廻すと、リンさんの正面の壁に影が見えた。蠟燭だけの明かりに照らされた壁。その表面にうっすらと人の影が落ちていた。誰の影でもない。影を落とすような位置に人はいない。

眼を瞠《みは》るうちに影が濃くなった。人の、女の人の横を向いた影なのだと分かる。

……誰？　まさか。

黒い影から色が滲《にじ》み出るようにして、徐々に人の姿が現れ始めた。誰もが息を呑んでコソという音もない。

「ナル」リンさんは姿勢を正したまま振り向きもせずに呼ぶ。「日が良くない。喋らせることはできないし、そんなに長くは呼んでおけません」

ナルが頷く。人影は、今やはっきりと若い女性の姿を現していた。暗くて、なんだか透けるようで、けっして実体がそこにあるようには見えなかったけど、確かにそれは人の姿で、しかもいなくなった鈴木さんなのだと分かった。彼女は項垂《うなだ》れ、横を向いて視線を足許に落としていた。

「鈴木直子さんですね」

ナルが呼びかけると、彼女は視線を落としたまま頷いた。

……死んでいたんだ……。

ひどくやるせない気がした。やはり鈴木さんは死んでいたんだ。

「この家にはあなたの他にも人がいますね」

鈴木さんは頷く。

「僕らと五十嵐先生、霊能者たちの他にも人がいますね？」

これにも無言の頷き。

「彼らもあなたも、すでに死んでいます。知っていますか？」

ふいに鈴木さんは顔を上げた。不思議そうな表情でナルを見つめる。

ああ、鈴木さんは分かってないんだ。自分が死んだこと、他の人たちが死んだこと。

「自分がなぜ死んだのか分かりますか？」

彼女はナルを見つめたまま、ただ首を横に振る。

「では、誰かがあなたに酷いことをしませんでしたか？」

鈴木さんは頷いた。表情が微《かす》かに歪《ゆが》む。

「それは誰です。僕ら以外の他の人たちですか？」

鈴木さんはひどく辛そうな顔で頷いた。

……やっぱり、この家の霊が犯人なんだ……。

「浦戸という人物を知っていますか？」

ふいに、彼女が大きく身体を反《そ》らした。顔が歪む。何かを言いたそうに口を開いた。声が出ないのか、もどかしそうに手を挙げて喉を摑《つか》む。片手を挙げ、宙に何かを書こうとする。

「知っているんですね？」

鈴木さんは頷き、そして首を横に振る。身をよじって腕を泳がせて、子供が癇癪《かんしゃく》を起こしたように全身で何かを訴えようとした。足を踏みしめ、身を折るようにして身もだえする。突然、部屋のどこかで乾いた高い音がした。

思わず音の出所を探してあたりを見廻した。続けざまに激しい音がする。

「ナル。限界です」

リンさんの密《ひそ》やかな声をきっかけにしたように、少しずつ鈴木さんの姿が薄まり始めた。彼女は大きく口を開いて、何かを必死で叫んでいる。その声は聞こえない。届かない声の代わりをするように、高い調子でラップ音がした。

ナルが次の質問を発する間もなかった。すうっと色を失って、鈴木さんの姿は影に戻った。影になっても彼女は身をよじり続けている。それさえすぐに薄れて闇に溶けて見えなくなった。彼女の影が消えると同時に、ラップ音もやんでしまって、あとには静寂だけが残された。

5

ナルが部屋の灯りを点けるまで、誰も声を出せなかった。

眩《まぶ》しいほどの明かりが降って、とたんにあたりは興奮した声でいっぱいになる。

今のは本当にリンさんが呼んだのか、鈴木さんは本当に死んでいたのか、この家の悪霊が人を攫《さら》っていたのか、では他の二人も死んでいるのか。そんな声が入り乱れる中、ふいにナルの視線が壁に釘付けになった。全員の視線がそれを追って、興奮した声が静まってしまう。

いつの間に書かれたのだろう。白い壁の表面に赤い文字が書かれていた。

『ヴラド』

ヴラド？　なんだろう、これは……？　鈴木さんの霊が残していったんだろうか？

ぼーさんがいきなりテーブルを叩いた。

「……浦戸ってのは、ヴラドのことだったのか」

あたしはパチクリした。

確かに浦戸とヴラドって、音が似てるけど……。

「ヴラドってなに？」

ジョンがとても嫌そうな顔をした。

「ヴラドゆうのは……吸血鬼ドラキュラのことです」

吸血鬼。

「ドラキュラーっ!?」

あたしはナルを振り返った。

「どういうこと？　浦戸は鉦幸氏のペンネームでしょ？　鉦幸は吸血鬼だったの？　この霊は血を吸われて死んだ人たち？」

ナルはウンザリしたように口を開いた。

「世間でよく知られるドラキュラの物語は、『吸血鬼ドラキュラ』という小説がもとになっている。これは知っているか？」

「……知らない」

ナルは露骨に溜息をついた。

「一八九七年に出版された『吸血鬼ドラキュラ』はブラム・ストーカーという作家が書いた恐怖小説だ。手記を集めた体裁の物語だから、内容を要約するのが難しいが――あえて言うなら、トランシルヴァニアからロンドンに越してきたドラキュラ伯爵なる男が実は吸血鬼で――という物語だ。この小説が舞台や映画になり、そこから『吸血鬼もの』というジャンルが生まれた。ここまでは、いいか？」

「……うん」

「実は、このドラキュラ伯爵にはモデルがいる。本当にドラキュラと呼ばれた実在の人物だ。物語に出てくるドラキュラ伯爵はトランシルヴァニアの出身。トランシルヴァニアは長くハンガリーに属し、現在はルーマニアになっているところだ」

「……トランシルヴァニアって、実在の土地なの？」

あたしはてっきり架空の地名だとばかり……。

「もちろん。ドラキュラは十五世紀、トランシルヴァニアに近いワラキア地方を統治した王だった。名前をヴラド。通称ヴラド・ツェペシュといって、一般には『ヴラド串刺し公』と訳すようだな」

「くしざしぃ？」

ナルは頷く。

「当時ヨーロッパは頻繁にオスマントルコの侵略を受けた。ワラキア地方はトルコに近いこともあってその前線地帯だったと言っていい。しかもワラキアの王座を巡っても覇権争いが絶えなかった。ヴラドは潔癖な王で、怠惰と背任を嫌い、特に敵には容赦がなかったことで知られている。捕らえた敵の多くを串刺しにして処刑したことからそう呼ぶんだ」

げげげ。

「このヴラドの父親がヴラド二世。通称を『ヴラド・ドラクル』という。『ドラクル』はルーマニア語で『悪魔』を意味するから、普通『ヴラド悪魔公』と呼ぶようだ」

父が悪魔で、息子が串刺しかぁ？

「もっとも、これは正確じゃない。『ドラクル』は悪魔を意味する言葉だが、同時に『竜』をも意味するんだ。ヴラド二世は一四三一年、時のローマ皇帝ジギスムントによって『ドラクル』の称号を与えられた。称号なんだから、『悪魔』とは呼ばないだろう。たぶん、『ヴラド・ドラゴン公』と呼んだほうが正しいんだろうな」

　確かに、悪魔とドラゴンじゃえらい違いだよなあ……。

「『竜の子』あるいは『悪魔の子』をルーマニア語で『ドラキュラ』と言う。したがってドラクルの子供であったヴラドは別名を『ドラキュラ』と言った。つまり、『ドラゴンの子』というような意味で。ヴラドの血塗られた業績のせいで、普通は『悪魔の子』と呼ばれるが、実はそれはあまり正しくないんだ」

「……ふうん」

「ブラム・ストーカーの『吸血鬼ドラキュラ』が出版されて、『ドラキュラ』とは吸血鬼の名前だということになった。一時期ヴラド・ツェペシュはその残虐性のためにヨーロッパ中で有名だったんだが、ストーカーが著書を発表するころにはほとんど忘れ去られていた。ブラム・ストーカーによって再びヴラドは脚光を浴びた。そして今や全世界的に悪名がとどろいているというわけだ」

「なるほどねえ」

　そんな歴史があったとは知らなかった。

「ワラキア地方には今も『ドラキュラ伝説』が残っている。それによれば、ヴラドはドイツとトルコからハンガリーを守った救世主ということになっている。敵には確かに残忍だったが、彼はハンガリーを守った英雄だというわけだ。一概に信じるのもどうかと思うが、当時のヨーロッパ情勢を考えるとまるきり嘘でもないような気がするな」

……ふうん。

ナルはちょっとシニカルな笑みを浮かべた。

「ヴラドに関して有名な話がある。とある豪商が財産のすべてを馬車に載せてワラキアの首都を通った。彼は首都に着くや、宮殿に行ってヴラドに自分の財産を守ってくれるよう頼んだんだ。これに対してヴラドは、その必要はない、どこだろうと置き去りにしておけ、と命じた。仕方なく商人は全財産を積んだ馬車を広場に置き去りにした」

ううむ。ヴラド公の命令には逆らえないもんなあ。

「ところが一夜明けてみると、彼の財産はまったく減っていなかった。ヴラドは潔癖な王で、自国の国民にも嘘や泥棒、怠惰を決して許さなかった。そういった者は例外なく串刺しにされたので、商人の荷物に手をつける者などいなかった、というわけだ」

「……ナルホド。結構偉い人だったんだ」

ナルは肩を竦める。

「それを偉いと言うかどうかは、人によるだろうな。……いずれにしても、確かにヴラドは似ている。鉦幸に」

ぼーさんは首を傾げた。

「ヴラドはハンガリーの救世主だった、と。鉦幸も自分は救世主だとでも言うつもりだったのかねえ」

「さて。それはどうだろう」

ナルは白い指先で森さんが持ってきたメモをめくる。

「鉦幸は明治三十三年頃にもヨーロッパに外遊していた。その頃すでに『吸血鬼』は出版されていたし、出版されたその年のうちにアーヴィングによって舞台化もされている。鉦幸が知っていても不思議はない。彼が『悪魔の子』の意味で『ヴラド』を名乗っている可能性のほうがむしろ高いと思う。——それに」

「それに？」

「麻衣が言っていたろう。浴室にバスタブがあって、その中に血が溜まっていたと」

……うん。

「ヴラドとよく混同される人物にバートリ・エルジェベットという人物がいる。英語ふうに姓をあとにするとエルジェベット・バートリ——人口に膾炙《かいしゃ》している呼び方はエリザベート・バートリだ。彼女は通称、『流血の伯爵夫人』と呼ばれる」

「お……女の人なの？」

「そうだ。エルジェベットは十七世紀ハンガリーに住んだ伯爵夫人だった。ヴラドとの関係ははっきりしないが、なんらかの血縁関係があったのではないかと想像されている」

「ふうん……」

「彼女は自分の容色が衰えることを恐れて、若い女性を生贄《いけにえ》にした。若い女の生き血を浴びれば、自分の美貌《びぼう》は保たれると信じていたんだ。若い女を殺しては、搾り取った血を浴槽に満たしてその中に身体を浸した。生贄の一人が脱走して犯罪が暴かれるまでの、およそ十年間だ」

「……それ、それって……」

ナルは頷く。

「麻衣の夢に似ているだろう。エルジェベットとヴラドは混同されて、ヴラドが処刑した敵の血を浴びていたごとくに言われることが多い。鉦幸がこの話を聞いていたとしたら？」

誰一人答える者はいない。ナルはさらに微かに笑う。

「彼女は公式には罪を追及されなかったが、その代わり寝室に閉じ込められ、すべての扉と窓を外から塗り込められてしまった。結局、彼女はその牢獄の中で死んだわけだが——なかなか暗示的だとは思わないか？」

「でも……鉦幸は」

塗り込められた牢獄。塗り込められた空洞。

病気で死んだと、森さんが。

「もちろん、図面上に見える空白が鉦幸を閉じ込めるものだとは思わない。だったら、あんなに広い空間である必要はないから。ただ、暗示的だと――ひどく暗示的だと思うだけだ」

……確かに。

『ヴラド』は『ブラド』の発音のほうが近い。鉦幸はなんらかの理由でヴラド公の名を筆名に使おうと考えたが、うまく漢字をあてられなかった。それで『浦戸』という文字を選んだ……これはおそらくそんなに事実を外れていないと思う」

「だろうな」と、ぼーさんが頷いた。「そして奴はその名の通り、ここで多くの使用人を殺した。殺された者の霊が、今もこの家をさまよってるってわけだ。……ああ、そうか」

ぼーさんは軽く指を鳴らした。

「分かった。例の『浦戸――さ・た――聞く』ってやつ」

「え？」

訊き返すとぼーさんは苦い笑みを浮かべる。

『浦戸に殺されたりと聞く』だよ。『ここに来た者はみな死んでいる。浦戸に殺されたりと聞く。逃げよ』だ。どうだい？」

警告、だったんだ。あの隠し部屋に住んでいた人物は、次にこの家に来る者のためにメッセージを残した。逃げろ、と。

あたしはふと首を傾げた。

「ねえ、それは分かるけど……。あのコートは誰のものなわけ？」

「誰って……」

「だって、使用人だったらあんなところに住ませることないでしょ？　それにあのコートは病院の附属施設の支給品だったじゃない。あのコートの持ち主は誰？　本当に使用人なの？」

　全員が顔を見合わせた。

「まさか……」ぼーさんが呟《つぶや》く。「まさか、施設の人間まで……？」

施設の人間に目星をつける。その人物をここへ連れてきて、事情を知らない使用人に分からないよう隠し部屋に閉じ込めておく。そして……。

酷い。そんなの、酷すぎる。鉦幸は人間じゃない。本当に『悪魔の子』だったんだ。

あたしはハッとした。もしかしたら宏幸氏は、父親がここで何をしてたか知っていたんじゃないだろうか。

あたしがそう言うと、ナルは頷く。

「ありうるな。それでここを封印し、誰にも知られないように増改築を繰り返して屋敷の奥深くに隠した……」

　宏幸氏は言っていたという。「お化けが出るから出ないようにするんだ」と。

　ここで何が行なわれていたか知っていたとすれば、この発言も頷ける気がする。宏幸氏はさぞ怖かったろう。自分の父親が。父親の殺した人間の怨念《おんねん》が。

ナルは深く考え込む表情で、

「消えたのは若い人間ばかり……」

ふいにそう呟いた。

「うん？」

「そうか……鉦幸がなぜあんなことをしたのか、分かった」

え？

「鉦幸は病弱だったんだ。幼い頃から臥《ふ》せっていることが多く、長くは生きられないだろうと予言されていた。だが、鉦幸はそれに抵抗している。わざわざ何度も渡航して、海外の医者にかかっていたことからもそれが分かる。そして、かつて血は人の精気の源だとされていたんだ。エルジェベットが血液に由来する精気によって自分の美貌を保てると信じたように、鉦幸は若い人間の精気によって自分の健康を守ることができると信じた」

……そうか。それで。

ナルは厭《いと》うように眉をひそめる。

「ところが実際、鉦幸は長命と言えるほど長生きしたわけじゃない。さぞ無念だったろう。人を犠牲にしてまで長らえたかった自分の命は、結局長持ちしなかったわけだから」

「そう……だけど」

「奴に殺された人間の霊は、おそらく失踪には関係がない。原さんの言う通りだ。彼らは弱い霊で、徹頭徹尾、犠牲者であり被害者でしかなかったんだ。鈴木さんは死んで被害者となった。彼女を殺した者がこの家に棲《す》む悪霊なら、その悪霊は浦戸でしかありえない」

背筋が冷えた。

「浦戸はいるんだ……この家にまだ。この家で生贄を求めている」

第八章

1

ベースに戻ると朝の四時だった。そのまま夜明けまでミーティングをして、陽が昇ると同時にあたしたちは作業を始めた。

「まず、煙突があると推定される場所から始める」

ナルが宣言して、あたしたちは問題の場所に向かった。建物の中央部、北西寄り。二階まで達している二番目に大きな空洞。

全員で重い機材を手分けして運んだ。台車があるとはいえ、途中には階段もあるし、台車の通れない妙に細い廊下もある。結局、難所を越えるのは手作業だ。とりあえず難所の手前まで機材を運んでスタックし、そこから抱えて難所を越え、さらに次の難所手前でスタックするという、途方もなく面倒な作業を強いられることになった。

「どうしてこんな重労働をさせられるわけ？」

破壊作業に備えて鶴嘴《つるはし》をしょった綾子がボヤく。さすがに真砂子も綾子も、今日ばかりは苦役を免除されなかった。バケツリレーは頭数が重要。

「嫌だったら、綾子がぱーっと除霊しちゃえばいいじゃん。……できるなら」

あたしが言うと、綾子は思いっきり顔をしかめた。

「無理言わないでよ。こっちにだって事情ってもんがあるの」

「いつも事情がおありですな」

「煩《うるさ》いっ」

おっと、テキは凶器を持っておるのだった。くわばら、くわばら。

ぶつくさ言う綾子を見送り、機材の集積地から箱形の機械を抱え——と思ったのだが、これがバッテリーで意外に重く。あっさり断念して、スタンドつきのライト二つを片腕に抱えた。ハンドライトを握り直してすぐさま綾子のあとを追ったけど、すでに廊下の先を曲がったのか、綾子の姿は見えなかった。

ライトはバランスが悪くて抱えにくい。いずれ所長に上申してみるか。こういうときのためにヘッドライトが欲しいなあ——見た目は不細工だけど。

なんてことを思いながら先細りに狭くなる廊下を抜け、角を曲がる。ライトの光が先を薙《な》いだ。曲がった先は一見して袋小路のようだけど、途中にある三段の階段を昇ったすぐ先に、細い枝道がある。物を抱えた状態では、ぎりぎり抜けられる程度の細道だ。そこへハンドライトの光を向けたとき、光が作る輪の先をすっと人影が遠ざかっていくのが見えた。

「綾子、待ってよお」

一人になるなって言われてるじゃん。——思いながら、あとを追う。光が作る輪っかの先を、歩いて行く綾子の足がちらちらと横切った。

……ぜんぜん待ってくれる気、ないし。

あいかわらず狭量なおなごよのう、などと思っていると、小道を抜けたところですっとその足が右に消えるのが見えた。

……右？

ハンドライトで前を探る。小道を抜けた先は普通サイズの廊下で。それを進んでちょいと左に曲がったところにある部屋が目的地のはずだ。

「どこ行くだ、あんたは」

急いで小道を抜けた。それなりに広さのある廊下に出る。壁に挟まれた息の詰まる感じは消えたけど、そのかわりに空間が広がったのでライトの光が頼りない。明かりの周囲には暗がりが残っていた。

綾子が向かったと思《おぼ》しき右方向に明かりを向けた。そこには埃《ほこり》で汚れたドアが一つ、閉じていた。

「あれ？」

あたしは首をひねる。こんなところにドアなんて、あったっけ？

綾子はここに入ったのだろうか。思って足を踏み出そうとしたとき、前方の暗がりから声が聞こえた。

「ちょっと、ぶつぶつ言ってないで、さっさと来なさいよ」

綾子の声だ。あたしはなんとなく声のしたほうとドアを見比べた。

……ここに入った気がしたけど、気のせいかな？

単に光の加減でそう見えたのかも。ドアの表面もドアノブも埃に汚れ、ついさっき誰かが開《あ》け閉《た》てしたというふうではなかった。第一、ドアを開ける音も閉める音もしなかったもんな。

「麻衣！」

呼ばれて、慌てて前を向いた。曲がり角で綾子がこっちを偉そうに睨《にら》んでいる。

「一人になるなって言われてるでしょ！」

……自分があたしを置いて行ったくせに。

思いながら綾子を追いかけた。左に曲がると、機材を取りに向かうぼーさん、ジョンとすれ違った。綾子と共に部屋に入って荷物を置き、さらに一往復。ようやく最後の荷を真砂子とリンさん、ナルの三人が運んできた。

リンさんが最後に抱えてきたのは地中レーダーだ。本来は、いろんな波長の電磁波を当てて地中の埋蔵物を探すために使う。今回は、これを壁の厚みを調べるために転用したというわけ。空洞部分に面した壁を全部チェックしていく。

「この壁が一番屈折率が低いようです」

三カ所を廻ったところで、リンさんが平面図を示した。レーダーってのは電磁波を放射してその反射を拾うわけだけど、電磁波の反射率が低いってことは、それだけ壊しやすい壁だというわけ。薄いとか、厚くてもスカスカだとか。

二番目に行った部屋だ。至急、現場に向かい、大橋さんに借りた工具で壁を壊しにかかる。思った以上に簡単に穴が開いた。壁の向こうに明かりは見えない。中の様子が見えるほどの穴を開けるとなると大作業になるわけだけど、この穴は三十センチ程度。そこに赤外線カメラの鼻面を突っ込む。モニターにカメラの映像を出した。

人の眼には見えない赤外線の光を浴びて、中の様子がはっきりと映し出された。中は八畳くらいの雑然とした部屋になっている。天井は高く、二階相当の吹き抜けになっているようだった。そして部屋の正面、向こう側に大きな何か。

「……あれ、なに？」

ナルは考え込む。

「焼却炉か竈《かまど》のように見えるな……」

確かに、部屋の様子は学校の焼却炉のまわり、あの感じに一番似てた。

「入ってみよう」

ナルが宣言して、改めて壁に穴を開けにかかる。今度は気合いを入れて、人が通れるほどの穴を開けた。埃と黴《かび》の嫌な臭いが流れ出してくる。

埃が舞う中にハンドライトの明かりが交錯する。焼却炉の姿が浮かび上がった。のっぺりとした壁に囲まれた部屋は、部屋というより倉庫のようだった。正面には煉瓦《れんが》を積んだ四角い箱のようなものが作られていて、その中央には錆《さび》の浮いた鉄製の蓋《ふた》が二つ。箱の上部からは壁に埋め込むようにして、太い煙突が真っ直ぐ天井に伸びている。

あたしと真砂子、綾子を外に残して他の四人がその部屋に入って行った。

「大丈夫？」

声をかけるとぼーさんが、

「……ああ。床は石だな。しっかりしたもんだ」

……いや、そうではなくて。

「ひでえ臭いがする」

確かに、何かひどい腐臭のような臭いがその部屋には充満していた。

「ドアがある」

ナルが呟《つぶや》いて部屋の右手に向かう。見るとライトに照らされて傾いたドアが見えた。

半分開いたようになっているドアの向こうには、煉瓦が積み上げられているのが分かる。

ナルがドアを引くと、ドア自体が外れてしまった。その向こうは完全な壁だ。

かつては窓もあったようだけど、その向こうも壁。部屋自体が煉瓦で完全に封じ込められている。

ぼーさんは壁際に並んだ木箱を覗《のぞ》き込む。屈《かが》み込んで中のものを拾い出した。

「……石炭だな」

さらに隣の木箱を、ぼーさんが覗き込んだときだった。

「……わっ！」

ジョンが悲鳴みたいな声を上げた。

「どうした」

ジョンは焼却炉の蓋を開けたところだった。ナルとぼーさんが駆けつける。後退《あとずさ》って硬直したジョンの脇から中に光を当てた。

「ねえ、どうしたの？」

あたしたちが呼びかけても返答はない。ぼーさんが立ち上がってナルを見た。

「……どうする？」

ナルはじっと中を覗き込んだまま、

「警察に連絡したほうがいいだろうな」

そう言って立ち上がり、こちらに出てきた。

……警察？

「……ねえってば。どうしたの？」

穴から出てきたナルを捕まえて訊《き》くと、ナルはひどく静かな声で言った。

「死体がある」

2

大橋さんを捕まえるべく食堂に向かうと、中では何やら揉《も》め事の最中だった。

「卑劣にもほどがある」

声を荒らげているのは三橋さんだ。顔を真っ赤にした三橋さんを、聖さんが軽蔑《けいべつ》したように見返していた。

「そちらこそ、下種《げす》の勘ぐりってものでしょう」

どうしたんだろ？

思って二人を見比べていると、聖さんがあたしたちを振り返った。

「人影を見たんだそうですよ。三橋さんはそれがうちの厚木くんだったと仰《おっしゃ》るんですけどね」

「見つかったんですか？」

訊くと、聖さんは嫌そうに顔をしかめた。

三橋さんによれば、ハンドライトで照らしながら邸内を探索していると、廊下の先に黒い人影があったのだそうだ。光が照らしたそのギリギリの縁を、黒い影が掠《かす》めるように動いて闇の中に消える。影が消えたほうに光を向けると、やはり光の縁を掠めて逃げる。明かりと暗がりの縁を縫うようにして、何度も姿を現したのだそうだ。

「顔は見えなかったが男だった。こいつのところの若いのに決まっている。こんな下らない演出のために、失踪《しっそう》したなどと言って我々を騒がせたんだ」

ナルは眉をひそめた。ぼーさんは、ふうん、と呟き、

「消防団の連中が見たって人影に似てますな」軽く言って、困ったように集まっている職員さんたちのほうを見た。「大橋さん、――ちょっと」

近づいてきた大橋さんに、ナルと二人がかりで発見したもののことを報告する。

「……死体……ですか」

大橋さんの声に、部屋にいた霊能者たちがぎょっとしたように黙り込んだ。ナルは頷《うなず》き、

「二月に消えた二人のうちのどちらかでしょう。警察に連絡をしたほうがいいと思いますが」

「待ってください」

大橋さんは顔を引きつらせていた。

「それは困ります。私の一存で、それはできません」

そんなことを言ってる場合？

「とにかく、先生に連絡を取ります。どうか指示があるまで猶予をください」

そう言って転がるように食堂を出て行く。

「それは、どこですか？」

五十嵐先生が訊いてきた。

「建物の北西のほうです。この位置ですが」

ナルは平面図を示した。

先生はそれを見て驚いたようにテーブルのほうを振り返る。そこでは南さんとディヴィス博士が席に着いていた。きょとんとしたように眼を見開いている二人に、五十嵐先生は言った。

「素晴らしいわ。博士の予言通りでしたわね」

……え？

「なんですか？　それは？」

ナルが訊くと五十嵐先生は満足そうに笑って、

「いえ、さっき博士が予言をなさったのです。失踪者の行方をお訊きしたら透視をしてくださったんです。すると、失踪者は北か西のほうにいると仰って」

あたしたちは南さんとディヴィス博士を見た。二人はなぜだかひどく困ったような顔をしている。反対に五十嵐先生はずいぶんと浮かれているように見えた。

「素晴らしいことですよ。さすがは博士でいらっしゃるわ」

ナルが冷ややかな声を出した。

「先生。お分かりになっておられますか」

「……何がです？」

「二月に失踪した人間が死んでいる以上、他の失踪者にもほとんど生存の望みはないと思われます」

とたんに先生の顔が強張《こわば》った。

「……鈴木さんは死んでいると仰るの？」

あたしたちはその答えを知ってる。でも、とても言えなかった。

「鈴木さんに限らず、厚木さんも福田さんもおそらくは」

「でも、二月の失踪は——あれはずいぶん前のことでしたでしょう。きっと道に迷って」

言いかけた先生をナルが遮った。

「あの部屋に迷い込むことはできません」

「……え？」

「あの部屋は外から完全に密閉されていました。僕らも壁に穴を開けて入ったんです。普通の人間が通常の方法で入ることはできません。迷い込んだりできるような場所ではないんです」

五十嵐先生は真っ青になった。

突然、三橋さんが立ち上がった。職員のおじさんを呼ぶ。

「君、私は帰るからな」

「あの……？」

困惑した表情のおじさんに言い捨てる。

「調査を打ち切って帰る、と言ってるんだ。大橋くんにはリタイアしたと伝えてくれ」

眼を丸くしたままのおじさんを残して、三橋さんは慌ただしく食堂を出ていく。南さんが博士を促して立ち上がり、そのあとに続いた。

急転直下の成り行きだった。まず三橋さんが家を出ていった。そのあとに起きてきた井村さんも死体発見の報告に青ざめ、そして三橋さんがリタイアしたことを聞くと、リタイアを宣言した。

大橋さんは困惑した表情だった。どうやら彼の御主人は警察を呼ぶことに反対したらしい。警察を呼び、解体業者を呼んで図面上の空白部分を全部壊してみるべきだと主張するナルを押しとどめながら、それでもどうしていいか分からないという顔をしていた。

二時間後、聖さんのところの霊媒だったおねえさんがいなくなっているのが分かった。失踪かと身構えたあたしたちだったけど、聖さんの車が失くなっているのが発見されて、彼女は逃げ出したのだと分かった。

そして職員の一人は市内に雑用で出掛け、そのまま戻ってこなかった。

残されたあたしたちは食堂に集まっていた。聖さん、五十嵐先生、そして南さんの助手のおばさんが一人。

白石さんというもと霊媒さんは、さかんに聖さんに帰らないのかと訊いていた。

聖さんは不快そうに言う。

「うちの厚木くんは消えたままなんですよ。たとえ死んでいるにしても、残して帰れるわけがないでしょう」

……その通りだ。

五十嵐先生も頷く。

「とにかく、早く捜してあげないと……。可哀想《かわいそう》に……」

そう言って目頭を押さえる。

ちょうどそこへ南さんが顔を出した。

「白石くん」

南さんは白石さんに片手で手招きをする。もう片方の手には鞄《かばん》を持ち、背後にはもう一人の助手さんとディヴィス博士を従えていた。

「……南さん」五十嵐先生は立ち上がる。「まさか、南さんもお帰りになるんですか」

南さんは顔をしかめた。

「仕方ないでしょう」

「だっておたくの福田さんは消えたままじゃないですか！」

南さんは視線を逸《そ》らす。

「捜して無事な姿が見つかるものなら残って捜しますがね。こんな危険なところにいて、さらに被害が出ちゃあ話にならない。我々はリタイアします」

……そんな、冷たい。

五十嵐先生は南さんのもとに駆けつける。

「そんな」南さんの手を取って、それから背後のディヴィス博士を見やった。「博士も帰るのですか？　あなたの力が必要になるかもしれないのに」

南さんも博士も答えない。

「お願いします。お帰りにならないでくださいまし。鈴木さんを捜してください」

五十嵐先生は博士の腕を摑《つか》む。

「お願いします！」

博士はひどく狼狽《うろた》えた顔で手を振った。

「ワタシは違います」

先生もあたしたちも、博士の顔をまじまじと見てしまった。少し訛《なま》ってはいるけど、ちゃんとした日本語だった。

「ワタシは、博士では、ないです」

「なんですって」

五十嵐先生は声を上げる。あたしは心の中で、やっぱり、と思ってた。

「ワタシ、名前をレイモンド・ウォール、いいます。デイヴィスでは、ないです」

「おい、君！」

南さんが制したけど、出てしまった言葉は取り消せない。

博士――いや、ウォールさんはひどく困った顔をしていた。

「あっち、言ったのも、嘘です。そう言っただけです。ワタシは違います。南サンがデイヴィスと言え、と言っただけです」

南さんは怒ったように顔を背ける。ウォールさんは続けた。

「ワタシ、帰ります。もう、帰ります」

五十嵐先生は手を放した。彼は慌てたように背を向けて廊下を去っていく。南さんたちがそれに続いた。誰も止める人はいなかった。

3

「……あのペテン師が」

そう聖さんが呟いたけど、あえてそれに答える気になった人間はいないようだった。

ナルが静かな声で言う。

「お二方もお帰りになったほうがいいと思います」

五十嵐先生は悲痛な表情で振り返る。

「どうして……どうして、そんなことを」

「ここは危険です。諏訪市内に戻るだけでもいい。この家を出たほうがいいと思います」

そしてナルは愕然《がくぜん》とするようなことを言ってのけた。

「僕らも引き揚げます」

「ちょっ……ちょっと待ってよ！」

あたしは思わず叫んでしまった。

「引き揚げるって……じゃあ、他の失踪した人は？　このまま放って帰るつもり？」

ナルは静かな声で言う。

「全員死んでいる。捜しても望みはない」

「でも……」

「家の中は捜し尽くした。失踪者は閉ざされた空洞の中にいるとしか思えないし、事実そうだった。しかし、あそこには壁に穴でも開けないかぎり入れないんだ。浦戸がどうやって犠牲者を壁の向こう側に連れ込んだのかは分からない。生身の人間は壁を通り抜けたりできないんだから、空間をねじ曲げるか時間をねじ曲げるかしたという話になるのかもしれない。だとしたら、それがどれだけの力を必要とすることか分かるか？」

……それは、なんとなく……。

「奴は怨《うら》みを晴らしたくてさまよってるわけじゃない。この世に未練があるわけでも心残りがあるわけでもない。奴はただ単に生き延びたいだけなんだ。そのために獲物が必要だから狩っている。これはもう亡霊とは言わない。『鬼』でも『悪魔』でも『妖怪《ようかい》』でもいい、そういう化け物なんだ」

「……でも」

「僕は残念ながら幽霊を狩る方法は知っていても、化け物を狩る方法は知らない。除霊は不可能だ」

そう言ってナルは全員を見渡した。

「この中に、奴を狩る方法を知っている者がいるか？」

ぼーさんが口を開いた。

「正直に言うが、俺にはできん。壁に人間を通すような力を持ってる奴を、ねじふせるほどの能力はない」

綾子も頷く。

「あたしにも無理だわ。条件が悪すぎるもの」

ジョンも同じく頷いた。

「神の栄光を恐れへん者を、力で封じることはできませんです」

ナルは頷き、そして指を組む。

「ただ、一つだけ奴には弱点がある」

……え？

「奴はこの家から出ることができないんだ」

「……そうか」ぼーさんが拳を握った。「家の周囲は安全だとお嬢さんも言ってたな。浦戸は生前ここで殺戮《さつりく》を繰り返した。この家で、麻衣の言ってた処刑室で。それで奴は今もこの家に拘《こだわ》ってる。囚《とら》われてると言ってもいい。だから家の外まで人を狩りには行けないってことだ」

「おそらく」

ナルは頷いた。

「だったら俺にも除霊できらあ」

「そうなの？」

ぼーさんは笑う。

「もちろん。麻衣にだってできるぜ」

「……あたし？」

「燃やせばいいんだ。炎によって浄化できないものはないからな。奴が家に縛られてて逃げられないんなら、この家ごと燃やせばいいんだ」

「焼け跡に残ったりしないの？」

「しないだろうな。奴が拘ってる——奴をこの世に留《とど》めている結節点はこの場所じゃなく、家そのものだからさ」

……そうか、そうなのか。

ナルは軽く息をついた。

「大橋さんがこちらの忠告通り、警察を呼んで家を解体してくれれば失踪者は発見できる。それは僕らの仕事じゃない」

ぼーさんがニンマリする。

「そういうことで逃げて帰るわけか。ナルちゃんらしくもねえけどな」

そうだ。確かにナルらしくない。

「逃げるんじゃない。僕らの仕事は終了したんだ」

へっっ？

誰もが眼を見開いてナルを凝視した。

「僕がここに来たのは、大橋さんの依頼を受けたからじゃない。依頼自体には、さして興味を惹《ひ》かれなかったし、現在もさほど面白い事件だとも思えない。起こっていることは深刻で重大だが、現象自体は死者が生前の行動を繰り返しているという、それだけのことだから」

「でも……だったらどうして」

「僕は大橋さんの依頼を受けたわけじゃない。まどかの依頼を受けたんだ」

「まどか……って森さん？」

「そう。彼女が、南心霊調査会の連中が、ディヴィスの偽物を連れて歩いているようなので調べてほしいと」

開いた口が塞《ふさ》がらないとは、このことだ。

「僕らの仕事は今、終了した。ここに危険を冒して残る理由がない。残ったところで面白い現象が見られるとも思えないし。引き揚げる」

「たばかったな……てめー」

ナルは涼しい顔だ。

「戦略上の秘密というやつだ。この中には腹芸のできない人間がいるだろう」

そう言ってあたしを見る。

「ええ、そうですとも。あたしはナルと違って、嘘ついて人を騙《だま》すのが嫌いだからね」

あたしはそう言って、キョトンとしている五十嵐先生と聖さんを振り返った。

「そういうわけで、ごめんなさい、あたし嘘をついてました」

「麻衣！」

うるさい。いまさら止めたって遅いわっ。

「うちの所長も偽物です。この偉そうな態度を見てもお分かりでしょうが、うちの所長はこいつなんです」

しっかりナルを指差す。ナルが苦い顔をした。

「こいつが、渋谷一也です。みなさん、ごめんなさい」

五十嵐先生も聖さんも、ポカンとしている。

「麻衣！」

「なんだよ」

文句があるなら聞こうじゃないか。

ナルはあたしを忌々しげな表情で見て、それから軽く溜息をついた。

よし。勝ったぜ。

「……撤収の準備をする。荷物を纏《まと》めろ」

「はあい、所長」

4

あたしたちは大慌てで部屋に戻って、荷物を纏め始めた。

あたしは服を鞄に突っ込みながら、

「……いいのかなあ。本当に帰って」

「ナルがいいって言うんだから、いいんでしょ?」

綾子には悩みというものがなさそうだ。

「だって、浦戸の霊は? 解体工事をしろって、工事の最中、人が消えたらどうするの」

「まあ、そうだけど」綾子は丁寧に服を畳んでいく。「でも、チマチマ解体すれば危険だろうけど、こう……ブルドーザーとか鉄球なんかでドカンと解体すれば大丈夫でしょ? いわば家を小さくしていくわけだから」

「それは……そうだけど」

綾子は髪をかき上げた。

「ああ、気持ち悪い。ゆうべはお風呂に入れなかったし、今日も埃だらけになったし」

本当にお気楽だな、こいつは。

「あたしシャワー使うから、麻衣、時間を稼いどいて」

「あのなあ……」

ナルにどやされるぞ。

「ナルをいなすのはお手のものでしょ。お願いねえ」

ヒラヒラ手を振ってバスルームに行ってしまう。

しょうがねえなあ、ったく……。

あたしは黙々と荷物を纏めていた真砂子を振り返った。

「真砂子、済んだ？」

「真砂子？」

真砂子はチラとあたしを見て、すぐにそっぽを向く。

「あたくし、あなたなんかに呼び捨てにしてほしくありませんわ」

……こいつ。

「また『なんか』を付けたな」

真砂子はツンと顔を逸らして、返事もしない。

「どーしてあたしをそこまで嫌うわけ？」

真砂子は知らんぷりだ。

「理由ぐらい言ってくれてもいいんじゃない？」

一発怒鳴ってくれようかと身構えたとき、真砂子があたしを振り向いた。

「どうしてナルは、あなただけ呼び捨てにするんですの⁉」

ほにゃ。

一瞬、頭が真っ白になっちゃったよ、あたしは。

「あたくしや松崎さんはちゃんと名字で呼ぶのに。どうしてあなたなんかが特別扱いなんですの」

「……それって、使用人だからじゃないの？」

「あら、だったら名字を呼び捨てにすれば済むことでしょう？　どうしてわざわざ名前のほうを呼び捨てにするんですの」

「それはやっぱ、あたしを犬か猫だと思っているからではないでしょうか」

「さっきだって、ずいぶんと仲よさそうに喧嘩《けんか》なさってたし」

「……あのねえ。言っとくけど、あたしは本気で怒ってたんだからね」

仲が良くて喧嘩なんかするもんかい。

「……ひょっとして、真砂子。あたしに妬《や》いてたの？」

真砂子はそっぽを向いてしまう。その横顔が拗《す》ねた子供みたいで、あたしは思わず笑ってしまった。

か……可愛い。それで拗ねてたのか、こいつは。

「……なんですの」

「い、いや。真砂子って……結構、可愛い」

真砂子はあたしを睨む。

「失礼な言い方をなさるのね」

「だって……妬いてたんでしょ？」

真砂子は首まで赤くなる。

「妬いてなんか……。あたくしはただ、どうしてあなただけが特別扱いされているのかと……」

ふっふっふー。

ニヤニヤ笑うと、本当に拗ねたように背中を向けてしまった。

「あのさあ？　これを言うのは業腹だけど、あたしに妬くだけ無駄だと思うんだよね。あたしのこと嫌うんなら、ナルがあたしのことを、谷山さん、なんて言うようになってからにしたほうがいいと思う」

「そうかしら」

「そうそう。特別扱いは特別扱いでも、悪いほうの特別だよ。ナルはあたしのことを特別に馬鹿にしてんの」

……ああ、言ってて自分で虚《むな》しいぜ。

「それにー、真砂子だって特別扱いされてるでしょ？」

「……あたくし？」

「そう。何かナルの弱みを握ってるでしょ」

真砂子はちょっと怯《ひる》んだ。

「どーいう弱みなのかなー。教えて……くれないよねえ」

「当たり前ですわ」

そう言った真砂子の顔がちょっと寂しそうに見えて、あたしは首を傾げてしまった。

「あなたに言ったりしたら、あたくし本当に嫌われてしまいますもの」

「……は？」

「ですから……。あたくし、ナルの弱みを知ってますわよ」

おお。断言するとは。

「それでナルはあたくしを嫌ってますの」

ちょっと待て。どうして話がそういう方向に行くんだ。

「ナルはプライドが高いんですもの。誰かが自分の弱みを握ってるなんて、我慢できないんですわ」

「……それは分かる」

「それであたくし、嫌われてますの。なのにそれを話したら、今以上に嫌われてしまいます」

その理屈は分かるような気がする。

確かになあ。嫌うとはいかないまでも、煙たがってるようではあるもんなあ。

真砂子はプィと立ち上がった。そのまま部屋を出ようとする。

「真砂子ぉ」

一人になるとナルにどやされるぞ。

真砂子はドアを開けて、あたしを振り返った。

「麻衣……やっぱり、嫌いよ」

あたしは溜息をついた。

「左様で。——部屋から出ちゃ駄目だよ。一人になるなって言われてるでしょ」

「外の空気を吸いたいだけですわ。この部屋は誰かさんのせいで空気が悪いんですもの」

「分かった分かった。でも、駄目。危ないでしょ」

「ちょっと一人になりたい気分ですの」

真砂子はドアの隙間から滑り出る。

「ちょっと！　真砂子っ！」

「廊下にいますわ。だから来ないで」

ドアが軽い音を立てて閉まる。あたしは肩を竦《すく》めた。そうしてちょっと笑う。

うん。あたしは真砂子、好きだな。女の子らしくて可愛いじゃん。

5

綾子がお風呂から上がってきて、あたしはドアに向かって声をかけた。

「真砂子、戻るよ」

返答はない。

ドアを開けると、真砂子はすぐ近くの曲がり角で、そこにある窓から俯《うつむ》き加減に外を見ていた。

「真砂子」

声をかけるとハッと顔を上げ、あたしのほうを見てから窓を離れる。慌てたように袖で顔を押さえて、廊下を曲がって向こうへ行ってしまった。

「ちょっと、真砂子！」

……んもー。

慌てて綾子と二人で部屋を出た。真砂子のあとを追いかける。角を曲がると長めの廊下で、さらに向こうの角を薄藍《うすあい》色の袂《たもと》が曲がっていくのが見えた。

「真砂子！　一人になっちゃ駄目だって！」

走ってそれを追いかける。曲がったところは階段だ。その両脇に向かって廊下が延びている。階段の上まで来てあたしは左右を見渡した。どっちに行ったんだろう。

「手分けして捜したほうが早いんじゃない？」

綾子に言われて首を振る。

「駄目だよ。一人になるなって言われたでしょ」

そう答えたところに軽い足音がして、ぼーさんとジョンが階段を上ってきた。

「こらあ、荷物を纏めるのにいつまでかかってんだ」

「ぼーさん！　真砂子がどっかに行っちゃったの！」

ジョンとぼーさんは顔を見合わせた。即座に階段を駆け上がってくる。

「……どっかに行ったって」

「つい今さっき、こっちへ曲がるのが見えたんだけど」

「じゃ、階段を下りたんじゃねえな。おいジョン、綾子と向こうを捜せ」

ぼーさんは右を指差す。左に向かって駆け出しながら、

「麻衣、来い！」

何度も名前を呼びながら捜したけど、真砂子の姿は見つからなかった。では廊下を右に行ったのだろうかと戻ってみると、綾子とジョンも見つからなかったと言う。さらにそのへんを捜したけど真砂子の姿はない。慌ててベースに駆け降りると、ナルにそれを伝えた。

「原さんが……？」

「ほんのちょっと眼を離した隙にいなくなったの！　捜して！」

ナルが纏めていたケーブルを放り出して立ち上がる。全員で二階に戻って真砂子を捜した。名前を呼んでも何の返答もない。全部のドアを開けて、廊下を端から端まで走り廻ったけど真砂子の姿は見つからなかった。一時間が過ぎて二時間が過ぎた。

——真砂子は姿を消してしまった。

第九章

1

「どうして一人で行動させたんだ」

ナルに思いっきり叱られて。

……止めればよかった。もっと強く。後悔がどっと胸に押し寄せる。

ナルはベースで、平面図を広げる。

「いるとしたら、もうこの空白のどこかしかない」

図面上にいくつか残った空白を示す。

「……どうする？」

ぼーさんが訊《き》く。

「壁を壊して入ってみるしかないだろう」

全員で頷《うなず》いたときだった。例によって窓がノックされた。夕暮れにはまだ間がある。

窓の外は明るくて、安原さんと森さんが立っているのが分かった。

「二人とも、どうして」

窓を開けながらナルが問うと安原さんが、

「聞き込みから帰ったら、ホテルのフロントにメッセージが入ってたんです。撤収することになった、って。それで撤収を手伝えるかなと思って来たんですけど……」

言いながら窓を越え、あたしたちの顔を怪訝《けげん》そうに見る。

「……何かあったんですか？」

ナルは手短に事情を説明する。安原さんも森さんも言葉を失って顔を強張《こわば》らせた。

「時間の余裕はどれくらいあるのかしら」

森さんの問いに、「分からない」と短くナルは答える。

「これまでの例から考えて、たぶん彼女は消えた場所の周辺にはいない。考えられるのは空白の中だ」

手近の空白から手当たり次第に壁を壊すことにして、手順を決めた。全員で機材を持って行くよう命じて、ナルはリンさんを呼んだ。

「リン。来てくれ」

「ナル？」

あたしが振り返ると、

「原さんの荷物を見てくる。先に行っててくれ」

あたしたちは機材を担いで真砂子が消えたあたり、もっとも手近にある空白に向かった。今朝やったように機材を配置していると、ややあってナルが戻ってくる。

こんなゆっくり調べてていいんだろうか。真砂子はどうしてるんだろうか。失踪《しっそう》した人たちは、たぶんみんな死んでる。まさか、真砂子も……。

「ねえ、いちいち調べてないで、手当たり次第に壊したほうが早いんじゃないの？」

あたしが訊くとナルは、

「最終的にはこっちのほうが早い」

……それは分かる。でも。

あたしは機材の接続を手伝いながらジリジリしてしまう。こうしている間にも、真砂子が殺されようとしているかもしれない。危険に曝《さら》されないまでも、怖い思いをしているのかも。焦ったところで壁を壊す速さが変わるはずもないのは確かだけれど。

朝と同じ手順で区画ごとに壁の厚さを調べ、一番条件のいい場所に穴を開けてカメラを突っ込む。最初の空白は単なる空洞で、何もないと分かった。機材を次の空白に持っていく。苦労して穴を開けてみたけど、そこは部屋の残骸《ざんがい》とでも言うべき場所だった。かつては広かったであろう部屋の一部が、切り取られて中途半端に封じ込められている。

「次、行こう」

ぼーさんが舌打ちをする。同じように舌打ちをしたい気分で、駆け廻りたいほどイライラしながら、空白を一つずつ調べていった。

「それで——どうでした」

機材を運びながらナルが安原さんに訊く。え、と安原さんが訊き返した。

「何か見つかったのでは？　だから撤収を手伝うついでに報告したかった」

お察しの通りです、と安原さんは呟《つぶや》いた。

「何か新しい情報が？」

安原さんは頷いた。

「また老人ホーム巡りをしたんですよ。今度は病院とか施設の関係者がいないかと思って。そうしたら、いました。生き証人が」

「生き証人……」

ナルは機材を床に降ろしながら問い返す。

「施設が閉鎖されたとき、そこで介助者をやってたって人が」

「……本当に？」

「ええ。その当時彼は十三歳だったそうです。お齢のせいか最近のことは記憶が怪しいんですが、昔のことはよく覚えてました。と言っても病院や施設に関する記憶なんて、いくつもないんです。ただ、その施設ではよく人がいなくなった、って、それだけですけど」

人が……いなくなった？

安原さんは手早くケーブルを解《ほど》きながら、

「施設では衣食住が保証されてましたけど、まったく只《ただ》ってわけでもなかったようです。施設を出た人間にはいちおう、施設にいた間支給されたものに相当する額のお金を返済する義務があったらしいんです。それで、夜逃げ同然に逃げ出す人も多かった。でもね、職員の間では有名だったそうです、その逃げ出した人の中には山荘に連れて行かれて、そのまま帰って来なかった人間もいるってのは」

ここに連れて来られた……。

「仕事をサボると、よく先輩に山荘に連れて行かれるぞ、って脅されたらしいんです。それでお爺ちゃんは、強く印象に残してたようなんですよね」

「……なるほど」

彼らはここに連れて来られ、そして処刑室に連れて行かれた。浦戸の歪《ゆが》んだ欲望のために生贄《いけにえ》として捧げられた。

……真砂子は。真砂子はどうしているんだろうか。生贄にされようとしてるんじゃないだろうか。それともまだ無事でいるだろうか。

お願いだから無事でいて。どうぞ誰か、真砂子を守って……。

空白を四つ開いて、中を確認したけれど真砂子の姿はなかった。調査は中央部へと向かい、零階に面した部分にまで来た。時計はすでに深夜を過ぎている。

中央部の南側、あたしたちは零階に至る巨大な袋小路の外辺部にまで来ていた。このあたり一帯の部屋はどこも中央方向に面する開口部が一切ない。それもそのはず、ここらの壁の向こうはたぶん封じられた零階に面しているのだ。隣にあると思われていた部屋は、全て一階ぶん上に位置している。

　零階に面していると思われる十数の壁をいちいちレーダーを使って確認する。どの壁も厚くて、ヤワな工具なんかじゃ穴を開けられそうになかった。

　辛抱強く同じ行為を繰り返しているみんなを見ながら、あたしはひどく自分が疲れているのに気がついた。壁に背中を預けて、ずるずると坐り込む。徹夜のあとの重労働で、疲れていないはずがない。それは全員が同じだろう。それでも真砂子のことを思うと作業をやめられない。それどころか気ばかりが焦って、小さな口論やミスが続いた。

　ぼうっと坐り込んでみんなを見る。綾子が隣に来て腰を降ろした。

「……疲れた？」

「うん……」

「少しウトウトすれば？　あたしがついててあげる」

「でも」

「情報収集にもなるかもしれない。真砂子が無事か、確かめてよ」

　あたしはちょっと笑った。そんなふうに自分の力が思い通りになったらいいね。

　やるせない気分であたしは膝を抱いて額を載せた。軽く眼を閉じる。瞼《まぶた》が落ちるとそれだけでふうっと意識が遠のきそうになる。あたし、すごく眠いんだ。こんなときなのに。こんな……ときなのに……。

2

気がつくと、あたしは一人で細い廊下を歩いていた。

その前の記憶がない。いつの間にこんなところに？

首を傾げて立ち止まって、あたしはふと思い当たる。

これ、夢なんだ……。

きっとたぶん、いつもの夢。

そう思ったとたん、静かに周囲の色が消えていった。すうっと吸い込まれるように光が消えて闇が降りる。音もなくまわりの景色の光と影が反転する。それと同時に壁が床が、天井が透けていった。

……やっぱりそうだ。あたし、ちゃんと夢を見ている。

陰画になった家の中には、白く尾を引いてたくさんの鬼火が飛んでいた。

あれが全部ここで殺された人なんだ……。

すうっと光が寄ってきた。白い丸い光が魚のように泳いできて、あたしの身体のまわりをくるくる回った。あたしは手を伸ばしてみる。指先に光が触れて奇妙に温かい感触がした。手に触れた光が、漂うように離れて行く。

光が泳いで行くその先にナルの姿が見えた。

「……ナル」

廊下の向こう。白い顔と白い手。

「真砂子を知らない？」

あたしが訊くとナルはちょっと微笑《わら》った。その笑顔を見てあたしはひどく安心する。

温かい笑顔。きっと真砂子は無事なんだ。

白い手が動いて、右の方を指差した。

「……そっち？」

訊くと頷く。そしてもう一度微笑ってから、闇に溶け入るようにしてその姿が見えなくなった。

あたしはナルが示したほうへ歩く。影の廊下を小走りに歩いて、真砂子の姿を捜した。歩くうちに徐々に色が戻ってきた。壁が不透明になって暗い廊下がはっきりと現れる。あたしはあたりを見廻した。

……夢から覚める？

駄目、まだ起きたくない。まだ真砂子を見つけていない。

走るようにして廊下を駆け抜ける。すぐに眼の前にドアが現れた。行き止まりのドア。どこかで見たことがある、と思いながらドアを開いた。中は小さなホールになっていた。ガランとしたホール。二階へ上る階段。

……ここは……。

あたしは真っ直ぐ二階へ駆け上がった。記憶を辿《たど》って二階の廊下を奥へ向かう。短い廊下の突き当たりにはドアがあった。それを開けると、さらに廊下。両側の壁には鉄格子の嵌《は》まった採光窓が並んでいるから、この廊下に面する部屋はないのだろう。二階なのに渡り廊下のような造作だ。長い廊下の突き当たりに、ぽつんと一つドアがある。ドアの上部には小さな覗《のぞ》き窓があった。ここにも鉄格子が嵌まっている。それを見たとき、胸騒ぎで脈が上がった。

そのドアを開けるのは少しだけ勇気がいった。扉を開くと、中は白いタイルを貼った小部屋だった。何もかも同じだった。ずいぶんと暗く感じることを除いては。迷わずさらに奥へ通じる扉を開く。広い浴室に出た。——あるいは処刑室に。

白いタイルの上に、白い浴槽と白いベッド。そしてその奥の壁際に人影が見えた。

「真砂子！」

あたしは走る。人影は着物を着ている。床に蹲《うずくま》って、胸に抱き込んだ膝の上に頭を載せてコソともしない。そばに駆け寄った。

「真砂子！」

呼ぶと切り下げた髪が揺れた。

「真砂子？」

真砂子が顔を上げた。

……よかった。生きてる。

「……麻衣？」

「大丈夫？　怪我は？」

真砂子はゆるゆると首を振った。

「ないわ……。どうしたの、あなた、こんなところに……」

「夢なの、これ」

そう宣言するのも妙な話だ。それでも真砂子は微笑った。

「そうでしたの……。あたくし、麻衣も死んだのかと思いましたわ」

「冗談やめて。あたしも、真砂子も死んだりしないよ」

真砂子はどこか疲れた表情で微笑う。

「……そうですわね」

「辛《つら》くない？　平気？」

「怖い思念がたくさん残ってて……とても疲れますわ」

「諦《あきら》めちゃ駄目だよ。絶対助けに来るからね」

「……ありがとう」真砂子はそう言って軽く笑った。「大丈夫ですわ。さっきまでここにナルがいたんですのよ」

「ナルが？」

「おかしいでしょう？　ここにいてくれて、励ましてくれたんですの。変なんですのよ。

ナルがとっても素敵に微笑うんですの」

　あたしはなんとなく微笑《ほほえ》んだ。

「……そうか。よかったね」

　真砂子が微笑い返した。微笑ったまま、ふいに涙が零《こぼ》れ始める。

「真砂子？」

「これは夢なのね。麻衣の夢ではなくて、あたくしの夢なんでしょう？」

「違うよ。あたしの夢なの」

　とっても奇妙な会話だと思った。

「あたくし、ひょっとしたら死んでいるのかもしれませんわ。この屋敷をさまよっていた他の人たちと同じで、自分ではもう分からなくなっているだけなのかも。あたくし、ちゃんと人の姿をしてます？」

「大丈夫。いつも通りだよ」

「……そうなのかしら」

　あたしはふと思いついてポケットに手を突っ込んだ。右手にキーホルダーを握る。取り出して金具から一本の鍵を外した。

「これ……お守り」

「お守り？」

　首を傾げるようにして、真砂子は鍵を受け取る。

「あたしのお守りなの。昔、住んでた家の鍵なんだけど」

お父さんとお母さんが住んでて、あたしが生まれた家。お父さんが死んだとき、お母さんがお守り代わりに持って出て、そして結局あたしに残された。

「……あたくしに？」

「うん。何か物があると、あたしたちのこと信じてられるでしょ？　自分のことも信じていられるでしょ？　真砂子、死んでないよ。夢を見てるんでもない。ちゃんと鍵の感触がするでしょ？」

「……ええ」

これはあたしの夢なのに。あたし馬鹿みたいなことを力説してる。

「みんな、一生懸命入口を探してるの。きっとじきに見つかる。助けに来るから、信じて待ってて」

真砂子は頷いて、それからあたしの腕を握った。

「ここは……怖いの」

「うん」

「あの男が来るんですの」

「浦戸？」

真砂子は頷いた。お人形のような顔が少しだけ歪んで、透明な涙が零れた。

「ほかにも男の霊が二人。あたくしを殺しに来るんですの。必死で念じて遠ざけているのですけど、でも、あたくしもう疲れてしまってて……」

「へこたれちゃ駄目だよ。もう少しだから頑張って」

「幻が見えるんですの……たくさん人が殺されて……とても怖い……」

「大丈夫。絶対助けに来るから。だから、真砂子も頑張らなきゃ駄目だよ」

真砂子は子供みたいに頷いた。

「待っていますわ。必ず、来るわね？」

「うん。必ず。できるだけ、早く。だから……」

言葉は最後まで言えなかった。ふいに視界がぼやけて、暗くなる。真砂子が心細そうな表情をしたのを最後に見た。

3

「麻衣。起きて」

あたしはぽかりと目を覚ました。

綾子が肩を揺すっている。

「起きた？　次の部屋に移動するよ」

綾子があたしの顔を覗き込んで立ち上がる。

「綾子……真砂子、生きてた」

パッと綾子が振り返った。

「……麻衣？」

「生きてたよ。処刑室にいたの。怖いって、辛いって言ってた。でも、無事で元気そうだった」

なんだか涙が零れた。

綾子はあたしの顔をじっと見つめる。みんなの視線が集まっているのが分かった。

「……本当に？」

「うん」

誰もが対応に困った、という表情をしていた。たぶん、あたしもそうなんだろう。よかった、と喜ぶほど自分の力を信じられないから。

複雑そうな表情のみんなに向かってナルが声をかける。

「移動しよう」

次の部屋で、リンさんが突破口を見つけた。

「壁の薄いところがあります」

どっとみんながモニターに集まる。白い壁の真ん中に大きな四角形の薄い影が見えた。レーダーの映像は、電磁波を強く反射するところが白く見える。あの薄い影は、そこだけ壁が薄いことを表している。

ぼーさんと安原さんが腕まくりして壁に取りついた。鶴嘴《つるはし》やバールを振り上げる。かなり楽に小さな穴が開いた。ぼーさんがライトの光を当てて中を覗き込む。

「すぐそこにドアが見えるぜ」

全員で寄ってたかって穴を広げた。

壁の向こうは一メートル以上低くなっていた。裂けた壁のすぐ際から石造りの階段が三段ほど昇り、そこにはポーチがある。そして正面に両開きのドア。一目でここは玄関なのだと分かった。

……これが零階。

あたしはなんとなく玄関の上のほうを見上げた。ポーチにかかった軒は乱暴に切り取られ、すぐ真上に天井が——というより床の裏面が迫っている。この薄暗い玄関を覆うように巨大な建物があるんだと——一階や二階や三階があるんだと思うと、ひどく奇妙な気がした。家の奥深くに隠されたもう一つの玄関。

ぼーさんと安原さんが段差を飛び降りてドアに飛びつく。持っていた工具でドアをこじ開ける。錠というよりドアそのものを壊して、扉が内側に開いた。

ドアを入ったところは玄関ホールになっていた。埃《ほこり》の積もった絨毯《じゅうたん》の上に、ちゃんと家具も置かれている。どれもこれも雪が降り積もったように埃を被《かぶ》って、なんだか奇妙な世界に迷い込んでしまった気がした。ホールから真っ直ぐ奥に向かって廊下が延び、右手には二階へ昇る階段があった。ライトを当てて覗き込むと、上のほうで塞《ふさ》がれてしまっているのが見えた。おそらく、あれが一階の床なんだ。

「麻衣、夢で見たホールっての、これか？」

ぼーさんが訊いてくる。

「違うよ。こんなんじゃなかった」

ナルがライトで周囲を照らしながら言う。

「ひょっとして……鉦幸が住んでた母屋じゃないのか」

「ありうる」

「じゃ、どこかに暖炉のある部屋があるはずだよ。暖炉の右にクローゼットがあるの」

廊下を小走りに抜けながら両側のドアを開け放していった。どの部屋も窓は板で塞がれ、場所によっては部屋自体が乱暴に切り取られている。ただ、部屋のしつらえはどれも豪華だ。零階付近にあった隠し部屋——あのあたり一帯に独特の、贅《ぜい》を凝らした雰囲気がある。隠し扉のあった広間も額のあった小部屋も、たぶんもともとはこの母屋の一部だったんだろう。そして母屋のこの部分だけ、他の部分から切り離されて封印された……。

その部屋は一番奥に見つかった。

「……この部屋！」

奥の部屋は、夢で見たのとまったく同じ構造をしていた。構造だけじゃない。家具だってそのままだ。棚の上には本や小箱までが残されている。同じく小物を並べた暖炉、その前のテーブル。暖炉の右にはクローゼット。

……本当にあったんだ。

ナルがクローゼットの扉を開けた。その奥には夢とは違って、一枚のカーテンがかけられていた。カーテンを開く。その奥にも扉がある。頑丈そうなパネル張りのドアだ。

ナルはさらにそれを開いた。扉の向こうに細い廊下があった。

「やった！」綾子が手を叩く。「偉い、麻衣！」

ナルはあたしたちに表情のない声をかけた。

「行くぞ」

廊下はほんの数メートルで途切れていた。そこにあったドアを開けると、三畳くらいの小さな部屋に出る。その部屋にあるもう一つのドアを開けると、暗い空間に出た。

「え——？」

「あぁ!?」

そこは巨大な空洞だった。ハンドライトの光があたりを薙《な》ぎ、あたしたちは仰天した。するなと言うほうが無理だ。

暗い、ポッカリと開いた空洞。巨大で虚《うつ》ろな空間。広さにして小さな体育館ほど。天井まではすごく低い。いや——天井と言うよりも床だ。一階の床が頭上を塞ぎ、それを支える根太《ねだ》が複雑に入り組んで凹凸を繰り返している。斜めに駆け上がっているのは階段か。あるところは高く、あるところは低い。低い所ではあたしでも身を屈《かが》めるほど、高い所でもリンさんが手を挙げれば指先が届くほどの高さしかなかった。

「あの……床が盛り上がった部分……」

中央部の不自然な盛り上がり。単に零階への高さを稼ぐためだけに、あの盛り上がりはあったわけじゃなかった。床下にこんな空洞を隠していたんだ。そして空洞には、白い骨のように枯れ果てた何かの樹木が並んでいた。

「迷路だ……」

樹木は明らかに迷路の様相を呈していた。しっかり葉がついていたころには、隣の通路は見えなかったに違いない。今では枯れてしまったせいで白い枝を透かしてずっと向こうまでが見えるけれども。

迷路を歩くのは簡単だった。樹木は立ち並んでいたけれど、どれもこれも押しただけで倒れてしまう。周囲に光を当てながら枝を折り幹を倒して壁に沿って歩き続け、そしてドアを見つけた。

磁石と平面図とを見比べていたリンさんが、

「ナル、一番大きな空白のあたりまで来たようです」

そう言った。

隠されていた零階。床が盛り上がった中央部。そして二階まで吹き抜けの最大の空白。それらは全部繋《つな》がっていたんだと分かった。

4

ドアを開けるとホールがあった。がらんとした正面に上に昇る殺風景な階段がある。ホールに面してはドアが二つ。家具もなければ絨毯もない。

ホールを見廻したとたん、あたしはハンドライトを握り直して駆け出していた。

……ここだ。間違いない。

「――真砂子！」

「麻衣！」

制止する声が聞こえたけど、足が止まらない。二階へ駆け上がり、廊下を駆け抜け奥へと走った。眼の前に現れるドアを闇雲に開けていく。

「真砂子っ！」

いくつかドアを越えると小部屋に出た。白いタイルと板張りの踏み込み。そこを抜け、最後のドアを開ける。ライトの光にタイルが鈍く光った。真っ直ぐ浴室を駆け抜ける。足が滑って転びそうになりながら、あたしは奥の壁を目指した。ベッドにぶつかりそうになって手を突く。濡れたタイルの冷たい感触がした。ライトを壁に向ける。

「真砂子！」

「……麻衣」

弱い声が聞こえた。あたしは声のほうにライトを向ける。壁に身を寄せて蹲ってる真砂子の姿が見えた。

ああ、よかった。本当によかった……！

真砂子に駆け寄った。そばに膝を突く。

「よかった。大丈夫？」

真砂子が頷いた。

「早かったんですのね」言ってから、ふいに眉をひそめた。「怪我をしましたの？」

「……え？」

真砂子が手を伸ばした。あたしの頬に指を触れて離す。見るとその指先が赤黒い。

……何？

思わず自分で擦《こす》ろうとして、あたしは手が真っ赤なのに気づいた。赤いコールタールのようなもの。

……どうして。

そう思ったとき、さっきベッドにぶつかりそうになったのを思い出した。あたし、ベッドに手を突いた。濡れたタイルの感触がして……。

思わずライトで闇を薙ぎ払う。背後のベッドに光を向けた。

白いベッドの上が濡れたように光った——黒いほど深い赤いもので。

真砂子が悲鳴を上げた。ベッドの上は血の海だった。赤い液体がパイプを伝い、床に流れ落ちて大きな血溜まりを作っていた。

……足、滑った、さっき。

よく考えてみると、長いこと封印されていた二階のこの部屋に、水なんてあるはずがないのに。

あたしは靴の裏を見た。そこも赤いもので真っ赤になっていた。

おそるおそるライトの光を床に向けた。床には斑《まだら》に染まって見えるほどの血溜まりができていた。

……どうして。どうして、こんなに血が。

密閉された建物で、人が来るはずもない部屋で、なぜ――。

答えなんか一つしかない！

叫び出しそうになったとき、ふいにタプンという微《かす》かな音がした。あたしは思わず跳び上がって、音のしたほうにライトを向ける。

音の出どころは浴槽だった。白い浴槽は糸を引いた血で赤い縞《しま》模様になっている。浴槽の中に赤い水面が見えた。

ふいに吐きそうになった。身体がガクガク震えた。

……あんなにたくさんの……血。

真砂子の手があたしの腕を掴《つか》む。あたしの手が真砂子の手を握る。

タプンともう一度音がして、水面が揺れた。漣《さざなみ》が立って、水面が盛り上がる。テラテラと光りながら、赤く染まった人の頭が水面に現れた。その人物はゆっくりと浮かび上がってきた。額が現れ、眼が覗き、その眼がしばらくあたしたちを見る。そうしてゆっくり身体を起こした。

静かに血に濡れた男の上半身が現れた。痩《や》せた男だった。彼は浴槽の縁に手をかけて身を起こす。あたしたちを見たまま薄笑いを浮かべた。顔も肩も腕も、真っ赤に染まっている。粘度の高い血糊《ちのり》に濡れて、恐ろしい色に塗られた銅像のように見えた。

「……浦戸」

男はさらに笑った。口の中まで血糊で汚れて、まるで血を吐いたようだ。

あたしは真砂子の手を解いて両手を組んだ。指を絡ませ不動明王印を作る。

「ナウマクサンマンダバザラダンカン、ナウマクサンマンダバザラダンカン」

この血は……これは……。

真言を唱えながら頭がグラグラした。失踪した人たち。その人たちの……。

男は血糊の中に身を起こしたまま、薄笑いを浮かべてあたしたちを見ている。

「ナウマクサンマンダバザラダンカン！」

男がふいに不機嫌そうな顔をした。ゆっくりと身体を傾けて、立ち上がり始める。

指を解いて剣印を結ぶ。空気を切る。横に縦に。

「臨兵闘者皆陳烈在前！」

身を起こしかけた男がふいに、ドッと後ろざまに倒れた。激しい音を立て、水面が砕けて飛沫《しぶき》があたしのところにまで飛んできた。

あたしは真砂子の腕を引っ張る。立ち上がって浴槽を窺《うかが》う。駆け出そうとしたとき、突然背後から腕を摑まれた。

太い男の手があたしの両腕を背後から摑んだ。背中に壁の感触があるのに。あたしの後ろに人なんていられるはずがないのに。ハンドライトが墜落して明かりが消える。その光が消える瞬間、真砂子の腕にも同じようにかかった生々しい男の手を見た。壁から生えた二本の腕。

ギリッと腕が折れるかと思うほど強く締め上げられる。あまりの苦痛に悲鳴が声にならない。身をよじってもその手以外に感じられるのは、タイル貼りの壁の冷たい感触だけだ。

もう一度タプンという音がした。眼を見開いても闇以外、何も見えない。人が浴槽の中で身を起こす水音がした。激しい血糊の音。

あれが浦戸。流血のヴラド。――『悪魔の子』。

締め上げる力が強くなって息が詰まった。ひた、とタイルを踏む音がした。ひた、ひた、と闇の中を近づいてくる。

そのとき、浴室に光が雪崩《なだ》れ込んだ。

ハンドライトの強い光が交錯した。あたしは眼の前に真っ赤な浦戸の顔を見た。

「いやぁぁっ!!」

来ないで！　来ないでっ!!

「助けて！」

ぼーさんが金色の法具を構えた。それより先にリンさんが指笛を吹く。

高い鋭利な音と同時に、何か白いものが飛来してきた。白い、微かに光を放つもの。

鎌のように弧を描いてそれが浦戸に激突する。その刹那《せつな》、浦戸が顔を歪めて掻《か》き消えた。

同時にあたしの腕を掴んでいた手の感触が消える。

あたしは真砂子の腕を引っ張って猛然とダッシュした。光のほうへ。みんなのいるところへ、と。

5

みんなに迎えられて滅茶苦茶に背中や頭を叩かれて。少し痛いのがなんだか嬉しい。

その部屋は振り返ってみても血糊で一面が汚れていた。

「行きましょう。浦戸は滅びていない。少し驚かせただけです」

リンさんに促されて廊下を駆け戻る。階段を駆け降りて、ホールを抜ける。迷路の間を抜けてあたしたちは走った。零階を抜けて外に転がり出て。穴の周囲に置き去りにされた機材もそのままに、あたしたちは家の外に向かって急いだ。一番近い窓から外に飛び降りたときには、息も絶え絶えで今にも死にそうな気分だった。

夜空はうっすらと明るんでた。伸びきった枯れ草の上に身体を投げ出して、あたしたちはしばらく肩で息をしていた。

「まったく……一人で……行動するなと」

ぼーさんが切れ切れに言う。

「うん……ごめん」

「おかげで見つけたけどな」

え？

「二階にいたぜ、みんな」

あたしは身を起こしてぼーさんを見た。ぼーさんは転がったまま空を見ている。

「失踪した連中。……喉《のど》が痛そうだった」

妙な言い廻しだけど意図は伝わった。やっぱりあの血糊はあの人たちの。

「浴室の隣の部屋に積み上げられてた。モノみたいにさ」

……酷《ひど》い。

「その手前の部屋には壁全体に棚があってな、そこに骨が積み上げてあった。見なくてよかったよ、お前。吐き気がしそうな数だった」

「……どうして、骨なんか……」

「知るか。けどあれは火葬にした骨だな。たぶん焼却炉で焼いて集めたんだろ。丁寧に並べてあったぜ、まるで陳列するみたいにさ」

……浦戸のしたことなんだろうか。いったい彼は、何を考えてそれを並べていたんだろう。なんのために。あたしにはとても想像できない。

「宏幸氏はあれを隠したかったんだな。とても一人で処分できるような量じゃなかったからさ。もっとも一人でできたって、誰もやりたかねえや」

殺された人たち。たくさんの……犠牲者。

「可哀想《かわいそう》……」

「……ああ」

そのまま黙って息をする。

しばらくしたころ、ふいに背中をつつかれた。

「麻衣……」

真砂子が声をかけてきて、あたしの隣に坐った。ひどく疲れた顔をしてたけど、それでも笑顔を浮かべていた。

「ありがとう」

うんにゃ、礼にはおよばねえだ。そう言おうと思ったら、ぼーさんが厳しい声を出す。

「真砂子、礼なんか言うこたねえぞ。そうやって甘やかすとつけあがる」

「……なんだよう」

「本当のことだろうが。一人で行動するなと言われたにもかかわらず、突っ走りやがって。多少痛い目見て当然だ、お前は。ぜんぜん懲りてねえな」

う……。

「そうですわね」

おいおい、真砂子まで同意するなよ。

「じゃあ、さっきのありがとうは、ゆうべの分だということにしておきますわ」

「ゆうべの分？」

なんだ、それは？

真砂子は微笑う。

「来てくれたでしょ？」

……おい、それはあたしの夢だぞ。

真砂子はやんわり笑って右手の拳を開いた。そこには一本の鍵が握られていた。

「えぇぇぇーっ!!」

慌ててあたしはポケットを探った。キーホルダーを確かめると、確かにお守りの鍵だけがない。

「……うそ」

ぼーさんが身を乗り出した。

「どーしたんだ？」

真砂子が事情を語ると、全員が眼を丸くした。

ぼーさんが口笛を吹く。

「こいつは驚いた……。嬢ちゃん、結構優秀なんじゃねぇか？」

……はあ。

「過去視に透視に、今度は体外離脱かあ？」

「体外離脱」

あ、あたしが？

「そうとしか思えんだろうが。いやあ、どんどん芸が増えるな」

……芸はないだろ、芸は。

ぼーさんに頭をかきまぜられて。んでもちっとも嬉しくないぞ。

ナルがシビアな声を出して立ち上がる。

「麻衣の場合、意識的にその半分でもできれば、猫よりは役に立つんだがな」

猫、の一言で真砂子が小さく噴き出した。

おめーはなー。

放っておくといつまでもクスクス笑っている。

「真砂子、あのねえ……」

「ご……ごめんあそばせ」

どーせあたしは犬猫クラス。ふん。

……しかし、体外離脱。あの、魂だけが身体を抜け出してしまうという。

あたしって、ひょっとしたらすごいんでないかい？

6

夜が明けるころ、あたしたちはポツポツと立ち上がった。誰ともなく家に向かって歩き始める。黙りこくったまま玄関に廻って、ドアが閉まっていたのでノックして開けてもらった。

ドアを開けた大橋さんは眼を丸くする。

「皆さん……どうして」

呟いて、深い息を吐く。

「……よかった。いつの間にかお姿が見えないので、てっきりみなさんまでいなくなったのかと……」

言いかけて、安原さんと森さんに眼を留めてキョトンとする。

安原さんは曖昧《あいまい》に笑って頭を下げ、森さんは決まり悪そうに手を振った。

「渋谷さん、いつの間に……あの、これは……」

あ、そっか大橋さんはまだ大嘘を信じてるのか。

ナルが安原さんの肩を叩いて耳打ちをする。安原さんは頷いて姿勢を正した。

「残りの失踪者を見つけました」

「本当ですか⁉　どこに……」

「屋敷の奥です。残念ながら、皆さん亡くなっておられました」

安原さんの声に大橋さんは天を仰ぐ。

「警察を呼ばれるよう要請します」

「……はい」

大橋さんは頷いて、それから安原さんに、

「いかがでしょう、除霊のほうは」

安原さんは重々しく言う。

「除霊は不可能です」

「……では」

「あとで報告書を提出しますが、厳重に封印して先代の遺言通りこのまま朽ちるに任せるか、さもなければ炎による浄化しかないと思います」

「……分かりました」

大橋さんが深く頭を下げた。

早朝の頼りない光の中、あたしたちは機材を纏《まと》めた。

「……そうだ、リンさん」

あたしはビデオテープの類《たぐい》を纏めながら訊いてみた。

「降霊術をやったとき、不思議な声を出してたでしょ？　あれ、なあに？」

リンさんはちょっとあたしを見てからごく無表情に、

「嘯《しょう》といいます」

ぶっきらぼうな言い方だけど、答えてくれただけで大進歩。

「へええ。すごく綺麗《きれい》な音だったね」

リンさんの答えはない。ただ微かに笑いを浮かべてた。

「そういや、リンさんや」

ぼーさんが機材を棚から降ろしながら訊く。毎度毎度手伝わされるので、すっかり手際を呑み込んでしまっているのが可笑《おか》しかった。

「最後のあれはなんだ？」

ぼーさんが訊くと、リンさんは無表情に首を傾ける。

「最後の……？」

「麻衣と真砂子を助けるときに、何か投げるかどうかしたろ？」

ああ、と呟いて、リンさんは答える。

「私の式です」

しき？

「式ってなあに？」

リンさんの答えはない。ぼーさんの服を引っ張ると、

「中国の道士には妖怪《ようかい》や霊を捕らえて、自分の支配下に置くことができる連中がいる。それを役鬼《えきき》または使鬼《しき》といってな、使役される霊を式という。——これで正しいか？」

ぼーさんはリンさんを見た。リンさんは微かに口の端を上げて笑う。

「……間違ってはいないようです」

へえ……。

「リンさんってすごい」

思わず呟くと、リンさんが軽く頭を下げる様子をした。

そうかあ、霊を支配するのかあ。なんか恰好《かっこう》いいなあ。

そんなことを考えて一人で感動していると、背中を軽く叩かれた。

振り返ると森さんがニコニコしている。

「お疲れさま。谷山さんってすごいのね」

あたしが……すごい？　これはびっくり。

「そんな。とんでもない」

「そうそう」ぼーさんが顔を突き出す。「お嬢さん、こいつを誉《ほ》めてはいけませんぜ。調子に乗ると果てしなく暴走しますから」

「その、暴走っての、やめてくれる？」

「事実だろうが。お前もいい加減に自覚しろ」あたしを睨《にら》みつけてから、森さんに笑いかける。「こいつはね、もしもアトラスのごとき怪力があったとして、道端に煎餅《せんべい》が割れずに苦労している婆さんがいたりすると、それに同情して割ってやろうと勢い込んで、力あまって地球を割っちゃうような奴なんです」

……どんな喩《たと》えだよ、おい。

「言えてる」

安原さんと綾子が声を揃えて笑い出した。

……なにもそこまで笑わなくても。

そう言ってやろうと思ったそのときだった。カタンという高い音がしたのは。ナルの上着のポケットから何かが転がり落ちた音だった。

「……これ」

真砂子がきょとんとしてそれを拾う。黄楊《つげ》でできた櫛《くし》だった。

ナルは明らかに狼狽《ろうばい》した。おっとこいつは珍しい。

「——これ、あたくしの櫛ですわ」

なーにーっ⁉

「手提げに入れて、部屋に置いてあったはずですのに」

真砂子が不思議そうに言い、ナルはそそくさとその場を離れようとする。

あたしは思わず言ってしまった。

「どーしてあんたがそんなものを持ってるわけ?」

背中を向けて機材を抱え上げたナルに問いかけてみたけど、ウンでもなければスンでもない。

「お安くないねえ」と、いかにも楽しそうなのはぼーさん。

「そんなに心配だったのね」と、感心した様子だったのは森さん。

「いい話ですねえ」

なんて、頷いたのは安原さんで。

あたしも一言、しらんぷりを決め込んだナルに、何か言ってやりたかったんだけど。

……なんかガックリきちゃった。そーか、そーか。よかったな、真砂子。

ああ、人生って虚《むな》しい。

そうしてあたしたちは、諏訪をあとにしたわけだけど。

東京に戻って十日後、諏訪市に近い山間部で小さな山火事があったと新聞に載っていた。ハイカーの火の不始末が原因らしいと。近くにあった雑木林と別荘一棟を全焼して、折からの雨で鎮火した、とあった。

エピローグ

東京、渋谷、道玄坂。

「渋谷サイキックリサーチ」の調査員、谷山麻衣はこのところ落ち込んでいる。

そーだ、あたしは脱力してんだ。

「ああっ、あの櫛《くし》が憎いっ」

拳を作って言うと、タカが呆《あき》れたような声を出した。

「後ろ向き。せめて原さんを憎めば？」

「真砂子を憎んでもしょうがない。あの櫛さえなければ落ち込まずに済んだのにっ」

「櫛を憎むのはもっとしょーもないことだと思う」

千秋先輩も頷《うなず》いた。

「だよね」

いーの。ほっといて。あたしは今猛烈に櫛を憎みたい気分なのっ。

千秋先輩がパフパフ頭を撫《な》でた。

「ま、そう悲観しなさんなって。大した意味はないのかもしれないんだし」

「大した意味がなきゃ、そう言うぞ、ナルは」

「……そうかも」

先輩、ぜんぜんフォローになってませんぜ。

ガックリ落ち込んだとき、オフィスのドアが開いた。

「こんにちはー」

森さんが顔を出した。

「あ、いらっしゃい」

「リンとナルは？」

「今、食事に出てます」

「あら」

森さんはちょっと残念そうにする。

「何か御用だったんですか？」

あたしが訊《き》くと首を振る。

「ううん。私は今日帰るから、最後に食事をしたいなと思っただけ」

「お帰りですか？　どちらへ」

タカが紅茶を出しながら訊く。森さんは悪戯《いたずら》っぽく笑った。

「ナイショ」

あー、この人も「渋谷サイキックリサーチ」の関係者だわ。ホントになんて秘密主義。

おっと、秘密主義で思い出したぜ。

あたしは森さんの顔を真正面から見つめた。

「……？　どうしたの？」

この人はあたしたちの知らないことをいっぱい知っている人だ。そして今、ナルもリンさんもいない。はっきり言ってこれはチャンスだ。

「あのう……森さん」

「なあに？」

「ナルの両親って、どんな人なんですか？」

両親がいるとリンさんは言ってた。実を言うと、あたしはちょっくら驚いたわけよ。いや、ナルも人間なんだから親がいて当然なんですが。

森さんは首を傾ける。

「どんな人って……普通の人よ」

「ふつーの人は息子が、学校にも行かずにこんなことをしてたら嫌がりません？」

ああ、と森さんはニッコリ笑う。

「ナルのお父さんは超心理学の研究者なの」

げっ。親子二代のパラサイコロジストかぁ？

「じゃ、教授かなんか……？」

「ええ。そう。――？」森さんはあたしの顔を覗《のぞ》き込んだ。「ひょっとして、身元調査？」

「あ、いや……そんなわけでは」

あるんですが。

森さんはあたしの顔をまじまじと見て、それからナルホドと呟《つぶや》いた。

「ナルは訊かれるまで自分のことを言わない子だけど、べつに秘密主義者というわけではないのよ。ちょっと今は事情があるだけ」

「……事情？」

森さんは重々しく頷いた。

「これは内緒にしといてね」

「はい」

もちろん、貝のよーに口を閉ざしていますとも。

あたしたちは思わず身を乗り出した。

「――実は、ナルとリンはカケオチ中なの」

どんがらがっしゃん。

「……な、なんですってえ？」

森さんは深刻そうに溜息をつく。

「道ならぬ恋に反対されて手に手を取って……御両親に見つかったらどんな折檻《せっかん》が待っ

ていることか……」

「あ、あのう……」

「きっと憐《あわ》れにも引き裂かれて……」

「もしもし？」

森さんは顔を上げる。

「それ……マジですか？」

あたしがおそるおそる訊いてみると、

「え？　ちょっとは信じたの？」

驚いたように問い返されて。

……がっくり。傷心の人間で遊ばないでほしいのよね。

タカが引きつった笑いを漏らす。

「そ、そうですよね。ありえませんよね。だって、所長は原さんが……」

言いかけて、慌ててあたしのほうを見て口を押さえる。

原さんがなんだよ、気にせず言ってみろよ。

森さんはキョトンとした。

「そうなの？」

タカは身を乗り出した。

「そうなんじゃないんですか？　だって、原さんの櫛を持ってたんでしょ？」

そう言うと、森さんは一瞬眼を見開いて、それからコロコロ笑った。

「違うわよお。誤解。それは完全な誤解」

「だって……森さんが、そんなに心配だったのね、って」

そう言ったんじゃないかあ。

森さんは眼を丸くする。

「私、そういう意味で言ったんじゃないわ。ナルだって仲間のことくらい心配するわよ。表に出すの下手な子だけど、べつにロボットじゃないんだから」

「……そ、そうなんですか」

あの冷血鉄面皮の下に温かいココロがある、とおっしゃるわけで？

森さんは心許《こころもと》なげに天井を見た。

「……そうだと……思うんだけど……違うかしら」

駄目だ、これは。

タカと千秋先輩が頭を抱えた。

んでも、ちょっと安心したかもな。少なくとも気分は浮上した気がするぞお。

笑う門には福来たる、待てば海路の日和《ひより》あり、果報は寝て待て、棚からボタモチ、残り物には福がある。昔の人はよく言ったもんだ、うんうん。

要は、諦《あきら》めるにはまだ早いかもしれないってことさっ。

森さんが立ち上がった。

「ナルとリンはいないことだし、思い切ってオフィスを閉めて、食事に行こう。おねーさんのオゴリで」

おお、例のニッコリ・スマイル。なんて神々《こうごう》しいんだろう。

「何が食べたい？」

「オゴリでしたら、なんでも受けて立ちます」

「あら、言ったわね」

ポンと背中をはたかれて。

あたしたちは意気揚々とオフィスを出た。

外には桜が咲いていた。

解説

千《せん》街《がい》晶《あき》之《ゆき》（ミステリ評論家）

小野不由美の「ゴーストハント」シリーズ中でも最恐の一冊、『ゴーストハント5　鮮血の迷宮』の登場である。

本書は、「ゴーストハント」シリーズの原型である「悪霊」シリーズの第五巻『悪霊になりたくない！』として一九九一年三月に講談社X文庫ティーンズハートから刊行され、二〇一一年七月、大幅にリライトされて現在のかたちでメディアファクトリーから単行本として刊行された。五巻目からいきなり読むひとは少ないと思われるので、シリーズの概要、および主要登場人物の紹介は省略する。ただ、所長の渋谷《しぶや》一也《かずや》（ナル）と助手のリン、調査員の谷山《たにやま》麻《ま》衣《い》（シリーズの語り手）という「渋谷サイキックリサーチ」の面々と、彼らに協力する個性豊かな霊能者たちから成るこのシリーズのレギュラーメンバーが、アルジャーノン・ブラックウッドの小説に登場するジョン・サイレンスやウィリアム・ホープ・ホジスンの小説に登場するトマス・カーナッキら超常的な現象を専門的に解明する「ゴーストハンター」と呼ばれる探偵役の伝統を継承していることには触れておきたい。通常のミステリにおける名探偵とは異なり、彼らは人間による犯罪ではなく怪奇現象の原因を、（そういう現象があることは前提とした上で）理詰めで解きほぐしてゆくプロフェッショナルなのである。

先ほど、「シリーズ中でも最恐の一冊」と紹介したが、「ゴーストハント」編集委員会・編『小野不由美「ゴーストハント」読本』（二〇一三年）に収録された鼎談《ていだん》「少女小説から生まれた『ゴーストハント』の革命」で、荻原規子《おぎわらのりこ》・辻村深月《つじむらみづき》・池澤春菜《いけざわはるな》が口を揃えて怖かったと述べていることからも、それは定評と言っていいだろう。では、本書はどのように怖いのか。

物語の主な舞台となるのは、諏訪の山中にある一軒の別荘だ。山中の別荘というと普通はロッジのような建物をイメージするかも知れないが、元首相夫人の実家にあたるこの美山《みやま》邸は、部屋数が百六にも及ぶ超巨大建築である。明治時代に建てられて以降、増築に次ぐ増築で迷宮のようになっているのだ。幽霊が出ると噂され、今は誰も住んでいないこの廃邸で、肝試しのため侵入した若者が姿を消し、彼を捜すために入った消防団の青年まで失踪するという事件が起きた。事態を憂えた元首相は、ナルや麻衣らをはじめとする二十人もの霊能者（助手も含む）に、怪奇現象の有無の確認とその解消を依頼したのだ。しかし、調査を開始した霊能者たちは、ひとり、またひとりと消えてゆく。

この第五巻までの時点で、シリーズの舞台となる建物は二種類に分類される。学校と洋館だ。しかし、洋館といっても、『ゴーストハント2　人形の檻』の舞台だった森下《もりした》邸が常識の範囲内のスケールなのに対し、本書の美山邸は桁違いの大きさである。

美山邸のモデルとなった実在の建物については、作中でも言及されている。ウィンチェスター館――最近はウィンチェスター・ミステリー・ハウスと呼ばれることが多い、アメリカのカリフォルニア州サンノゼにある大建築だ。ウィンチェスター銃で財を成した実業家ウィリアム・ワート・ウィンチェスターの妻サラの住居だが、彼女は娘と夫の死後、ウィンチェスター銃で死んだ人々の呪いから逃れるため、霊媒師の助言に従って三十八年間、二十四時間ずっと屋敷の増築を続けさせたという。部屋数は百六十、悪霊を迷わせるためか封印するためか、邸内は開けると壁しかないドアや天井に突き当たって上階へ行けない階段、異様に段差の低い階段や上下が逆さまの柱などの奇妙な仕掛けで満ち溢れている。二〇一八年には、この屋敷の由来をフィクションを交えて描いた『ウィンチェスターハウス　アメリカで最も呪われた屋敷』（マイケル＆ピーター・スピエリッグ監督）というホラー映画が公開された。

この建物は、ホラー小説の歴史にも大きな影響を及ぼしている。例えばシャーリイ・ジャクスンの『丘の屋敷』（一九五九年。他に『山荘綺談』『たたり』といった邦題もある）の舞台はあらゆる角度が少しずつ狂って設計された屋敷であり、「これは私見なのだが、おそらくヒュー・クレインは、いずれ〈丘の屋敷〉が名所になればいいと考えていたんだろう。カリフォルニアの〈ウィンチェスター・ハウス〉や、あまたある八角建築《オクタゴンハウス》のようにね」（渡辺庸子《わたなべようこ》・訳）というくだりもある。この『丘の屋敷』は、呪われた屋敷で起こる現象の謎に心霊学者らが挑む物語だが、類似した設定のホラー小説としては、物理学者や霊媒らが幽霊屋敷を調査するリチャード・マシスンの『地獄の家』（一九七一年）なども有名だ。これらの作品では、幽霊屋敷で怪異を起こす元凶的存在は極めて邪悪かつ強力であり、霊能力や科学を武器として怪奇現象に挑む生者の側は苦戦を強いられるのである。

本書には、それらのホラー小説群へのオマージュという面もある。ウィンチェスター館を彷彿させる屋敷を舞台に選んだ理由としては、ホラー作家たるもの、一度はこれくらいの巨大幽霊屋敷を描いてみたいという野心もあっただろうが、同時に、そうした歴代の名作のテイストを少女小説の枠内で可能な限り再現したいという思いもあった筈だ。

先に触れた鼎談「少女小説から生まれた『ゴーストハント』の革命」で、池澤春菜は本書とシリーズ次巻『ゴーストハント6　海からくるもの』を対比して、「『鮮血の迷宮』は物理的に怖い。それが西洋的な怖さだとしたら、『海からくるもの』は湿った、日本的な怖さ」と述べている。この指摘通り、「ゴーストハント」シリーズ中でも本書は最も西洋的な要素が濃厚な小説だ。欧米の名作ホラーへのオマージュである以上、そうなるのは当然だろう。最後に正体を暴かれる怪異の元凶も、源流を辿れば西洋的な存在と言える。クライマックスの恐怖は相当なもので、本書がもともと少女小説として執筆されたことを考え合わせると、まさに手加減なしという印象である。

過去のさまざまなホラー小説のエッセンスを凝縮させた本書は、その後の作品にも大きな影響を与えている。例えば、著者自身の代表作『屍鬼《しき》』（一九九八年）もそのひとつだ。どこが共通しているかを記すとネタばらしになるので、実際に読んで確認してほしいとしか言いようがないのだが、『屍鬼』は著者の中で本書のモチーフの発展形にあたるのではないだろうか。

そして、もう一作——著者の夫君にあたる綾辻行人《あやつじゆきと》の『暗黒館の殺人』（二〇〇四年）も忘れてはならない。「館」シリーズ中、最もゴシック・ホラーの色彩が濃いこの大作には、本書の登場人物と漢字こそ異なるものの発音が共通する人物が登場しており、本書（というか、原型の『悪霊になりたくない！』）へのアンサーとして読むことも可能だ。

それにしても、「ゴーストハント」シリーズに盛り込まれた本格的なオカルト知識は、今になって読み返すとますます凄みを感じさせる。例えば、本書では登場人物の口から、かつて一世を風靡《ふうび》した超能力者ユリ・ゲラーとともにウォーレン夫妻の名が言及されるけれども、アメリカの心霊研究家エド＆ロレイン・ウォーレン夫妻が日本でも広く知られるようになったのは、彼らを主人公とするホラー映画『死霊館』（ジェームズ・ワン監督、二〇一三年）がヒットしてからだろう。それよりずっと早い時期に、彼らの名前をさりげなく作中に忍び込ませていたことには舌を巻くしかない。

本書でひとつのクライマックスを迎えた感がある「ゴーストハント」シリーズだが、残り二巻、ますます驚愕の展開が待っていることは保証する。シリーズを通しての夥《おびただ》しい伏線が最終巻で回収される雄大にして緻密な構想を、是非見届けてほしい。

本書は、二〇一一年七月に小社より刊行された単行本を文庫化したものです。

ゴーストハント 5

鮮《せん》血《けつ》の迷《めい》宮《きゅう》

小《お》野《の》不《ふ》由《ゆ》美《み》

令和 3 年 3 月25日　初版発行

発行者●堀内大示

発行●株式会社KADOKAWA
〒102-8177　東京都千代田区富士見2-13-3
電話　0570-002-301（ナビダイヤル）

角川文庫 22594

印刷所●株式会社暁印刷
製本所●株式会社ビルディング・ブックセンター

表紙画●和田三造

●お問い合わせ
https://www.kadokawa.co.jp/ （「お問い合わせ」へお進みください）
※内容によっては、お答えできない場合があります。
※サポートは日本国内のみとさせていただきます。
※Japanese text only

ISBN 978-4-04-110881-9　C0193

◇◇◇

角川文庫発刊に際して

角川源義

第二次世界大戦の敗北は、軍事力の敗北であった以上に、私たちの若い文化力の敗退であった。私たちの文化が戦争に対して如何に無力であり、単なるあだ花に過ぎなかったかを、私たちは身を以て体験し痛感した。西洋近代文化の摂取にとって、明治以後八十年の歳月は決して短かすぎたとは言えない。にもかかわらず、近代文化の伝統を確立し、自由な批判と柔軟な良識に富む文化層として自らを形成することに私たちは失敗して来た。そしてこれは、各層への文化の普及滲透を任務とする出版人の責任でもあった。

一九四五年以来、私たちは再び振出しに戻り、第一歩から踏み出すことを余儀なくされた。これは大きな不幸ではあるが、反面、これまでの混沌・未熟・歪曲の中にあった我が国の文化に秩序と確たる基礎を齎らすためには絶好の機会でもある。角川書店は、このような祖国の文化的危機にあたり、微力をも顧みず再建の礎石たるべき抱負と決意とをもって出発したが、ここに創立以来の念願を果すべく角川文庫を発刊する。これまで刊行されたあらゆる全集叢書文庫類の長所と短所とを検討し、古今東西の不朽の典籍を、良心的編集のもとに、廉価に、そして書架にふさわしい美本として、多くのひとびとに提供しようとする。しかし私たちは徒らに百科全書的な知識のジレッタントを作ることを目的とせず、あくまで祖国の文化に秩序と再建への道を示し、この文庫を角川書店の栄ある事業として、今後永久に継続発展せしめ、学芸と教養との殿堂として大成せんことを期したい。多くの読書子の愛情ある忠言と支持とによって、この希望と抱負とを完遂せしめられんことを願う。

一九四九年五月三日

角川文庫ベストセラー

鬼談百景　小野不由美

旧校舎の増える階段、開かずの放送室、塀の上の透明猫……日常が非日常に変わる瞬間を描いた99話。恐ろしくも不思議で悲しく優しい。小野不由美が初めて手掛けた百物語。読み終えたとき怪異が発動する――。

営繕《えいぜん》かるかや怪異譚《かいいたん》　小野不由美

古い家には障りがある――。古色蒼然とした武家屋敷、町屋に神社に猫の通り道に現れ、住居にまつわる様々な怪異を修繕する営繕屋・尾端。じわじわくる恐怖。美しさと悲しみと優しさに満ちた感動の物語。

眼球綺譚　綾辻行人

大学の後輩から郵便が届いた。「読んでください。夜中に、一人で」という手紙とともに、その中にはある地方都市での奇怪な事件を題材にした小説の原稿がおさめられていて……珠玉のホラー短編集。

フリークス　綾辻行人

狂気の科学者J・Mは、五人の子供に人体改造を施し、〝怪物〟と呼んで責め苛む。ある日彼は惨殺体となって発見されたが!?――本格ミステリと恐怖、そして異形への真摯な愛が生みだした三つの物語。

殺人鬼　――覚醒篇　綾辻行人

90年代のある夏、双葉山に集った〈TCメンバーズ〉の一行は、突如出現した殺人鬼により、一人、また一人と惨殺されてゆく……いつ果てるとも知れない地獄の饗宴。その奥底に仕込まれた驚愕の仕掛けとは？

角川文庫ベストセラー

殺人鬼 ——逆襲篇

綾辻行人

伝説の『殺人鬼』ふたたび！……蘇った殺戮の化身は山を降り、麓の街へ。いっそう凄惨さを増した地獄の饗宴にただ一人立ち向かうのは、ある「能力」を持った少年・真実哉！……はたして対決の行方は?!

Another (上)(下)

綾辻行人

1998年春、夜見山北中学に転校してきた榊原恒一は、何かに怯えているようなクラスの空気に違和感を覚える。そして起こり始める、恐るべき死の連鎖！名手・綾辻行人の新たな代表作となった本格ホラー。

深《み》泥《どろ》丘《がおか》奇《き》談《だん》

綾辻行人

ミステリ作家の「私」が住む〝もうひとつの京都〟。その裏側に潜む秘密めいたものたち。古い病室の壁に、長びく雨の日に、送り火の夜に……魅惑的な怪異の数々が日常を侵蝕し、見慣れた風景を一変させる。

深《み》泥《どろ》丘《がおか》奇《き》談《だん》・続《ぞく》

綾辻行人

激しい眩暈が古都に蠢くモノたちとの邂逅へ作家を誘う。廃神社に響く〝鈴〟、閏年に狂い咲く〝桜〟、神社で起きた〝死体切断事件〟。ミステリ作家の「私」が遭遇する怪異は、読む者の現実を揺さぶる——。

Another エピソードS

綾辻行人

一九九八年、夏休み。両親とともに別荘へやってきた見崎鳴が遭遇したのは、死の前後の記憶を失い、みずからの死体を探す青年の幽霊、だった。謎めいた屋敷を舞台に、幽霊と鳴の、秘密の冒険が始まる——。